U0499063

唐代小说

在明清时期的传播研究

孔敏 著

创于1897
商务印书馆
The Commercial Press

图书在版编目(CIP)数据

唐代小说在明清时期的传播研究／孔敏著. -- 北京：
商务印书馆，2017
ISBN 978 - 7 - 100 - 14339 - 4

Ⅰ.①唐… Ⅱ.①孔… Ⅲ.①古典小说—小说研究—
中国—唐代 Ⅳ.①I207.41

中国版本图书馆 CIP 数据核字(2017)第 141332 号

唐代小说在明清时期的传播研究

孔 敏 著

商 务 印 书 馆 出 版
(北京王府井大街36号 邮政编码100710)
商 务 印 书 馆 发 行
山东鸿君杰文化发展有限公司印刷
ISBN 978 - 7 - 100 - 14339 - 4

2017 年 6 月第 1 版　　　　开本 640×960　1/16
2017 年 6 月第 1 次印刷　　　印张 15.75
定价：48.00 元

序

　　孔敏博士毕业于山东大学，在获得文学硕士后来到京城工作。但她不满足于现状，工作若干年后又重返母校继续深造。经过数年努力，终于如愿以偿，获得了中国古代文学专业的博士学位，本书即在她博士论文的基础上修订增补而成。之所以确定这样一个题目作为博士论文的选题，与我当时的研究计划有关。在孔敏博士入学之前，我已组织其他几位博士、硕士作了明清小说传播研究的学位论文，并且都顺利通过答辩。因此，我想把这一选题继续做下去，以完成中国古代小说传播研究这一大的课题。

　　唐代小说对于后世文学的影响极为深远，且资料相对完备。北宋初大型类书《太平广记》收录唐代小说集及单篇小说多达一百三十五部（篇），南宋丛书《类说》收录七十二部（篇），其他丛书、类书亦多有收录。今人整理的唐代小说集如桃源居士《唐人小说》、鲁迅《唐宋传奇集》、张友鹤《唐宋传奇选》、李格非《唐五代传奇集》、周楞伽《唐代传奇选译》、吴志达《唐人传奇》、汪辟疆《唐人小说》、陈周昌《唐人小说选》、李宗为《唐人传奇》、李时人《全唐五代小说》等亦极为完备。但问题在于，唐代小说通过何种方式与渠道、借助何种媒介与载体才得以传播至今，其传播效果如何，传播者与接受者在传播过程中发挥了怎样的作用，又受到了何种影响？这些问题应当说还有相对广阔的研究空间。当然，要想把上述问题研究透彻穷尽，绝非一篇博士学位论文所能做到。于是便选取了"唐代小说在明清时期的传播"作为博士学位论文题目，这也是本书名的起因。

唐代小说在明清时期的传播研究，是唐代小说传播研究领域中的一个重要环节，既涉及包括唐代小说在内的中国古代小说问题的研究，也涉及包括明清时期小说传播在内的文学传播问题的研讨。本书试图在更广阔的空间中重新审视唐代小说的成就与意义，在整个中国古代小说史的发展脉络中重新把握唐代小说的独特地位与深远影响。具体来说，本书运用传播学理论，从以下几个方面进行了较为深入的研究论述。

首先，从整体上探讨了唐代小说在明清时期传播的基本问题：包括社会政治、经济、思想、文化等方面的传播环境；口头传播与书面传播，书面传播又从抄写逐渐发展为印刷，成为唐代小说传播的主要渠道；传播者与受众，主要分析二者对于唐代小说传播与接受的作用；传播噪音，针对小说传播过程中的各种阻碍性因素做出一定探讨。借助传播学理论对小说史进行辅助性研究，这应当是本书的创新点之一。

其次，重点分析唐代小说在明清时期的传播方式。传播方式主要分为单行、小说总集、类书、丛书、笔记等几种，其中又以总集、类书和丛书三种方式对唐代小说的传播意义更为重大。书中选取了影响最为深远的几部总集、类书、丛书进行考索，包括总集《艳异编》《虞初志》《古今说海》《五朝小说》，类书《永乐大典》《古今图书集成》，丛书《说郛》《四库全书》等。通过研究它们收录唐代小说的情况，论述其对于唐代小说明清传播的重要性，及其在中国古代小说发展史、传播史上的重要地位。由此可以发现，在今日的唐代小说研究课题中，类书、丛书是不可或缺的珍贵文献资料。

第三，从明清文学对唐代小说的再创作方面进行研究。以唐代小说作品为原文本进行重新创作，在原文本基础上形成新的再创作文本，亦可视为唐代小说的一种间接传播方式。再创作文本的产生可以扩大原文本的影响，普及对原文本的认知，从而很好地推动原文本的传播，唐代小说在明清时期的再创作同样如此。明清时期文言小说、白话小说、戏曲等文学样式中的大量作品都是在唐代小说基础上的再创作，其中不乏影响极为广泛的优秀作品，如"三言"等。书中特别指出，蒲松龄的《聊斋志异》虽然以唐代小说作为创作基础，但绝不是简单的改写或重复，而是在艺术上进行了全新的创作与发展，其中的优秀作品在人物形象、细节刻画、诗歌运用、作品思想等方面均取得了更高的成就。尤其是《聊斋志异》历来为人所称道的狐鬼花妖形象，较之唐代小说，具有了更多人性、人情的成分。这些再创作文本以自己独特的成就赋予唐代小说原文本新的时代色彩，使之在明清时期获得了新的艺术生机。

最后，从艺术角度进行考量，论述了唐代小说在艺术方面对于明清文学的深远影响，可以窥见唐代小说在明清时期传播情况之一斑。书中着重分析了唐代小说典型人物、典型情节在明清文学作品中的传承，唐代小说超越前代的艺术形式在明清文学创作中的沿袭与发展，以及唐代小说之人物、故事固定化并成为典故在明清文学作品中被大量使用等几方面问题。后一方面尤其值得注意，汪辟疆《唐人小说在文学上之地位》一文中曾提及"诗歌引用唐稗故实"：

唐稗故实，如《倩女离魂》《槐安入梦》《柳毅传书》

《邯郸黄粱》《十郎薄幸》《佐卿化鹤》《少霞书铭》《郁轮新曲》《赌曲旗亭》诸事，皆为宋后诗人所艳称。……元明以后，诗人引用唐稗故实类此者，指不胜屈。则唐稗故实，有资于诗歌者，更可知也。

通过论述明清文学对于唐代小说在艺术方面的继承关系，从侧面展现唐代小说在明清时期的传播，这是本书的又一个创新点。

通过以上论述可以看出，唐代小说在明清时期的传播研究确实具有重要意义与价值。本书对开拓中国古代小说的研究领域，运用新的理论和方法等方面都做出了有益的尝试。当然，该课题研究中也面临着一些比较棘手的问题：中国古代小说作品浩如烟海，小说概念极为复杂，如何在研究过程中更好地把握小说的定义，明确区分小说与非小说的界限；如何更好地运用传播学的理论和方法，扩展对中国古代小说发展演变的认识和把握等，都需要继续深入思考并付诸研究的实践之中。

现在孔敏博士的这部学术著作即将付梓了，在为她感到高兴的同时，希望孔敏博士持续关注这一课题，扩充更多的相关研究内容，以求取得更为可观的成绩。

是为序。

王　平

2016 年冬于山东大学

目　录

序 ……………………………………………………… 001

绪论 ……………………………………………………… 001

第一章　唐代小说在明清时期的传播概况

第一节　社会环境 ……………………………………… 010

第二节　传播渠道 ……………………………………… 012

第三节　传播者 ………………………………………… 015

第四节　传播受众 ……………………………………… 020

第五节　传播噪音 ……………………………………… 022

第二章　唐代小说在明清时期的传播方式

第一节　单行 …………………………………………… 032

第二节　小说总集 ……………………………………… 035

　　一、明·陆楫《古今说海》 ………………………… 036

　　二、明·陆采《虞初志》 …………………………… 040

　　三、明·王世贞《艳异编》 ………………………… 042

　　四、《五朝小说》 …………………………………… 048

第三节　类书 ……………………………………… 052

　　一、《永乐大典》 ………………………………… 053

　　二、《古今图书集成》 …………………………… 054

第四节　丛书 ……………………………………… 065

　　一、《说郛》 ……………………………………… 066

　　二、《四库全书》 ………………………………… 074

第五节　笔记 ……………………………………… 082

第三章　唐代小说在明清时期的改写

第一节　明清文言小说对唐代小说的改写 ………… 123

　　一、《剪灯新话》 ………………………………… 123

　　二、《聊斋志异》 ………………………………… 133

第二节　明清白话小说对唐代小说的改写 ………… 140

　　一、"三言" ……………………………………… 140

　　二、"二拍" ……………………………………… 147

　　三、长篇白话小说 ……………………………… 152

第三节　明清戏曲对唐代小说的改写 ……………… 156

第四章　唐代小说对明清文学的影响

第一节　典型人物 ………………………………… 166

　　一、女性形象 …………………………………… 167

　　二、男性形象 …………………………………… 180

第二节　典型情节 ………………………………… 190

　　一、复生 ………………………………………… 190

　　二、离魂 ………………………………………… 193

　　三、人入异域（仙境、龙宫、梦境等） ………… 194

四、人神（人鬼、人妖）婚恋 ……………… 198

五、鬼神夜话 ……………………………… 200

六、命运前定 ……………………………… 201

第三节　艺术形式 ………………………… 202

一、小说与诗歌的结合 …………………… 203

二、第一人称叙事的运用 ………………… 207

三、叙事结构的多样化 …………………… 208

第四节　唐代小说作为典故在明清文学作品中的使用 … 210

一、小说 …………………………………… 210

二、戏曲 …………………………………… 217

三、诗歌 …………………………………… 225

结语 ……………………………………………… 231

参考文献 ………………………………………… 233

后记 ……………………………………………… 241

绪　论

　　"小说亦如诗，至唐代而一变，虽尚不离于搜奇记逸，然叙述宛转，文辞华艳，与六朝之粗陈梗概者较，演进之迹甚明，而尤显者乃在是时则始有意为小说。"① 鲁迅先生的这段文字明确指出：小说发展至唐代，摆脱了先唐时期古小说的幼稚状态，不仅形式更为成熟、完善，更在于小说的作者已经开始有意识地进行小说的创作，不再仅仅停留于奇闻逸事的简单记述，而是自觉、积极地运用各种文学手段使小说成为一种真正成熟的文学样式。

　　汪辟疆在《唐人小说在文学上之地位》一文中同样指出了唐代小说的历史价值。六朝小说"其摛文之旨，实在尽事实之变幻，本不以人物为中心"，"迄于李唐，始有意为小说之创作，而其篇中之中心人物，乃有整个之记述。毋论其事之怪诞离奇，每读一篇，其主要人物，印像甚深。此唐人小说之异于六朝者也"。复次，六朝小说"大抵平直简质，艺事无足动人，故其流传未久，率皆不存。……唐人则不然，往往于志怪之余，兼擅文事，其描写人物风景，浓至蒨丽，蔚然可观，反覆展玩，荡气回肠，

_____

　　① 鲁迅：《中国小说史略》第八篇《唐之传奇文（上）》，上海古籍出版社1998年，第44页。

后人抚拟，汗流莫及。则艺事之工也"①。从人物描写和艺术表现两方面分析了唐人小说与六朝小说之别，进一步探讨了唐代小说的历史地位、文学价值、艺术成就及其对后世文学的深远影响。

有唐一代的小说无论在数量还是质量上都取得了极大的进展，在形式与内容上都取得了前所未有的突破，基本上已经具备了近代意义上的小说特征。而且，唐代小说在其发展中产生了唐传奇这种崭新的小说体式，可以代表唐代小说的最高成就，体现唐代文学的精神风貌，对后世文学也有深远的影响。同时，唐代小说于传奇之外，还包括志怪小说、话本小说、杂事小说等样式，明人胡应麟在《少室山房笔丛》中将小说分为六类："一曰志怪，《搜神》《述异》《宣室》《酉阳》之类是也；一曰传奇，《飞燕》《太真》《崔莺》《霍玉》之类是也；一曰杂录，《世说》《语林》《琐言》《因话》之类是也；一曰丛谈，《容斋》《梦溪》《东谷》《道山》之类是也；一曰辨订，《鼠璞》《鸡肋》《资暇》《辨疑》之类是也；一曰箴规，《家训》《世范》《劝善》《省心》之类是也。"② 其中提到的《宣室》（张读《宣室志》）和《酉阳》（段成式《酉阳杂俎》）为唐代志怪小说集，《崔莺》（元稹《莺莺传》）和《霍玉》（蒋防《霍小玉传》）为唐传奇，《因话》（赵璘《因话录》）为唐杂事小说集，可见唐代小说类型之丰富多样，并且各种样式都出现了质量上乘的优秀作品。因此，在小说的类型、数量及质量各方面，唐代小说可以说均取得了丰硕的成果。

---

① 汪辟疆：《汪辟疆文集》，上海古籍出版社 1988 年，第 604～605 页。
② （明）胡应麟：《少室山房笔丛》卷二十九《丙部九流绪论下》，中华书局 1958 年，第 374 页。

以上种种态势，都为我们展现出唐代小说的兴盛之貌。唐代小说对于后世文学的影响极为深远，历代丛书、类书都十分重视对唐代小说的收录。据初步统计，北宋初大型类书《太平广记》收录的唐代小说集及单篇小说就多达一百三十五部（篇），南宋丛书《类说》收录有七十二部（篇），其他丛书、类书亦多有收录。后人整理的唐代小说集如桃源居士《唐人小说》、鲁迅《唐宋传奇集》、张友鹤《唐宋传奇选》、李格非《唐五代传奇集》、周楞伽《唐代传奇选译》、吴志达《唐人传奇》、汪辟疆《唐人小说》、陈周昌《唐人小说选》、李宗为《唐人传奇》、李时人《全唐五代小说》等颇可观览，对唐代小说进行研究的文章与专著亦不在少数。因此，唐代小说的重要性与研究价值是非常明显的。

同时，唐代小说流传至今，时隔千余年，它在这一漫长时期内究竟是通过哪些方式、渠道，借助哪些媒介、载体才得以传播久远？传播的效果如何？传播者与接受者在传播过程中发挥了怎样的作用，又受到了何种影响？对于唐代小说的研究工作而言，这些问题应引起足够的重视和必要的探讨。但同时，在上述方面却仍然存在广泛的空白，有待于进一步的研究与书写。应该说，在唐代小说的传播这个问题上，目前学术界的研究并不充分，尤其是对于有唐一代小说在传播方面的整体性研究，至今还未有涉及。

目前，学术界已经认识到此问题的重要价值，并逐渐展开相关研究。现与此课题相关的研究主要集中在以下几个方面：社会背景研究、思想文化研究、文本研究等，涉及与唐代小说有关的各个领域。

20 世纪 80 年代之前，对于唐代小说的研究主要集中在小说的译注，小说的思想内容、艺术特点分析，以及唐代小说兴盛的原因等方面，主要的研究论著有：刘开荣《唐代小说研究》、谭正璧《唐代传奇给予后代文学的影响》、徐士年《唐人小说的近代现实主义特征》、徐士年《略谈唐人小说的思想和艺术》、李骞《唐"话本"初探》、陈玉璞《唐代传奇的细节描写》、吴庚舜《关于唐代传奇繁荣的原因》、程毅中《唐宋传奇本事歌行拾零》，等等。

20 世纪 80 年代至 20 世纪末，研究的主要方向转到唐代小说的整理、辑佚，唐小说与其他文学样式的关系，以及唐小说对后世文学之影响等领域，敦煌遗书的发现也使得唐代的俗讲、变文等成为研究的新对象。这一时期涌现出大量的研究成果，如程毅中《唐代小说史话》、程毅中《唐代小说琐记》、邹启茂《唐宋传奇校勘辨伪》、张鸿勋《敦煌发现的话本一瞥》、张锡厚《试论敦煌话本小说及其成就》、王庆菽《宋代"话本"和唐代"说话"、"俗讲"、"变文"、"传奇小说"的关系》、陈勤建《论唐传奇的繁荣与民间文学的关系》、程毅中《试谈唐代传奇的演进》、周勋初《唐代笔记小说的内涵与特点》、王运熙和杨明《唐代诗歌与小说的关系》、谭正璧和谭寻《唐人传奇与后代戏剧》、何丹尼和李海峰《论唐传奇对唐代叙事诗的影响》、程毅中《论唐代小说的演进之迹》、李宗为《论唐传奇的素材来源及演变》、卢兴基《唐代小说的总体研究——读程毅中〈唐代小说史话〉》、程国赋《从唐传奇到三言二拍之嬗变》、罗南超《唐传奇在中国小说发展中的地位和作用》、程国赋《唐代小说嬗变的成因探讨》、程国赋《从唐传奇到话本小说之嬗变研究》、程国赋《唐传奇与元杂剧相关作品的比较研究》、程国赋《唐代小说嬗变研究》等。

进入 21 世纪以来，唐代小说相关研究则更多地集中在对唐代小说的类型研究、唐代小说与社会文化之关系论方面，并逐渐将研究的触角伸向传播领域，这应该说是唐代小说研究的重大进展。朱迪光《唐代小说研究发覆》、邱昌员《诗与唐代文言小说研究》、景凯旋《唐代小说类型考论》、蔡静波《唐五代笔记小说研究》、罗争鸣《唐五代道教小说研究》、罗宁《唐五代轶事小说研究》、刘正平《宗教文化与唐五代笔记小说》、俞晓红《佛教与唐五代白话小说》、黄大宏《唐代小说重写研究》、崔际银《"诗与唐人小说"研究述略》等论文都从不同角度深入展开论述。

另外，相关的传播研究也取得了丰富的成果，主要论著包括宋莉华《明清时期的小说传播》、柯卓英《唐代的文学传播研究》、李艳茹《佛教寺院与唐代小说传播之关系》、郭志强《中国古代通俗小说传播研究》、邱昌员《诗歌典故与唐代小说的流传传播》、邱昌员和曾光敏《论唐诗与唐代文言小说的传播》、杨忠《传播与唐传奇的繁荣》等。

不难发现，今日学术界对于唐代小说以及文学传播两个领域的研究都有了全新角度的深入开展，但是将此二者结合起来，进行唐代小说传播的综合性研究这一方面仍是有待填补的空白。因此，本书拟就此问题略作分析，希望能够提供一己之见。

对于唐代小说的认识与判定，自古至今存在许多不同的声音。一部分古人所认为的小说作品在今日已有更多学者将其划出小说范畴，如何延之《兰亭记》、韩愈《毛颖传》，唐宋时人多将其视为小说，而我们现在则比较倾向于把它作为散文来看待；李翱《卓异记》在宋元书目中多著录于小说家类，而《四库全书总目提要》则将其著录于史部传记类下。相反，李肇《国史补》在宋元书目中多著录为传记类、杂史类，《四库全书总目提要》却又将其著录于子部小说家类之中。凡此种种皆可看出，对于唐代小说的定义与划分很难有一个精确的标准，及至今日学术界，对此问题也仍存在一定的争议。因此本书所探讨的唐代小说是在参照古代与现当代小说定义的基础上，依据史书、目录书的分类情况，尽量纳入符合多数人认识的小说作品，对于存在较多争议的作品则暂不作为本文的研究对象。另外，敦煌遗书中发现的唐代变文等形式，因其在明清时期的传播尚无相关可靠材料，故本书也未列入讨论范围。

本书所运用的研究方法主要为文献法与综合分析法。对唐代小说的文本进行考辨，归纳整理唐代小说在后代的收录情况，分析唐代小说在历史流程中的嬗变、改写，发现唐代小说对后代文学艺术的影响与原型意义，讨论各家对唐代小说的不同解读和诠释。其中，以具体作品作为分析对象向纵深展开，从而对唐代小说在时间和空间上的传播做出细致深入的梳理和探讨，揭示出唐代小说在传播过程中的影响因素，总结唐代小说传播的特点与具体情况，对唐代小说的传播做出宏观的把握。

具体内容包括：

唐代小说在明清时期的传播概况：主要涉及唐代小说传播的社会环境、传播渠道、传播者、接受者等问题，从整体上把握唐代小说在明清时期传播的概貌与效果。

唐代小说的著录与保存情况及其传播方式：对唐代小说在后世目录书中的著录情况以及在小说总集、丛书、类书等中的收载情况做出尽量全面、细致的梳理和归纳，从而展现唐代小说在后世的传承情况。具体分析唐代小说在后世的几种主要传播方式，即单行传播、小说总集传播、丛书传播、类书传播和笔记传播，以论证其对唐代小说在明清时期传播的重要作用。

唐代小说在明清时期的改写：改写亦是促进原文本传播的一

种有效方式，此部分内容采取文本分析的方法对唐代小说在明清时期的改写情况进行论述，可以看出改写对唐代小说传播的意义与价值。

唐代小说对明清文学的影响：从人物、情节、艺术形式、典故使用等方面进行分析，多角度论证唐代小说对于明清文学的影响之深远，并由此见出唐代小说在明清时期良好的传播效果。

第一章
唐代小说在明清时期的传播概况

　　唐代小说以其崇高的艺术成就而具有了强大的生命力，因而在明清时期获得空前广泛的传播。其传播之广泛既是由于唐代小说作品自身所拥有的传播价值，同时明清时期的社会条件与技术状况以及随之产生的读者需求也起到了决定性的作用。

　　唐代小说在明清时期的传播，经历了复杂的过程和条件，其中既有对其传播有利的方面，也不乏阻碍传播的不利影响。种种因素共同构成了唐代小说在明清时期传播的客观环境，也奠定了唐代小说在明清时期传播的特点。概括而言，唐代小说在明清时期，虽面临各种压制与束缚，却仍然凭借自身的生命力和传播媒介与传播方式的进步得到了广泛的传播。

　　本章内容主要从唐代小说在明清时期传播的社会环境、传播渠道、传播者、传播受众等几方面进行分析，从而展现唐代小说在明清传播的基本情况与效果，并引入传播学理论中的噪音概念，以求对唐代小说传播研究有所借鉴。

　　在唐代小说的传播方面，明人造成了重要影响。明代丛书、类书众多，许多唐代小说亦被收录其中，因而得以随其刊行传播。如《古今说海》《虞初志》《顾氏文房小说》《津逮秘书》等皆对唐代优秀小说篇章有较多收录。

在清代，唐代小说大多也是依靠丛书、类书收录得以传播的，如《唐代丛书》《龙威秘书》《香艳丛书》等，都有不少唐代小说。尤其是《四库全书》与《古今图书集成》作为唐代小说收录、传播的重要载体，许多唐代小说被收录其中，随二书的广泛传布而传播。

第一节　社会环境

明清两代的政治、经济、思想、文化等各个方面都发生了较大的波动和变化，在不同程度上影响着唐代小说的传播。

明清政治环境总体上经历了一个压制—宽松—加强控制—失控的过程。唐代小说的传播在这个曲折的过程中，伴随阻力与机遇的交替曲折发展。

明代初期，统治者采取一系列措施加强中央集权：一方面运用高压手段，对文人士大夫进行残酷打击与迫害，以威慑人心，控制思想文化；另一方面，又采用积极引导的政策，建立以程朱理学为首的思想体系，并实行以四书五经命题考试的八股取士制度，自上而下控制文人的思想与文化行为，从而达到巩固与加强封建专制的目的。

在这种束缚引导与压制打击的双重作用下，明初文学的发展受到很大影响，发展缓慢甚至出现了一定的倒退。唐代小说在这一时期的传播也面临着一定的阻碍。

这一时期的亮点是明成祖朱棣下诏编纂《永乐大典》。《永乐大典》是迄今为止世界上最大的百科全书，其规模远远超过前代编纂的所有类书。共计 22937 卷（目录占 60 卷），分装成 11095 册，全书约 3.7 亿字。在编纂过程中采用保存的古代典籍达七八千种之多，数量是《艺文类聚》《太平御览》《册府元龟》等书的五六倍。《永乐大典》的编纂对于唐代小说的保存与传播来说，无疑是一个极为有利的推动因素。但这部空前的大型类书在明清两朝严重残损、散佚，尤其是在光绪二十六年（1990），《永乐大典》几乎全部遭到焚毁，所余无几。《永乐大典》的损毁对于唐代小说的传播以及整个中国古代文化的传承而言，都是一个极大的损失。

弘治、正德年间，专制统治有所松动，同时社会思想文化风气的转变也给明后期文学发展带来了相对宽松的环境。尤其是明后期心学的兴起，以及佛、道等宗教思想、文化的盛行，对整个社会文化、文学包括小说的影响都是巨大的。《古今说海》《稗海》《说略》《绿窗女史》《情史》《青泥莲花记》等小说丛书、类书都在明中后期出现，其中收录了大量的唐代小说作品；《清平山堂话本》《剪灯新话》"三言""二拍"等小说集的编写，也对唐代小说进行了一定的改写与继承，这些都对唐代小说的传播有着很好的推动作用。

社会经济方面，初期的重农抑商政策也发生了很大的变化，明代中后期的商品经济迅速发展，随之而来的就是城市的繁荣、市民阶层的壮大，以及由此所带动的通俗文化的兴盛。阅读的广泛需求、良好的市场利益，都使得文人编纂、撰写小说作品的风气日盛，小说成为一种流行于各阶层之间的文学样式，不仅出现了大量的新撰小说作品，前代的小说包括唐代小说也被反复刊刻、编纂、改写，得到了广泛的传播。

清朝定鼎后，进一步巩固、加强了中央集权统治，如雍正年间军机处的设立、保甲制度的施行等，都大大加深了专制的程度。更为严苛的手段是文字狱的兴起，对当时及以后很长一段时间内的文学、学术风气都有极大的影响。统治者同时还采用了编纂图书的方式来控制、引导社会思想，《明史》《康熙字典》《佩文韵府》《古今图书集成》《全唐诗》《四库全书》等都成于此时，一方面保存、辑录了大量古代书籍，另一方面大量书籍在修书过程中被禁毁。除此之外，清代统治者还颁发禁令，压制、打击小说的传播，以达到完全控制思想文化领域的目的。凡此种种，都对包括小说在内的文学造成了一定的束缚，也在一定程度上阻碍了唐代小说的传播。当然，与此同时，商品经济的发展、印刷技术的进步、小说本身的吸引力等方面，仍然在困境之中推动着唐代小说的传播。

清后期的中国社会，在政治、经济、思想、文化等各个方面都产生了剧烈的变动，唐代小说在这种环境中，其传播也必然受到较大的影响。光绪三十二年（1906），清政府制定《大清印刷物专律》作为出版物管理法规，但小说在这一时期的广泛传播，统治者已经无法控制。资本主义经济的发展、新型学校的兴办、印刷出版业的繁荣、社会思想的新变，凡此种种，都在推动着小说的新浪潮。但是，此时的小说已经发生了很大的变化，"新小说"作为新生事物展现出强大的生命力和吸引力。因此，唐代小说在此时的传播并没有太大的发展。

第二节　传播渠道

较之前朝，明清时期的印刷技术与印刷业都得到了飞速的发展与繁荣，因此唐代小说在明清两代的传播也从此前的以口头传播、抄写传播为主逐步发展为以印刷、刊刻的方式进行传播。这对于唐代小说的传播而言，是一个极为有力的推动。

明代前期的小说传播，一方面是仍然盛行的口头传播，另一方面则是抄本与刻本的并行。由于此时的印刷出版业还较为滞后，故而抄本传播还是小说传播的主要形式。《明史·艺文志》记载，宣德四年，"秘阁贮书约二万余部，近百万卷，刻本十三，抄本十七"①，官方正统著作尚且如此，小说类作品的传播就更可想而知了。明代官修大型类书《永乐大典》也是手写本，直至嘉靖年间的副本仍然是世宗命人重新抄写而成的。正因为没有刻本，无法大量流行传播，才导致了《永乐大典》一经损毁，再无全貌。再如《三国志通俗演义》在元末明初即已成书，而嘉靖年间始有刻本面世，此前只能以抄本形式传播。这种传播方式的滞后自然在一定程度上也阻碍了唐代小说的传播。

明后期的印刷业有很大的发展，不仅官方刊刻十分兴盛，私人刻书也逐渐增多并成为一种风气，以刊刻、出版、销售图书为业的书坊也大量出现，北京、南京、苏州、杭州等地皆成为书坊密集之地。明代胡应麟记载："今海内书，凡聚之地有四：燕市也，金陵也，阊阖也，临安也。"② 以营利为目的的书商为了迎合广大市民阶层的阅读需要，大量刊刻发行通俗小说、戏曲等文学作品，这其中既包括文人的新作，也不乏前代作品。唐代小说摆脱了以往以传抄为主的传统传播模式，而得以通过刻本的形式传播，刻书远远超过抄写的绝对优势，使得唐代小说在这一时期的传播也得到了迅速的发展，更为广泛地在读者群中流布。但另一方面，由于刻本图书的商业化，小说在无力购买的下层文人与普

---

① 　（清）张廷玉等：《明史·艺文志》，天津古籍出版社2005年，第12卷，第1页。

② 　（明）胡应麟：《少室山房笔丛》卷四《甲部经籍会通四》，中华书局1958年，第55页。

通市民中仍然只能依靠抄本形式传播。

纵览明代，唐代小说的刊刻、传播范围是日益扩大的。一开始的《顾氏文房小说》《四十家小说》《虞初志》刊刻于苏州，《古今说海》刊刻于上海，传播地域相对狭小。后期苏州、金陵、建阳、杭州、徽州、北京等地皆成为唐小说的刊刻、销售、传播中心。世德堂刊《绣谷春容》、万卷楼刊《国色天香》、大盛堂刊《重刻增补燕居笔记》、秦淮寓客编《绿窗女史》等作品，都刊印于金陵；双峰堂刊《万锦情林》、萃庆堂刊《新刻增补燕居笔记》、余公仁刊《燕居笔记》等刊刻于福建建阳；大量选录唐代小说的《虞初志》《续虞初志》《艳异编》《合刻三志》《五朝小说》、重编《说郛》等，都刊刻于杭州；《广艳异编》《古今逸史》《青泥莲花记》等书则刊刻于徽州，有力地促进了唐代小说的传播。

至于清代，印刷出版业在前代基础上有了长足的发展，无论官方刻书还是民间的私人刊刻出版，都具有相当大的规模。如果说清前期的刊刻在政治高压之下，主要集中于正统著作；清中期以后，随着统治者政策的松动，通俗文学的出版物则大大增加，包括小说、戏曲、说唱文学、民间读物等各种作品都被纳入刊刻发行的范围中来，这不能不说是一个史无前例的飞跃。例如，程高本《红楼梦》就是在抄本基础上，由程伟元主持刊刻而成的，这也是《红楼梦》在成书之后不久即能在广大读者之间迅速流行开来的重要原因之一。鸦片战争之后，印刷业随着西方新的技术与机器的传入而得以迅速提升，传统的雕版印刷逐渐为石印、铅印技术所取代。同时，西方资本的注入也促使国内的印刷出版业繁荣发展、兴盛一时，延续至今的商务印书馆正是兴办于这一时期。这些都在客观上促进了小说的传播。

相对于清政府严厉控制通俗文学的刊行，书坊仍然是小说印刷发行的强势力量。清朝的书坊较之明朝，发展得更为成熟，刻书范围也进一步扩大，并针对普通民众开设了图书租赁业务。有钱者买书阅读，无钱者亦可以租书欣赏，这些都大大方便了读者对小说的接受，也在客观上推动了小说的广泛传播。诚然，这一时期更多的是新撰小说的刊刻流行。但不能否认，印刷出版业的兴盛发达，对唐代小说的传播也有一定的带动作用。

第三节　传播者

唐代小说在明清两代的传播者主要包括三种类型，即官方、文人以及书坊主。官方的作用非常重大，能够全面收录唐小说作品的大型类书、丛书，正是由明清帝王下诏，官员主持，政府负责完成的，如《永乐大典》《古今图书集成》《四库全书》等，皆为此类。可以看出，无论统治者是出于何种动机，在唐代小说的传播过程中，官方的作用与影响都是极为重要的一个方面。当然，这种作用与影响既有其积极的一面，也不可避免地具有消极的一端。其优势在于，官方的力量雄厚，包括集中全国最为优秀的学士文人，强大的财政支持，以及官方的号召力、影响力，这些都是促成图书编纂的优势条件，官方修书的大型性、全面性、完整性和严谨性，往往是私人编纂书籍所难以企及的。因此，我们不难发现，明清两代的官修类书、丛书都很好地保存了唐代小说的主要版本，对于唐代小说的传播与接受做出了重要的贡献。但前面也已说过，官方修书也有其缺点与不足：在朝廷修书过程中，大量所谓"违禁"书籍被收缴、损毁或者遭到删改，这对于文学的保存与传播无疑产生了极为不利的负面影响，唐代小说的传播也很难说不受牵连，从而受到或多或少的影响。

明代初期，唐代小说主要还是通过口头与抄写得以传播的。虽然统治者对于小说等通俗文学的控制十分严苛，但是并不能完全禁止小说在上自宫廷、下至民间社会的传播。一方面是统治者在严禁的同时又表现出本身的喜爱，另一方面则是社会民众对小说的高度喜爱。这些因素都促成了包括唐代小说的小说传播流行。《明实录》记载，（正统七年三月壬戌朔）国子监祭酒李时勉言五事，其一云："近年有俗儒，假托怪异之事，饰以无根之言，如《剪灯新话》之类，不惟市井轻浮之徒争相诵习，至于经生儒士，多舍正学不讲，日夜记意，以资谈论。若不严禁，恐邪说异端日新月盛，惑乱人心，实非细故。乞敕礼部行文内外衙门及提调学校金事御史，并按察司官巡历去处，凡遇此等书籍，即令焚毁，有印卖及藏习者，问罪如律。庶俾人知正道，不为邪妄所惑。"① 这从侧面反映出当时社会各个阶层对小说的欢迎程度，"不惟市井轻浮之徒争相诵习，至于经生儒士，多舍正学不讲，日夜记意，以资谈论"。

明中后期的唐代小说传播者仍然包括口头传播者与书面传播者两个大类，并且二者都在社会发展变化的背景下有较大的进展与勃兴。一方面，随着明后期社会思想文化自由程度的加深，说话人在民间的活动更为兴盛；另一方面，书面传播者也伴随着时代的进步发生了巨大的改变：不再只是简单的书籍抄写者，而纳入了更多的成员与形式，包括小说的作者、编者、评点者、刊刻者、出版商等，都进入了书面传播者的范围。在小说影响力的推

---

① 《英宗实录》，见《明实录》，"中央研究院历史语言研究所"校印本（据国立北平图书馆红格钞本微卷影印），1961 年，卷九十，第 1813 页。

动下，甚至统治阶层也开始刊刻出版小说这种通俗文学样式的作品，武定侯郭勋就是当时一位著名的刻书家。拥有广阔的市场、得到官方的默许，小说书籍的刊刻出版就成为明后期书坊主的关注热点。在众多的书商之中，有一些本身就是文人，他们不仅致力于书籍的刊刻印行，并且亲自投入到小说的编写、创作中去，如熊大木、余象斗、洪楩、熊龙峰等人皆属此列。同时，也有许多文化程度有限的书商为了拥有更大的市场，开始出资邀请文人为书坊从事小说的编纂、撰写工作，"三言""二拍"等小说著作都是这种市场化的产物。为了节约成本，缩短时间，并迎合广大受众的需求，文人又往往会对历代经典作品进行改编，如前面提及的《剪灯新话》《清平山堂话本》"三言""二拍"等小说集，其中就包括了大量对唐传奇以及宋元话本的改写之作。书商更是在图书中配以插画以吸引读者，另外还采取各种手段降低图书价格，打开售书渠道，从而扩大市场，获取更多利润。而无论是对唐小说的直接印行传播，还是通过《剪灯新话》《清平山堂话本》"三言""二拍"等包含唐代小说作品在内的新编小说集的流行来间接扩大唐代小说的影响，我们亦都可以看出，在唐代小说的传播过程中，文人的精心编纂与构撰，以及书坊主的大力推动，即使这种推动是出于营利的需求，都是必不可少的重要动力。

明初，收录、传播唐代小说的主要书籍有永乐年间王䣛编纂的《群书类编故事》。其中录有《古岳渎经》《枕中记》《南柯太守传》《玄怪录·郭代公》《玄怪录·刘讽》《玄怪录·开元明皇幸广陵》《续玄怪录·定婚店》《续玄怪录·李卫公靖》《周秦行纪》《博异志·崔玄微》《纂异记·陈季卿》《逸史·尉迟敬德》《逸史·罗公远》《逸史·梦钟馗》《宣室志·周生》《宣室志·张锃》等十数条，基本均为节录。另外，书中体例多改变唐小说原题，另撰新名。如《南柯太守传》题为《淳于棼》，《郭代公》题为《乌将军娶女》，《刘讽》题为《空馆女歌》，《开元明皇幸广陵》题为《广陵观灯》，《定婚店》题为《月下老人》，《崔玄微》题为《封十八姨》，《陈季卿》题为《仙翁叶舟》，《尉迟敬德》题为《前定得钱》，《罗公远》题为《银桥升月宫上》，《周生》题为《梯云取月》，《张锃》题为《洞元先生》，可发现多采用四字格式题名。

明中期则出现了顾元庆《顾氏文房小说》、陆采《虞初志》、陆楫《古今说海》、袁褧《四十家小说》、王世贞《剑侠传》《艳异编》等数种选录有唐代小说的丛书、类书作品。这些作品，不仅收录唐小说的数量明显增多，而且出现了专题收录的形式，如《剑侠传》《艳异编》、梅鼎祚《青泥莲花记》等。《顾氏文房小说》编撰于正德、嘉靖年间，书中收录了《周秦行纪》《梅妃传》《白猿传》（《补江总白猿传》）《高力士外传》《集异记》等作品，对于唐代小说在明代的传播具有重要意义，使得更多的读者能够通过此书对唐代小说有所接触与了解。其后，《虞初志》在此基础上增选了十多篇作品，共收录唐代小说近三十篇，且收录了大量唐代小说名篇，如《离魂记》《枕中记》《南柯太守传》《谢小娥传》《李娃传》《任氏传》《霍小玉传》《柳毅传》《长恨歌传》《莺莺传》《无双传》《虬髯客传》等。《古今说海》收录六十余部唐代小说，数量有了明显增加，并且所收作品与《顾氏文房小说》和《虞初志》均不相同。

明后期，收录唐小说的丛书、类书和小说选本约五十种，唐代小说在明代的传播就此达到高峰。在这些丛书和类书中，不仅上述明中期所收录的小说作品又被重新选录，因而得到更加广泛的传播，而且约有七十篇此前未被收录的唐代小说作品也为多书所载，从而进一步扩大了唐代小说的收录和传播范围。这一时期，还出现了专门收录唐小说的小说选本，如《唐人传奇》《三十家小说》等，这种专书的形式既有利于唐代小说的保存和传播，又满足了读者的阅读需求。

整个清代，小说的传播者队伍继续壮大，不仅涵盖社会各个阶层的人群，而且无论口头传播者抑或书面传播者，都表现出更为活跃的趋势。小说的口头传播者受到听众的广泛喜爱，因而在社会地位、表演技艺等方面都得到了一定的提升，如清初之柳敬亭、清末之石玉昆等人，皆为此中翘楚。小说的书面传播者则呈现出更为自觉、主动的传播态度与更为专业、更具才华的传播特点。或是出于谋生而与书商合作，凭借小说的编撰求取利益；或是感时伤事，借小说的形式抒写心情；或是借评点小说作品来炫示才学、表达感受或谋取利益。总之，越来越多的文人、学者、官宦等都投入到小说的创作、整理与传播中来，从而形成了小说创作、整理与传播的高潮。唐代小说的传播也在这一浪潮之中得到了较好的传承与发展。

前文已述，清代的刊刻、出版业更加兴盛发达，因而印刷刊行文言小说集亦有相当数量，但其中收录唐代小说作品的集子只有少数几种，如《唐人说荟》《唐代丛书》《龙威秘书》等。其中《唐人说荟》和《唐代丛书》的收书规模最大，但它们收录的绝大多数唐代小说的篇目基本相同，且其中舛误疏漏之处颇多，这就大大限制了唐代小说的传播。从这一点来看，唐代小说在清代的传播较之明代已趋于衰退。

第四节　传播受众

与传播者相呼应，唐代小说的传播受众在明清两代也呈现出不断发展的趋势与特点，并且逐渐由被动接受发展为积极主动地对唐代小说的传播产生一定影响。

明代前期，唐代小说的接受者上自帝王，下至百姓，范围十分广泛。统治者作为受众，应该说有着不同于一般受众的特点，即他们对传播的控制性。一方面，统治者为加强专制统治、控制思想而颁布各种禁令，严禁小说、戏曲等通俗文学的传播；另一方面，出身于社会下层的明代统治者对于小说、戏曲又由衷地喜爱，同时他们也看到了小说对百姓的巨大影响作用，因而又采取手段引导并推动有利于维护其统治的小说作品的传播。在这样一种双重措施的作用之下，唐代小说的传播呈现曲折发展的态势。另外，明初广大的市民阶层成为小说受众的主要组成部分，他们的欣赏喜好也成为新小说创作与旧小说整理及传播的重要导向。

明后期，唐代小说的受众队伍得到了空前的壮大，并且越来越多的受众从口头传播的接受者转而成为书面传播的接受者，这也在一定程度上影响了唐代小说的主要传播渠道：口头传播仍然拥有广泛受众的同时，唐代小说的书面传播日益发展，成为一种更加重要的传播方式。客观上，前文所述印刷业的发达促成了书面传播盛行的可能性，书坊主也从各个方面对唐代小说的传播做出努力，从而扩大了小说图书的流行以及小说受众的人群；主观上的原因则在于广大唐代小说受众接受方式的转变。社会各阶层的接受者随着社会经济的发展，其富裕程度与受教育程度也有了

相应的提高，因而有一定的能力阅读小说的书面形式作品，从而
又进一步刺激并推动了小说印刷出版业的兴盛。书商以及文人在
小说编撰、印刷、出版过程中，对唐代小说的选择、改编等，很
大程度上要考虑到当时广大受众尤其是市民阶层的阅读爱好与水
平，在各个方面既有所偏重又有所兼顾。因而在明代后期，唐代
小说中的爱情题材、商贾题材、公案题材、神仙题材等得到了更
为广泛的传播，在受众之中流行更为普遍。正如明代胡应麟所指
出的："怪力乱神，俗流喜道，而亦博物所珍也；玄虚广莫，好
事偏攻，而亦洽闻所眠也。谈虎者矜夸以示剧，而雕龙者闲掇之
以为奇，辩鼠者证据以成名，而扪虱者类资之以送日。至于大雅
君子，心知其妄，而口竟传之，且斥其非，而暮引用之，犹之淫
声丽色，恶之而弗能弗好也。夫好者弥多，传者弥众；传者日
众，则作者日繁，夫何怪焉。"①

　　小说的受众在清代继续扩展，甚至于遍布老幼妇孺、工商兵
农，其原因是多方面的：清代统治者在科举制度、学校教育等方
面都有了更为完善的设置，对于汉族文人既予以严格控制，同时
又采取大力笼络、招致的措施来为己所用，巩固统治，在客观上
促成了人们文化程度与阅读能力的提高。清代社会经济的繁荣发
展，城市的扩大与市民阶层的上升为小说的传播提供了良好的物
质条件与需求。再者，印刷业的进一步兴盛也推动了小说的印行
与传播。在清代，人们对于小说的接受已经司空见惯，成为一种
正常的娱乐行为，而不再是文人雅士所不齿的俗事，包括官僚士
族在内的社会上层人士纷纷加入到小说的受众队伍中来，与普通

---

① 　（明）胡应麟：《少室山房笔丛》卷二十九《丙部九流绪论下》，中华书局
1958 年，第 374 页。

市民一样，通过欣赏说书艺人的表演以及抄写或购买、阅读小说文本来接受小说的传播。

随着资本主义经济与思想文化的渗入，小说的地位得到了空前的提高，小说在社会上的传播也更为广泛。与之相应，小说的受众进一步扩大，日渐增多的新兴城市中日益壮大的市民阶层逐渐成为小说受众的主体，并对小说的传播产生了极其重要的影响。此外，由于对小说之重要作用的认识日益深入人心，在有识之士的大力推动与引导下，小说的受众也扩及整个社会的各个阶层。

但是我们也看到，清代后期，日益广泛传播的小说主体已经逐渐为新兴小说作品所占据，传统的小说包括唐代小说随着时代的发展、人们思想观念的新变以及对小说之社会作用的认知和对小说的改革，其传播已渐呈弱势，虽仍有作品的整理与刊行，但在时代的浪潮中已无法与新小说争一席之地。唐代小说的传播在经过明清两朝的兴盛之后，伴随着封建政权的衰落与新的时代思想的兴起渐为时代狂飙所掩盖，却始终未曾停止它的传播。

第五节　传播噪音

传播学中的香农—韦弗模式由信息理论奠基者 C.香农和 W.韦弗在《传播的数学理论》一书中提出，其模式为：信源—发射器—噪音—接收器—信宿。该模式对信息的传播过程研究有重要作用，它引入了噪音的概念，表明了信息在传播过程中会受到各种干扰，社会传播也是如此。香农和韦弗认为，信息对于接受者来说，除了其有效部分之外，还会有噪音的存在。在他们的信息传播模式中，噪音指的是在传播中外部环境对于传播产生的干扰。它往往超越了接受者所能判断的可能性范围的信息，因此噪音是构成接受和理解过程的障碍。

将这一理论放到文学的范畴中来看，它仍然是适用的。例如，普通阅读者在阅读古代文献的过程中，就会经常遇到各种噪音。通常包括以下几种类型：

典故。对于一般的中国人来说，阅读古代文献虽然在大部分文字上没有太多信息沟通的障碍，但却仍然很难读懂，其主要原因就在于文献中的典故，常常成为人们阅读理解中的噪音。

语法。对于没有受过专业教育的人士而言，古代汉语与现代汉语的语法差异往往也会构成阅读理解过程中的噪音，使接受者难以理解信息所要表达的意思。

句读。即标点符号。古代文献往往没有标点，最多在停顿处以圈或点做出标记，这一点对于现代人而言，也是造成阅读障碍的原因之一。

另外还有，古代文献的排版形式，印刷或抄写状况（如模糊不清或错印、错抄以及抄手擅自改动等），在传播过程中后人的改动和批注，等等。这些因素中有的能够对原文本的信息传播起到一定的帮助，但大多数则属于传播过程中的噪音。

在唐代小说的传播过程中，同样存在传播噪音的问题。在本篇论文中所探讨的唐代小说在明清时期的收录、改写等问题，既是对唐代小说的一种传播形式，但其中也包含一定量的传播噪音。

1. 节录

许多丛书、类书、选本收录大量唐小说作品，成为传播唐小说的重要媒介，但是我们也不难发现，其中有相当一部分书籍对于唐小说作品并非全文收录，而是仅作节录，不仅失却了小说的原貌，对于后代接受者而言，亦成为唐小说原文本传播过程中的噪音。

这样的情况在唐小说的收录过程中十分常见，很多保存唐小说的著作往往都是采取节录的做法，如《绀珠集》《锦绣万花谷》《古今说海》等。以《绀珠集》为例，其卷五节录牛僧孺《玄怪录》文十八则，均为简短文字，其中《玉卮娘子》等几条仅寥寥数字：

> 有书生姓崔，遇神女。因见一胡僧指其女曰："此西王母第三女，号玉卮娘子也。"(《玉卮娘子》)①
>
> 薛君忽见二青衣驾赤犊出耳中，乃别有天地，花木繁茂，云兜玄国。(《耳中天地》)②
>
> 橘中叟相谓曰："汝输我瀛洲玉尘九斛。"(《玉尘九斛》)③

与原文本相差甚多。而这样一来，受众对于原文本的认知无疑就受到了节文所产生的噪音干扰，是非常片面的。任明华《论唐传奇在明代的文本传播》一文中亦曾看到这一点："《群书类编故事》《广博物志》《祝氏事偶》《玉芝堂谈荟》等十多种类书和学术杂著，限于著书体例，往往节录唐传奇为己所用，体现不出选编者主观上对唐传奇的艺术见解，可存而不论。《绣谷春容》《新镌名公释义全备墨庄书言故事》等个别图书则删略原文，仅存故

---

① 《绀珠集》卷五，见《文渊阁四库全书》，台湾商务印书馆 1986 年，第 31 页。
② 《绀珠集》卷五，见《文渊阁四库全书》，台湾商务印书馆 1986 年，第 31～32 页。
③ 《绀珠集》卷五，见《文渊阁四库全书》，台湾商务印书馆 1986 年，第 33 页。

事梗概。如《绣谷春容》'王仙客得刘无双'将 2300 多字的《无双传》删略为 280 字，《张倩娘离魂奔婿》将 500 多字的《离魂记》删略到 149 字，《李娃使郑子登科》将 3700 字的《李娃传》删略到 336 字。这种编刊方式，虽保留了唐传奇的故事情节，却扼杀了原作的神韵，泯灭了原作的文人化特征。"①

在这一方面，应该说《太平广记》做得比较好，它基本上能够对唐小说原文本进行比较忠实、全面的收录，以使后来受众得以窥见绝大多数唐代小说作品之原貌。

2. 改题

《太平广记》在对唐代小说进行传播的过程中，也有一定的噪音存在。这来自《太平广记》在收录时的一个特点：改动原题。《太平广记》虽然没有擅自删改原文本的正文内容，但却会将其题目改动为人名的形式，这也是《太平广记》题名的特点。例如，王度《古镜记》，《太平广记》题为《王度》；佚名《补江总白猿传》，《太平广记》题为《欧阳纥》；李公佐《南柯太守传》，《太平广记》题为《淳于棼》；沈既济《枕中记》，《太平广记》题为《吕翁》；陈玄祐《离魂记》，《太平广记》题为《王宙》，等等，皆是如此。这种改动虽于正文无碍，但在传播过程中对于接受者的影响也是显而易见的。尤其是那些没有注明出处的作品，其产生的噪音干扰就更为明显。

这种改变作品原题的情况在很多收录唐代小说的丛书、类书中都可以看到。《绿窗新话》卷上录许尧佐《柳氏传》，题为《沙吒利夺韩翃妻》；节录薛调《无双传》，题为《王仙客得到无

---

① 任明华：《论唐传奇在明代的文本传播》，见《文艺理论研究》，2010 年第 6 期。

双）。《艳异编》卷二收录沈亚之《秦梦记》，题为《沈亚之》。《青泥莲花记》卷四收录李公佐《燕女坟记》，题为《姚玉京》。《古今合璧事类备要》别集卷七三节录李公佐《燕女坟记》，题为《系红缕》；卷四一节录佚名《樱桃青衣》，题为《青衣携一篮》。《古今说海》说渊卷三二引沈亚之《感异记》，题为《润玉传》，等等。

一般来说，题目的适度改动应该不会对读者造成太大困扰，像《太平广记》往往采用小说主人公姓名为题，其实还是比较容易看出其原文本的。但是诸如《石鼎联句诗序》又题《怪道人传》，《李章武传》又题《碧玉櫊叶》，《吴保安传》又题《奇男子传》等情况，就很难让读者推想它们究竟是哪一篇唐代小说了，其噪音影响就较为明显了。

3. 改动

这里说的改动既包括明清时期文言小说、白话小说、戏曲等文学样式对唐小说原文本的改写，也包括传播者对唐小说原文本的增删改动。不论是哪一种情况，都在推动唐代小说传播的同时又产生了一定的噪音。

本书第三章主要讨论明清时期的唐小说改写问题，并阐明这种改写对于唐小说在明清时期的传播是一种重要的推动，它可以使得更多的读者通过改写文本而对唐小说原文本有所认知，从而扩大唐小说在明清时期的受众群体。但另一方面，改写对于唐小说原文本的改动在一定程度上也会对受众的原文本接受产生偏差，极有可能出现的情况就是受众对原文本与改写文本人物、情节的混淆，甚或以改写文本取代对原文本的认知。

这方面较为典型的例子，如元稹之《莺莺传》传奇，在后世被反复改写为多种文体形式，因而得以广泛流传，受众涉及各阶层人群，这是改写对于《莺莺传》传播的正面作用；但从另一方面来看，《莺莺传》的改写文本，尤其是戏曲形式的文本则凭借其通俗易懂、朗朗上口的特点以及舞台演出的巨大影响获得了更为广泛的受众，其影响甚至超越了原文本。王实甫《西厢记》一出，即获得了久远的舞台生命力，在戏曲舞台上盛传不衰，连带其阅读文本一并赢得了广大受众的喜爱与广泛流传，并在后世被反复修改重写，出现了《补西厢》《南西厢》《锦西厢》《续西厢》《竟西厢》《第六才子书西厢记》等一系列作品，可见其影响之巨。就连《红楼梦》中的贾宝玉在闲暇无事，也来阅读："那一日正当三月中浣，早饭后，宝玉携了一套《会真记》，走到沁芳闸桥边桃花底下一块石上坐着，展开《会真记》，从头细玩。"林黛玉看了也极为欣赏："接书来瞧，从头看去，越看越爱看，不到一顿饭工夫，将十六出俱已看完，自觉词藻警人，余香满口。虽看完了书，却只管出神，心内还默默记诵。宝玉笑道：'妹妹，你说好不好？'林黛玉笑道：'果然有趣。'宝玉笑道：'我就是个"多愁多病身"，你就是那"倾国倾城貌"。'"① 从此处我们可以看出，宝黛二人所读之书正是《西厢记》而非《莺莺传》。由此可知，即使对于宝黛这样文化修养很高的贵族子弟来说，《西厢记》的影响也远远超过了其原文本《莺莺传》，更不必说二者对于广大民间百姓的影响了。

除改写之外，部分传播者也会对唐代小说原文本做出一定的修改。《太平广记》对人物称谓常会做出改动，如张说《镜龙图记》中之"今上""上"，《太平广记》皆改为"玄宗"，大约是

---

① （清）曹雪芹：《红楼梦》第二十三回《西厢记妙词通戏语，牡丹亭艳曲警芳心》，山东人民出版社1980年，第269～270页。

为了使后代读者阅读时一目了然，没有障碍，但也在一定程度上有损于原文的时代性。《柳氏传》文末有一大段评论文字："然即柳氏，志防闲而不克者；许俊，慕感激而不达者也。向使柳氏以色选，则当熊辞辇之诚可继；许俊以才举，则曹柯渑池之功可建。夫事由迹彰，功待事立。惜郁堙不偶，义勇徒激，皆不入于正。斯岂变之正乎？盖所遇然也。"①《玉茗堂批选艳异编》和冯梦龙《太平广记钞》将这段文字删掉；《周秦行纪》中薄太后曰"便别矣，幸无忘向来欢"九字，《太平广记钞》删除；《非烟传》原文开头为："临淮武公业，咸通中任河南府功曹参军，爱妾曰非烟，姓步氏，容止纤丽。"《太平广记钞》则将其改为："非烟，姓步氏，河南府功曹参军武公业之爱妾也，容止纤丽。"等等。这些改动固然是出于传播者的精心设计，以对原文本进行修补润色，其艺术效果颇有可取之处。但是从传播的角度来看，它们又是对原文本的一种破坏与干扰，应视为唐代小说传播过程中的一种噪音。

4. 疏误

唐代小说在明清之前的传播基本上依靠抄写，抄手自然良莠不齐，有严谨细致者，亦有疏忽者；有学识渊博者，亦有浅陋者。因此，在引录唐代小说时，发生误抄、漏抄、妄改的现象不在少数。这些现象毫无疑问对唐代小说的传播是一种比较明显的噪音，对于接受者的不良影响也是比较严重的。例如，皇甫氏《原化记·画琵琶》，《太平广记》各本均阙两行，行二十二字；另《合刻三志》辑录此篇为节略文本，故补阙不全。李琪《田布尚书传》，在《太平广记》卷三一一收录时，注"梁楫李琪作

---

① 《柳氏传》，见李时人：《全唐五代小说》，陕西人民出版社 1998 年，第 622 页。

传"；《北梦琐言》卷六《田布尚书传》文末云"梁相国李公琪传其事"，因知《太平广记》之"梁楫"当为"梁相"之误。林登《续博物志》，《太平广记》引佚文或误注出《博物志》。《古今说海》说渊三六引《传奇·聂隐娘》，误署撰人为唐郑文宝；说渊五引《传奇·昆仑奴》，误署唐杨巨源；说渊六引《传奇·郑德璘传》，误署唐薛莹撰。另外，在抄写过程中，写手往往混淆《集异记》《纂异记》与《录异记》；又《纪闻》写作《记闻》，《异闻集》写作《异闻录》等。这些讹误、疏漏的情况对于接受者的理解都会造成比较大的干扰和妨碍。

另外，总集、类书、丛书在收录唐小说作品时，或多或少总会有一部分不著撰人或出处者，在一定程度上也会对接受者在文本理解方面产生负面影响。更有甚者，将后世伪书一并收入，不加分辨，也是造成唐代小说传播噪音的主要原因之一。

除了上述几方面主要的噪音来源，明清时期编纂唐代小说的文人之选择取舍，整理者之点校注释，传播过程中部分文人的评点批注，书籍刻板印刷时的模糊错漏，清代文字狱对图书的删改、禁毁等问题，也同样是唐代小说在明清时期传播的噪音，其影响或有大小之分，而对于唐代小说读者而言，则都构成了阅读中的障碍。这些噪音给读者的理解增加了难度，从而降低了阅读中信息传播的有效性。

当然，对于具体的接受者而言，每一个接受者的理解能力和阅读水平都是不同的，因而他们所受噪音的影响，以及对于相同信息的接受效果也必然不同。但只要有噪音的存在，对于接受者来说，它都是无法理解的部分，是干扰阅读的主要障碍。因此，我们研究唐代小说在明清时期传播这个问题的时候，也应该注意尽量回避噪音的干扰，提高研究的可靠性。

第二章

唐代小说在明清时期的传播方式

唐代小说数量众多，传播久远，佳者历宋元明清，至今仍为大众所熟知。这种良好的传播效果与其传播方式是有莫大关系的。正是由于具有了广泛、稳定的传播渠道，唐代小说才能够历数千年而不衰。本章拟对唐代小说的传播方式进行探讨，以在此一方面有所说明。

唐代小说在明清时期的传播，大致通过以下几种方式，即单行、小说总集、类书、丛书以及笔记。其中又尤以总集、类书与丛书的方式为主，它们在唐小说的传播中，起到了关键性的作用，在纵向上将唐小说一代代传承下来，并在横向上将其推广开去，使之流布人间。

因此，本章要展开研究的即是这几种传播方式对于唐代小说之明清传播的作用。这里需要提及一点，唐代小说中绝大多数作品都为北宋《太平广记》所收录，明清时期许多总集、类书、丛书等往往都是通过转引《太平广记》来收录或节录唐代小说的。因此，它们收录作品篇目大多相近，甚至连《太平广记》中的疏漏、讹误也一并照抄。明代胡应麟在《少室山房笔丛》一书中即已指出："汉唐六代诸小说几于无不传者，今单行别梓虽寡，《太平广记》之中一目可尽。"又云："唐人《酉阳杂俎》《玄怪》等编今皆行世，而《太平广记》所载往往有诸刻所无者。盖诸书皆自《广记》录出，而抄集者卤莽脱略致然。"

第一节　单行

为数不少的唐小说曾经是以单行形式在社会上出现并流传的，其中又以名篇佳作居多。不能否认，单行在唐小说出现初期甚至很长一段时间内都是比较有效的一种传播方式。往往一篇好的小说问世，人们便会纷纷抄录传诵一时，《莺莺传》《无双传》《霍小玉传》等，皆属此列。

但是我们也很容易看出，单行文字最易流失，几乎全部的单行本都在漫长的传播过程中不可避免地散失了，尤其是以抄本形式为主要手段的单篇传播，这种散失更是显而易见的。这也正是唐小说传至明清时期，已基本是依赖各种专集、类书、丛书保存而得以传播的原因。

单篇唐小说在初唐至中唐时期一度盛行，而到了晚唐时期则在数量与质量方面都明显走向衰落。但由于时间久远，我们已经很难得知唐代小说单行情况的确切资料，很多作品究竟是否单行，抑或曾有文集、小说集的收录而得以传世，仍然存有较多的疑问，暂时也只能依据前人的著录、记载等去加以推断。初步判定在明清时期或曾单行传世的唐小说作品有：

1. 王度《古镜记》

明晁瑮《宝文堂书目》、明高儒《百川书志》均著录《古镜记》，盖明时尚有单行本；今已不传。

2. 许尧佐《柳氏传》

《宝文堂书目》《百川书志》著录单行本。

3. 白行简《李娃传》

《宝文堂书目》《百川书志》著录单行本。

4. 白行简《三梦记》

《说郛》卷四载录单篇，单行本今已不传。

5. 李公佐《南柯太守传》

《宝文堂书目》《百川书志》等著录单篇。

6. 李公佐《谢小娥传》

《宝文堂书目》《百川书志》等著录单篇，今已不传。

7. 元稹《莺莺传》

曾单篇流传，《宝文堂书目》《百川书志》等多著录。

8. 陈鸿《长恨歌传》

《宝文堂书目》《百川书志》著录《长恨传》单篇。

9. 陈鸿祖《东城老父传》

《宝文堂书目》《百川书志》著录《东城老父传》单篇，不传。

10. 蒋防《霍小玉传》

《宝文堂书目》《百川书志》著录单行本。

11. 曹邺《梅妃传》

《说郛》卷三十八收录单篇，署唐曹邺。

12. 房千里《杨娼传》

《百川书志》著录《杨娼传》单行本一卷，不题撰人；《宝文堂书目》著录《阳娼传》，无撰人卷数。

13. 薛调《无双传》

《百川书志》著录《无双传》单篇一卷，不题撰人；《宝文堂书目》著录《无双传》单篇，无撰人卷数。

14. 袁郊《红线传》

曾以单篇流行。《百川书志》史志传记类著录《红线传》一卷，撰人不具；《宝文堂书目》著录，无撰人卷数。

15. 裴铏《虬须客传》

曾长期单篇流传。《崇文总目》《通志·艺文略》《宋史·艺文志》《宝文堂书目》和《百川书志》俱有著录。

16. 佚名《南部烟花录》

《类说》《绀珠集》题为《南部烟花录》，《百川学海》《说郛》题为《隋遗录》，《历代小史》、重编《说郛》《香艳丛书》录一卷，题为《大业拾遗记》。《四库全书总目提要》子部小说家类著录《大业拾遗记》二卷，注"一名《南部烟花录》"。知其长期单行。

17. 高元薯《侯真人降生台记》

《全唐文》卷七九〇载录单篇。

18. 佚名《冥音录》

《宝文堂书目》著录，无撰人卷数，知曾单篇流行。

19. 皇甫枚《非烟传》

此传曾单行。《百川书志》传记类著录皇甫放（枚）《非烟传》一卷，《宝文堂书目》著录《非烟传》。

20. 佚名《邺侯外传》

《也是园书目》传记类、《述古堂书目》传记类、《竹崦庵传钞书目》小说类著录《邺侯外传》一卷。

《太平广记》卷三八《李泌》，注出《邺侯外传》，不题撰人。《历代小说》、重编《说郛》等收《邺侯外传》，署李蘩撰。

从上面的总结中可以看出，唐小说的单篇传播在其产生初期固然是极为常见的一种方式，对同时期以及稍后的读者而言，这也是他们接触作品最基本的方式之一。但是显而易见，这种方式的传播范围较窄、影响有限，往往只能通过传抄的原始手段，在一定的文人读者群中小范围传播，而很难为更多的读者所熟悉；其次便是单篇作品传播的易流失性，也使得一段时间之后尤其是明清时期的读者已经无从见到这些小说的原始面貌。因此，更多的唐小说在明清时期的传播，是通过其他方式来完成的。

随着时间的推移，越来越多的唐小说被同时代尤其是后代的种种类书、丛书、专集所收录，正是由于这些著作往往具有集成性、大型性，其中相当一部分又属于官修图书，因此在传播过程中有着大量印行、屡被转载、流布广远、影响极大、易于保存等优点。这些著作的广泛传播，同时也就极好地推动了被它们所收录的唐小说作品的传播，成为唐小说在明清时期传播的几大主要方式。下面就对这几种唐小说的传播方式分而论之。

第二节　小说总集

唐代小说产生之初，主要形式分为单篇与小说集两种。作品的单行本形式在后世流传中绝大多数已佚，而小说集因其规模较大，故较之单篇更易于保存，因而明清时期尚能看到一定数量的唐代小说集。另外，唐人以及唐代以后人所整理、收录、编纂的小说总集，以收录小说作品为主，因其较强的通俗性在更为广大的读者群中得到了较好的流传与普及。其中明清时期的重要作品集如陆楫《古今说海》、陆采《虞初志》、王世贞《艳异编》等，保存了大量唐代小说作品，成为唐代小说在明清两朝得以传播的重要载体。

一、明·陆楫《古今说海》

《古今说海》是明代最早的说部总集。全书分"说选部"："小录家"三卷，"偏记家"十七卷；"说渊部"："别传家"六十四卷；"说略部"："杂记家"三十二卷；"说纂部"："逸事家"六卷，"散录家"六卷，"杂纂家"十一卷。收录唐代至明代各种类型的小说一百三十多种（以唐、宋小说为多），其中唐代小说单篇作品六十多篇，小说集六部。选择作品注重其传奇色彩，并多收录杂记传奇。

《古今说海》收录唐代小说情况：

序号	本书所载作者及篇名	出处
	说渊部别传家六十四卷	
1	阙名《灵应传》	佚名《灵应传》
2	阙名《洛神传》	裴铏《传奇·萧旷》
3	阙名《梦游录·樱桃青衣》	陈翰《异闻集》（任蕃《梦游录》实为伪书，下同）
4	阙名《梦游录·独孤遐叔》	薛渔思《河东记·独孤遐叔》
5	阙名《梦游录·邢凤》	沈亚之《异梦录》
6	阙名《梦游录·沈亚之》	沈亚之《秦梦记》
7	阙名《梦游录·张生》	李玫《纂异记·张生》
8	阙名《吴保安传》	牛肃《纪闻·吴保安》
9	阙名《昆仑奴传》	裴铏《传奇·昆仑奴》
10	阙名《郑德璘传》	裴铏《传奇·郑德璘》
11	阙名《李章武传》	李景亮《李章武传》
12	阙名《韦自东传》	裴铏《传奇·韦自东》
13	阙名《赵合传》	裴铏《传奇·赵合》
14	阙名《杜子春传》	李复言《续玄怪录·杜子春》

序号	本书所载作者及篇名	出处
	说渊部别传家六十四卷	
15	阙名《裴仙先别传》	牛肃《纪闻·裴仙先》
16	阙名《震泽龙女传》	张说《梁四公记》
17	阙名《袁氏传》	裴铏《传奇·孙恪》
18	阙名《少室仙姝传》	裴铏《传奇·封陟》
19	阙名《李林甫外传》	卢肇《逸史·李林甫》
20	阙名《蚍蜉传》	李玫《纂异记·徐玄之》
21	阙名《甘棠灵会录》	李玫《纂异记·许生》
22	阙名《颜濬传》	裴铏《传奇·颜濬》
23	阙名《张无颇传》	裴铏《传奇·张无颇》
24	阙名《板桥记》	薛渔思《河东记·板桥三娘子》
25	阙名《邺侯外传》	佚名《邺侯外传》
26	阙名《洛京猎记》	皇甫枚《三水小牍·王知古为狐招婿》
27	阙名《玉壶记》	裴铏《传奇·元柳二公》
28	阙名《姚生传》	姚合《三女星精》
29	唐晅《唐晅手记》	唐晅《唐晅手记》
30	阙名《独孤穆传》	陈翰《异闻集·独孤穆》
31	阙名《王恭伯传》	李复言《续玄怪录·王恭伯》
32	阙名《崔炜传》	裴铏《传奇·崔炜》
33	阙名《陆颙传》	张读《宣室志·陆颙》
34	阙名《润玉传》	沈亚之《感异记》
35	阙名《李卫公别传》	李复言《续玄怪录·李卫公靖》
36	阙名《齐推女传》	牛僧孺《玄怪录·齐推女》
37	阙名《鱼服记》	李复言《续玄怪录·薛伟》
38	阙名《聂隐娘传》	裴铏《传奇·聂隐娘》
39	阙名《袁天纲外传》	吕道生《定命录·袁天纲》
40	阙名《曾季衡传》	裴铏《传奇·曾季衡》

序号	本书所载作者及篇名	出处
说渊部别传家六十四卷		
41	阙名《张遵言传》	郑还古《博异志·张遵言》
42	阙名《侯元传》	皇甫枚《三水小牍·侯元违神君之戒兵败见杀》
43	阙名《同昌公主外传》	苏鹗《杜阳杂编·同昌公主》
44	阙名《眭仁蒨传》	唐临《冥报记·眭仁蒨》
45	阙名《韦鲍二生传》	李玫《纂异记·韦鲍生妓》
46	阙名《张令传》	李玫《纂异记·浮梁张令》
47	阙名《李清传》	薛用弱《集异记·李清》
48	阙名《薛昭传》	裴铏《传奇·薛昭》
49	阙名《王贾传》	牛肃《纪闻·王贾》
50	阙名《乌将军记》	牛僧孺《玄怪录·郭代公》
51	阙名《窦玉传》	李复言《续玄怪录·窦玉妻》
52	阙名《柳参军传》	温庭筠《乾𦠆子·华州参军》
53	阙名《人虎传》	张读《宣室志·李徵》
54	阙名《宝应录》	苏鹗《杜阳杂编》
55	阙名《白蛇记》	郑还古《博异志·李黄》
56	阙名《巴西侯传》	张读《宣室志·张锃》
57	阙名《柳归舜传》	牛僧孺《玄怪录·柳归舜》
58	阙名《求心录》	张读《宣室志·杨叟》
59	阙名《知命录》	牛僧孺《玄怪录·吴全素》
60	阙名《山庄夜怪录》	裴铏《传奇·宁茵》
61	阙名《五真记》	李复言《续玄怪录·杨敬真》
62	阙名《小金传》	陈劭《通幽记·卢顼》
说略部杂记家三十二卷		
63	李隐《潇湘录》（六篇）	柳祥《潇湘录》
64	皇甫枚《三水小牍》（七篇）	皇甫枚《三水小牍》

续表

序号	本书所载作者及篇名	出处
	说略部杂记家三十二卷	
65	张鷟《朝野佥载》（十九则）	张鷟《朝野佥载》
	说纂部杂纂家十一卷	
66	段安节《乐府杂录》（四十九则）	段安节《乐府杂录》
67	崔令钦《教坊记》（十七则）	崔令钦《教坊记》
68	孙棨《北里志》（仅存目）	孙棨《北里志》

《四库全书》收录《古今说海》一百四十二卷。《四库全书总目提要》这样评论《古今说海》：

> 是编辑录前代至明小说，分四部七家。一曰说选，载小录编记二家。二曰说渊，载别传家。三曰说略，载杂记家。四曰说纂，载逸事、散录、杂纂三家。所采凡一百三十五种，每种各自为帙，而略有删节。所载诸书，虽不及曾慥《类说》，多今人所未见，亦不及陶宗仪《说郛》捃拾繁富，钜细兼包，而每书皆削其浮文，尚存始末，则视二书为详赡。

鲁迅先生在《〈唐宋传奇集〉序例》中指出：

> 曆于诗赋，旁求新途，藻思横流，小说斯灿。而后贤秉正，视同土沙，仅赖《太平广记》等之所包容，得存什一。顾复缘贾人贸利，撮拾雕镌，如《说海》，如《古今逸史》，如《五朝小说》，如《龙威秘书》，如《唐人说荟》，如《艺苑捃华》，为欲总目烂然，见者眩惑，往往妄制篇目，改题撰人，晋唐稗传，赝剿几尽。夫蚁子惜鼻，固犹香象，嫫母护面，讵逊毛嫱，则彼虽小说，夙称卑卑不足厕九流之列者

乎，而换头削足，仍亦骇心之厄也。①

《古今说海》收录唐代小说具有以下特征：引文较为详尽，为唐小说的保存与传播提供了丰富的资料，但往往"妄制篇目，改题撰人"，则难免又造成一些舛误。其中绝大多数唐代小说作品不题撰人，也是编者的疏懒之处。

总而言之，《古今说海》在文献参考方面还是具有十分重要的价值，只是沿袭了明人作书的方式，略有故弄玄虚之弊。

二、明·陆采《虞初志》

《虞初志》所收录小说作品，除吴均《续齐谐记》十七则出南朝，《广陵妖乱志》《南岳魏夫人传》出五代，其余均出自唐人之手。此书在明代亦甚流行，汤显祖、袁宏道等文学家都给予好评，曰"婉缛流丽""烂漫陆离"。由此可见明代文人特别是通俗文学作者对唐小说的喜爱。

《虞初志》收录唐代小说情况：

序号	本书所载作者及篇名	出处
	卷一	
1	薛用弱《集异记》（凡十六则）	薛用弱《集异记》
2	韦庄《离魂记》	陈玄祐《离魂记》
3	张说《虬髯客传》	裴铏《传奇·虬须客传》
	卷二	
4	李朝威《柳毅传》	李朝威《洞庭灵姻传》
5	杨巨源《红线传》	袁郊《甘泽谣》
6	陈鸿《长恨传》	陈鸿《长恨歌传》

---

① 鲁迅：《鲁迅全集》第十卷，人民文学出版社 2005 年，第 87 页。

续表

序号	本书所载作者及篇名	出处
卷二		
7	张泌《韦安道传》	无名氏《后土夫人传》
卷三		
8	牛僧孺《周秦行纪》（并论）	韦瓘《周秦行纪》
9	李泌《枕中记》	沈既济《枕中记》
10	李公佐《南柯记》	李公佐《南柯太守传》
11	施吾肩《嵩岳嫁女记》	李玫《纂异记·嵩岳嫁女记》
卷四		
12	王建《崔少玄传》	王建《崔少玄传》
13	裴说《无双传》	薛调《无双传》
14	李公佐《谢小娥传》	李公佐《谢小娥传》
15	李群玉《杨娼传》	房千里《杨娼传》
16	白行简《李娃传》	白行简《李娃传》
卷五		
17	元稹《莺莺传》	元稹《莺莺传》
18	蒋防《霍小玉传》	蒋防《霍小玉传》
19	许尧佐《柳氏传》	许尧佐《柳氏传》
20	皇甫放《非烟传》	皇甫枚《三水小牍·非烟传》
卷六		
21	郭湜《高力士外传》	郭湜《高力士外传》
22	陈鸿祖《东城老父传》	陈鸿祖《东城老父传》
23	王度《古镜记》	王度《古镜记》
24	朱庆馀《冥音录》	佚名《冥音录》
卷七		
25	沈既济《任氏传》	沈既济《任氏传》
26	张泌《蒋氏传》	李玫《纂异记·蒋琛》
27	王洙《东阳夜怪录》	王洙《东阳夜怪录》
28	江揔《白猿传》	无名氏《补江总白猿传》

《虞初志》收录作品并不做删削，是它的好处，对于保存唐代优秀小说作品具有重要作用。其中又以收录单篇作品为主，虽录入作品数量不多，但选择较精，因而唐代小说中的佳作有多篇赖此书得以广泛传播。然而编者在收录作品时并未做细致考查，许多小说的作者皆为妄题。如《离魂记》应为陈玄祐作品，《虞初志》署名"韦庄"；《虬髯客传》原出裴铏《传奇》，《虞初志》署名"张说"；《枕中记》本为沈既济所作，《虞初志》署名"李泌"；《无双传》出于薛调之手，《虞初志》署名"裴说"，等等。这增加了小说传播中的噪音干扰，也表现出明后期文人不重实学的风气。

三、明·王世贞《艳异编》

《艳异编》今传四十卷本、四十五卷本、十二卷本等多种版本。据任明华《略论〈艳异编〉的版本》一文考证，四十五卷本为王世贞编选的原刊本，其余皆为书坊主所为。① 四十五卷本分星、神、水神、龙神、仙、宫掖、戚里、幽期、冥感、梦游、义侠、徂异、幻术、妓女、男宠、妖怪、鬼等十七部，收录作品四百三十一篇。另有《新镌玉茗堂批选王弇州先生〈艳异编〉》四十卷，分部与篇目与四十五卷本同，正文仅个别文字与四十五卷本有异。② 本文即依据四十卷本进行研究。其中大量作品选自前代小说集，以及《虞初志》《古今说海》《剪灯新话》等明刊小说集。

《艳异编》收录唐代小说情况统计如下：

---

①② 任明华：《略论〈艳异编〉的版本》，见《明清小说研究》，2016 年第 1 期。

序号	本书所载篇名（未署作者）	出处
	卷一星部	
1	《郭翰》	张荐《灵怪集·郭翰》
2	《张遵言》	郑还古《博异志·张遵言》
	卷一神部	
3	《汝阴人》	戴孚《广异记·汝阴人》
4	《沈警》	沈亚之《感异记》
5	《韦安道》	佚名《后土夫人传》
6	《周秦行纪》	韦瓘《周秦行纪》
	卷二水神部	
7	《张无颇传》	裴铏《传奇·张无颇》
8	《郑德璘传》	裴铏《传奇·郑德璘》
9	《太学郑生》	沈亚之《湘中怨解》
10	《邢凤》（宋人改作）	沈亚之《异梦录》
	卷三龙神部	
11	《柳毅传》	李朝威《洞庭灵姻传》
12	《灵应传》	佚名《灵应传》
	卷四仙部	
13	《裴航》	裴铏《传奇·裴航》
14	《少室仙姝传》	裴铏《传奇·封陟》
15	《嵩岳嫁女记》	李玫《纂异记·嵩岳嫁女记》
16	《裴谌》	李复言《续玄怪录·裴谌》
17	《张老》	李复言《续玄怪录·张老》
18	《薛昭传》	裴铏《传奇·薛昭》
	卷九宫掖部五	
19	《大业拾遗记》	佚名《大业拾遗记》
	卷十一宫掖部七	
20	《长恨歌传》	陈鸿《长恨歌传》

序号	本书所载篇名（未署作者）	出处
卷十三宫掖部九		
21	《唐玄宗梅妃传》	曹邺《梅妃传》
22	《渭东舞女》	苏鹗《杜阳杂编·渭东舞女》
23	《文宗》	苏鹗《杜阳杂编·文宗皇帝》
卷十五戚里部一		
24	《王维》	薛用弱《集异记·郁轮袍》
25	《同昌公主外传》	苏鹗《杜阳杂编·同昌公主》
卷十六戚里部二		
26	《宁王》	孟棨《本事诗·宁王》
27	《元载》	苏鹗《杜阳杂编·元载》
卷十七幽期部一		
28	《莺莺传》	元稹《莺莺传》
29	《非烟传》	皇甫枚《三水小牍·非烟传》
卷二十冥感部一		
30	《离魂记》	陈玄祐《离魂记》
31	《韦皋》	范摅《云溪友议·王萧化》
32	《崔护》	孟棨《本事诗·崔护》
卷二十二梦游部一		
33	《樱桃青衣》	陈翰《异闻集·樱桃青衣》
34	《独孤遐叔》	薛渔思《河东记·独孤遐叔》
35	《邢凤》	沈亚之《异梦录》
36	《沈亚之》	沈亚之《秦梦记》
37	《张生》	李玫《纂异记·张生》
卷二十二梦游部二		
38	《淳于棼》	李公佐《南柯太守传》
卷二十二梦游部三		
39	《刘景复》	李玫《纂异记·刘景复》

续表

序号	本书所载篇名（未署作者）	出处
	卷二十三义侠部一	
40	《乐昌公主》	孟棨《本事诗·乐昌公主》
41	《虬髯客传》	裴铏《传奇·虬须客传》
42	《柳氏传》	许尧佐《柳氏传》
43	《无双传》	薛调《无双传》
	卷二十四义侠部二	
44	《红线传》	袁郊《甘泽谣·红线》
45	《昆仑奴传》	裴铏《传奇·昆仑奴》
46	《车中女子》	皇甫氏《原化记·车中女子》
47	《聂隐娘》	裴铏《传奇·聂隐娘》
	卷二十五徂异部	
48	《却要》	皇甫枚《三水小牍·却要》
49	《河间传》	柳宗元《河间传》
	卷二十五幻术部	
50	《梵僧难陀》	段成式《酉阳杂俎·怪术》
51	《张和》	段成式《酉阳杂俎·支诺皋下》
52	《画工》	《太平广记》引自佚名《闻奇录》
	卷二十六妓女部一	
53	《天水仙哥》	孙棨《北里志·天水仙哥》
54	《楚儿》	孙棨《北里志·楚儿》
55	《郑举举》	孙棨《北里志·郑举举》
56	《颜令宾》	孙棨《北里志·颜令宾》
57	《杨妙儿》	孙棨《北里志·杨妙儿》
58	《王团儿》	孙棨《北里志·王团儿》
59	《王苏苏》	孙棨《北里志·王苏苏》
60	《刘泰娘》	孙棨《北里志·刘泰娘》

续表

序号	本书所载篇名（未署作者）	出处
卷二十六妓女部一		
61	《张住住》	孙棨《北里志·张住住》
62	《杨汝士尚书》	孙棨《北里志·杨汝士尚书》
63	《郑合敬先辈》	孙棨《北里志·郑合敬先辈》
64	《北里不测二事》	孙棨《北里志·北里不测堪戒二事》
卷二十七妓女部二		
65	《王之涣》	薛用弱《集异记·王涣之》
66	《洛中举人》	卢言《卢氏杂说》
67	《郑中丞》	段安节《乐府杂录·序　琵琶》
68	《李逢吉》	孟棨《本事诗·李逢吉》
69	《欧阳詹》	黄璞《闽川名士传·欧阳詹》
70	《武昌妓》	卢瓌《抒情集·武昌妓》
71	《薛宜寮》	卢瓌《抒情集·薛宜寮》
72	《戎昱》	孟棨《本事诗·戎昱》
73	《刘禹锡》	孟棨《本事诗·刘禹锡》
74	《杜牧》	高彦休《唐阙史·杜牧》
75	《张又新》	孟棨《本事诗·张又新》
卷二十九妓女部四		
76	《霍小玉传》	蒋防《霍小玉传》
77	《李娃传》	白行简《李娃传》
78	《杨娼传》	房千里《杨娼传》
卷三十二妖怪部一		
79	《白猿传》	阙名《补江总白猿传》
80	《袁氏传》	裴铏《传奇·孙恪》
81	《焦封》	柳祥《潇湘录·焦封》
82	《乌将军》	牛僧孺《玄怪录·郭代公》

序号	本书所载篇名（未署作者）	出处
卷三十三妖怪部二		
83	《任氏传》	沈既济《任氏传》
84	《李参军》	戴孚《广异记·李参军》
85	《姚坤》	裴铏《传奇·姚坤》
86	《许贞》	张读《宣室志·许贞》
卷三十四妖怪部三		
87	《白蛇记》	郑还古《博异志·李黄》
88	《长须国》	段成式《酉阳杂俎·诺皋记上》
卷三十五妖怪部四		
89	《崔玄微》	段成式《酉阳杂俎·支诺皋下》 郑还古《博异志·崔玄微》
90	《张不疑》	郑还古《博异志·张不疑》
91	《金友章》	薛用弱《集异记·金友章》
92	《谢翱》	张读《宣室志·谢翱》
卷三十六鬼部一		
93	《崔罗什》	段成式《酉阳杂俎·冥迹》
94	《刘讽》	牛僧孺《玄怪录·刘讽》
95	《李陶》	戴孚《广异记·李陶》
96	《王玄之》	戴孚《广异记·王玄之》
97	《郑德懋》	张读《宣室志·郑德懋》
98	《柳参军传》	温庭筠《乾𦠿子》
99	《崔书生》	郑还古《博异志·崔书生》
卷三十七鬼部二		
100	《独孤穆传》	陈翰《异闻集·独孤穆》
101	《崔炜传》	裴铏《传奇·崔炜》
102	《郑绍》	柳祥《潇湘录·郑绍》
103	《孟氏》	柳祥《潇湘录·孟氏》

序号	本书所载篇名（未署作者）	出处
	卷三十八鬼部三	
104	《李章武》	李景亮《李章武传》
105	《窦玉传》	牛僧孺《玄怪录·窦玉》
106	《曾季衡》	裴铏《传奇·曾季衡》
107	《颜濬》	裴铏《传奇·颜濬》
108	《韦氏子》	高彦休《唐阙史·韦进士见亡妓》

《艳异编》所收录作品均与女性相关，此其书名之所以得来之由。与宋元时期小说专书多为节录不同，《艳异编》所载唐代小说作品虽略有改动，而基本沿袭原貌，因而对于将唐小说以完整面貌保留下来实有大功。《艳异编》在明清时期广泛流传，深受广大读者喜爱，很好地推动了唐代小说的传播。

四、《五朝小说》

《五朝小说》为明代文言小说集，辑录者姓名不详。全书分魏晋小说、唐人百家小说、宋人百家小说、皇明百家小说四部分，因魏晋小说含有魏、晋两朝作品，因此合称为"五朝小说"。每一部分又分传奇、志怪、偏录、杂传等门类，共选录传奇、志怪及杂史笔记近五百种。其中"唐人百家小说"部分收录大量唐代小说作品，但失于考查，疏漏之处甚夥。

《五朝小说》收录唐代小说作品情况：

序号	本书所载作者及篇名	出处
	魏晋小说	
	志怪家	
1	隋·王度《古镜记》	唐·王度《古镜记》

序号	本书所载作者及篇名	出处
	唐人百家小说	
	偏录家	
2	李绰《尚书故实》一卷	李绰《尚书故实》
3	李德裕《次柳氏旧闻》一卷	李德裕《次柳氏旧闻》
4	杜荀鹤（一题李濬）《松窗杂记》一卷	李濬《松窗杂记》
5	韩偓《金銮密记》一卷	韩偓《金銮密记》
6	柳宗元《龙城录》一卷	柳宗元《龙城录》
7	柳公权《小说旧闻记》一卷	柳公权《小说旧闻记》
8	李翱《卓异记》一卷	李翱《卓异记》
9	李濬《摭异记》一卷	李濬《松窗杂录》
10	张鷟《朝野佥载》一卷	张鷟《朝野佥载》
11	尉迟枢《南楚新闻》一卷	尉迟枢《南楚新闻》
12	苏鹗《杜阳杂编》一卷	苏鹗《杜阳杂编》
13	张固《幽闲鼓吹》一卷	张固《幽闲鼓吹》
14	刘焘《树萱录》一卷	唐无名氏《树萱录》
15	韦绚《刘宾客嘉话录》一卷	韦绚《刘宾客嘉话录》
16	刘绚《隋唐嘉话》一卷	刘𫗋《隋唐嘉话》
17	冯翊《桂苑丛谈》一卷	严子休《桂苑丛谈》
18	牛僧孺《周秦行纪》一卷	牛僧孺《周秦行纪》
19	白行简《三梦记》一卷	白行简《三梦记》
20	柳珵《常侍言旨》一卷	柳珵《常侍言旨》
21	段成式《诺皋记》一卷	段成式《酉阳杂俎》"诺皋记"
22	薛用弱《集异记》一卷	薛用弱《集异记》
23	郑还古《博异志》一卷	郑还古《博异志》
24	陆勋《集异志》一卷	陆勋《陆氏集异记》
25	王恽《幽怪录》一卷	牛僧孺《玄怪录》
26	李复言《续幽怪录》一卷	李复言《续玄怪录》

序号	本书所载作者及篇名	出处
	唐人百家小说	
	偏录家	
27	张鷟《耳目记》一卷	张鷟《朝野金载》
28	李隐《潇湘记》一卷	柳祥《潇湘录》
29	钟辂《前定录》一卷	钟辂《前定录》
30	李德裕《明皇十七事》一卷	李德裕《明皇十七事》（《次柳氏旧闻》）
31	陈鸿《长恨歌传》一卷	陈鸿《长恨歌传》
32	曹邺《梅妃传》一卷	曹邺《梅妃传》
33	阙名《李林甫外传》一卷	卢肇《逸史·李林甫》
34	陈鸿祖《东城老父传》一卷	陈鸿祖《东城老父传》
35	郭湜《高力士传》一卷	郭湜《高力士外传》
36	李蘩《邺侯外传》一卷	佚名《邺侯外传》
	琐记家	
37	崔令钦《教坊记》一卷	崔令钦《教坊记》
38	孙棨《北里志》一卷	孙棨《北里志》
39	孟棨《本事诗》一卷	孟棨《本事诗》
40	沈亚之《湘中怨词》一卷	沈亚之《湘中怨词》
41	段安节《乐府杂录》一卷	段安节《乐府杂录》
42	南卓《羯鼓录》一卷	南卓《羯鼓录》
43	段成式《肉攫部》一卷	段成式《酉阳杂俎》"肉攫部"
44	段成式《金刚经鸠异》一卷	段成式《酉阳杂俎》续集卷七《金刚经鸠异》
45	元稹《会真记》一卷	元稹《莺莺传》
46	刘讷言《谐噱录》一卷	朱揆《谐噱录》
	传奇家	
47	张说《虬髯客传》一卷	裴铏《传奇·虬须客传》
48	薛调《刘无双传》一卷	薛调《无双传》

序号	本书所载作者及篇名	出处
	唐人百家小说	
	传奇家	
49	蒋防《霍小玉传》一卷	蒋防《霍小玉传》
50	沈亚之《冯燕传》一卷	沈亚之《冯燕传》
51	宋若昭《牛应贞传》一卷	牛肃《纪闻·牛应贞传》
52	杨巨源《红线传》一卷	袁郊《甘泽谣·红线》
53	许尧佐《章台柳传》一卷	许尧佐《柳氏传》
54	元稹《会真记》一卷	元稹《莺莺传》
55	李公佐《南柯记》一卷	李公佐《南柯太守传》
56	沈既济《枕中记》一卷	沈既济《枕中记》
57	许棠《奇男子传》一卷	牛肃《纪闻·吴保安》
58	郑还古《杜子春传》一卷	李复言《续玄怪录·杜子春》
59	李朝威《柳毅传》一卷	李朝威《洞庭灵姻传》
60	于邺《扬州梦记》一卷	高彦休《阙史》
61	陈鸿《眭仁蒨见鬼传》一卷	唐临《冥报记·眭仁蒨》
62	顾非熊《妙女传》一卷	陈劭《通幽记》
63	孙颜《申宗传》一卷	牛僧孺《玄怪录·张左》

这些篇目中一部分是裁篇别出，如唐人百家小说中的张鷟《耳目记》实出张鷟《朝野佥载》，段成式《诺皋记》《肉攫部》《金刚经鸠异》出《酉阳杂俎》，张说《虬髯客传》出裴铏《传奇》，宋若昭《牛应贞传》、许棠《奇男子传》出牛肃《纪闻》，孙颜《申宗传》出牛僧孺《玄怪录》，郑还古《杜子春传》出李复言《续玄怪录》，杨巨源《红线传》出袁郊《甘泽谣》，于邺《扬州梦记》出高彦休《阙史》，等等，且其中一部分并撰人皆误。另外，《五朝小说》中收录篇目多掺杂伪书，部分为宋元明人伪造，或拼凑他书而成。

其余如《顾氏文房小说》《合刻三志》《剑侠传》《广虞初志》《唐人说荟》等明清小说总集，亦收录数量不等的唐代小说作品，它们在提升唐小说的文学地位和传播广度方面起到了很大的作用，从而扩大了唐代小说在明清时期的影响。同时，明清小说总集在收录小说方面也普遍存在一些问题，对唐代小说的传播产生了一定程度的噪音干扰。

一是重复率高。虽然明清两朝的小说总集数量可观，但它们对唐代小说篇目的收录却有较高的相似度，如《虬髯客传》一篇被《虞初志》《顾氏文房小说》《五朝小说》《剑侠传》等八部总集同时收录，其他如《柳毅传》《李娃传》《任氏传》《霍小玉传》《莺莺传》《吴保安传》《周秦行纪》《无双传》《红线传》《昆仑奴传》《聂隐娘传》等皆被数部总集同时收录。

二是疏漏较多。明清两代的小说总集作者往往存在对所收录作品考辨不详的情况，因而经常出现妄题撰人、一篇重出、伪书乱入等现象。而各总集的作者之间又往往互相借鉴抄袭、人云亦云，致使讹误疏漏之处也往往在多部总集中一再出现，给接受者带来了一定的困扰。

第三节　类书

所谓类书，即我国古代的一种大型资料性书籍，它们将各种书中的材料辑录在一起，按照门类、字韵等方式分类编排，以便于检索、征引、传播，故称类书。

明清时期收录唐代小说的大型类书主要有明《永乐大典》、清《古今图书集成》等。

一、《永乐大典》

《永乐大典》编纂于明永乐年间，历时六年完成。其规模远远超过前代编纂的所有类书，保存的古代典籍达七八千种之多。共计22937卷（目录占60卷），分装成11095册，全书约3.7亿字。如此巨大的规模，其中所保存收录的唐代小说作品之夥可想而知。

由于《永乐大典》在清末遭到焚毁，今残存约400册，仅占原书的3%强。故今天我们可知的《永乐大典》所收录之唐代小说十分有限，远远无法窥见原书之一斑。但可以想见，在明清时期，全本《永乐大典》对于唐代小说的保存与传播必然是极为重要的，其中所收录的唐代小说作品当有可观的数量。

今可考《永乐大典》收录唐代小说大致包括：

牛僧孺《玄怪录》、戴孚《广异记》、郑还古《博异志》、钟辂《前定录》、卢肇《逸史》、柳祥《潇湘录》、裴铏《传奇》、张读《宣室志》，等等。

例如：

卷2345引《宣室志·吕生妻》，题为《妇死为鸟》。

卷2948引卢肇《逸史·裴令公》，题为《奉天神》。

卷5839节引《博异志·花精》；引《逸史·玄宗》，题为《梦食藤花》。

卷8091引《广异记·张镐》。

卷8527节引《玄怪录·岑顺》，题《古墓精》；引《潇湘录·贾秘》；引《传奇·周邯》，题为《水精》。

卷8783引《逸史·宋师儒》。

卷11602引《广异记·谢玄卿》。

卷 13136 引《前定录·张宣》，题为《梦女子来谒》；引《广异记·卢彦绪》，题为《梦妇人取玩具》；引《广异记·阎陟》。

卷 13140 引《逸史·崔圆》，题为《梦身荷桎梏》；引《龙城录》，题为《尹知章梦持巨凿破其腹》。

卷 18224 引张读《宣室志·叱金像》，题为《严斥金像》。

由以上残存篇目可以看到，《永乐大典》对于唐代小说的收录应该是数量较多的。它的卷帙远超《太平广记》，在唐代小说辑录方面也当有很大的成绩。不过，与《太平广记》的全文收录不同，《永乐大典》中的很多篇目采取了节引的方式，这一方面可以辑录更多书籍，另一方面也使得读者不能完全窥见作品的原貌。

二、《古今图书集成》

《古今图书集成》，原名《文献汇编》《古今图书汇编》，系陈梦雷等人编纂的一部大型类书。始于康熙四十年（1701），成于雍正六年（1728）。正文 10000 卷，分为 5020 册，共 1.6 亿字。全书规模宏大、分类细密、无所不包，为保存古代资料文献的重要书籍。《古今图书集成》与《永乐大典》《四库全书》并称为"古代百科全书"。然而《永乐大典》损毁严重，现存极少；《四库全书》受文字狱影响，部分书籍遭到删禁；《古今图书集成》则有保存完好的雍正版内府铜活字本，成为现存规模最大、保存最完整的类书。

《古今图书集成》分类引录了大量唐代小说作品。

1.《古镜记》
见鸡部外编等类。

2.《梁四公记》
玻璃部纪事等类节录。

3. 《庐江冯媪传》

见闺职部外编等。

4. 《才鬼记》(《李章武传》)

闺艳部外编一录其文。

5. 《异梦录》

闺艳部外编一录其文。

6. 《离魂记》

闺奇部外编一收录。

7. 《霍小玉传》

闺媛总部杂录二、闺饰部纪事、鹦鹉部纪事等录有节文。

8. 《长恨歌传》

见妃嫔部外编等。

9. 《东城老父传》

见鸡部纪事等。

10. 《三梦记》

见夫妇部外编等。

11. 《梅妃传》

见梅部纪事、妃嫔部列传二、词曲部纪事一等。

12. 《高力士传》

见宦寺部列传一等。

13. 《周秦行纪》

见闺艳部外编一。

14. 《余媚娘叙录》

闺媛总部杂录二等节录。

15. 《郴侯外传》

初生部纪事二、七岁部纪事等类节录。

16. 《达奚盈盈传》

媵妾部纪事二、闺慧部纪事、闺艳部纪事一等类录有节文。

17. 《大业拾遗记》

见于帝纪部外编、宫女部纪事等。

18. 《昆仑奴》

见奴婢部纪事二等。

19. 《樱桃青衣》

闺艳部纪事一等收录。

20. 《法苑珠林》

父子部外编、母子部外编、姑媳部外编、兄弟部外编、夫妇部外编、翁婿部外编、奴婢部外编、魂魄部纪事、投胎部纪事、闺恨部纪事等类收录。

21. 《冥报记》

叔侄部外编、夫妇部外编、媵妾部外编、魂魄部纪事、闺悟部外编、鸡部纪事等类收录。

22. 《冥报拾遗》

姑媳部外编、姊妹部外编、夫妇部外编、魂魄部纪事等类收录。

23. 《龙城录》

月部、雾部、雷电部、中元部、中秋部、梦部纪事、神怪异部、妃嫔部杂录、同学部纪事、品题部纪事、称号部纪事等收录。

24. 《独异志》

松部纪事、帝纪部外编、公辅部杂录、姊妹部外编、夫妇部纪事、夫妇部外编、翁婿部纪事、妻族部纪事、奴婢部纪事、主司门生部纪事、身体部纪事、目部纪事、发部纪事、须部纪事、手部纪事、口部外编、足部纪事、腹部纪事、脏腑部纪事、形貌

部纪事、形影部外编、形声部纪事、十六岁部纪事、六十一岁至
七十岁部纪事、称号部纪事、贫富部纪事、富贵部纪事、利害部
纪事、吉凶部纪事、祸福部纪事、疾病部纪事、掩骼部纪事、掩
骼部外编、魂魄部纪事、投胎部纪事、还归部纪事、斋戒部纪
事、闺悟部外编等多类均有收录。

25.《前定录》

见梦部纪事、公辅部纪事、夫妇部纪事、闺奇部外编等类。

26.《定命录》

见耳部纪事、魂魄部纪事、相术部纪事、巫觋部纪事等。

27.《宣室志》

见中秋部纪事、晨昏昼夜部、魂魄部纪事、闺奇部外编、蛇
部纪事、鱼部纪事等类。

28.《广异记》

晨昏昼夜部、雷电部、梦部纪事、珊瑚部纪事、形神部纪
事、掩骼部外编、魂魄部纪事、投胎部纪事、闺艳部外编、蛇部
纪事、鲤鱼部纪事等收录。

29.《纪闻》

错误部纪事、迷忘部纪事、魂魄部纪事、闺孝部纪事、闺奇
部外编、闺艳部外编、闺恨部外编等收录。

30.《传奇》

媵妾部纪事、闺媛总部杂录、闺烈部外编、闺恨部外编等
收录。

31.《纂异记》

见媵妾部外编、投胎部纪事等类。

32.《元怪录》(《玄怪录》)

雨部、魂魄部纪事、掩骼部纪事、掩骼部外编、闺艳部外

编、闺饰部外编等类收录。

33.《续元怪录》（《续玄怪录》）

见冢墓部、肇庆府部、蓬莱山部、华山部、掩骼部纪事、掩骼部外编等类。

34.《河东记》

见闺恨部外编、闺藻部外编等。

35.《原化记》

见珠部纪事、闺奇部外编、蛇部纪事、蛇部外编等类。

36.《集异记》

县令部纪事、祖孙部纪事、姑媳部外编、甥舅部纪事、形声部纪事、目部纪事、蛇部外编等收录。

37.《三水小牍》

见欺绐部纪事等。

38.《会昌解颐录》

夫妇部纪事、夫妇部外编、奴婢部外编、朋友部纪事、盟誓部外编、投胎部纪事、闺奇部外编、闺恨部外编等类收录。

39.《酉阳杂俎》

条文见于竹部纪事、松部纪事、柏部纪事、杏部纪事、桃部纪事、鸡部纪事、雀部纪事、蛇部纪事、蛇部外编、虾蟆部杂录、虾蟆部外编、虱部纪事、虱部外编、蚯蚓部纪事、蚯蚓部外编、异虫部汇考、鱼部纪事、鲤鱼部杂录、鲤鱼部纪事、珠部纪事、玉部纪事、玻璃部杂录、君德部汇考、宸翰部纪事、公主驸马部纪事、宗藩部纪事、勋爵部纪事、公辅部杂录、教子部纪事、兄弟部外编、夫妇部纪事、翁婿部纪事、奴婢部纪事、嘲谑部纪事、忿争部纪事、吴姓部列传、身体部纪事、头部外编、目部纪事、目部杂录、发部纪事、发部杂录、鼻部纪事、鼻部杂录、鼻部外编、齿部纪事、须部纪事、手部纪事、手部外编、口部纪事、足部纪事、形貌部杂录、形影部纪事、十四岁部纪事、称号部纪事、错误部杂录、寿夭部纪事、感应部纪事、吉凶部纪事、掩骼部纪事、掩骼部外编、魂魄部纪事、投胎部纪事、睡部纪事、沐浴部纪事、闺媛总部纪事、闺奇部纪事、闺饰部纪事、闺饰部杂录、闺奇部外编、闺恨部外编、闺职部外编、对偶部杂录、隐语部杂录等诸多门类。

40.《通幽记》

夫妇部纪事、媵妾部纪事、魂魄部纪事、闺恨部外编等收录。

41.《甘泽谣》

见朋友部纪事、乡里部纪事、宴集部纪事、饯别部纪事、闺媛总部杂录、投胎部纪事、词曲部纪事等类。

42.《惊听录》(《沈氏惊听录》)

魂魄部纪事、神仙部纪事等收录。

43.《潇湘录》

妃嫔部外编、宫女部纪事、奴婢部外编、闺奇部外编、蛇部外编等类收录。

44.《卓异记》

东宫部杂录、公辅部杂录、幕属部纪事、祖孙部纪事、父子部纪事、兄弟部纪事、翁婿部纪事、主司门生部纪事、富贵部纪事等类收录。

45.《本事诗》

桃部纪事、君德部汇考、宫女部纪事、公辅部纪事、母子部外编、夫妇部纪事、媵妾部纪事、朋友部纪事、拜谒部纪事、宴集部纪事、嘲谑部纪事、疑忌部纪事、闺艳部纪事、闺恨部纪事等类收录。

46.《大唐新语》

松部纪事、李部纪事、雀部纪事、鸡部纪事、鱼部纪事、君德部汇考、圣学部纪事、御制部纪事、宸翰部纪事、莅政部纪事、用人部纪事、听言部纪事、风俗部纪事、官常总部纪事、宗藩部纪事、勋爵部纪事、勋爵部杂录、公辅部纪事、公辅部杂录、翰林院部纪事、吏部部纪事、户部部纪事、礼部部纪事、刑部部纪事、都察院部纪事、大理寺部纪事、幕属部纪事、县令部纪事、县佐部纪事、县尉部纪事、谏诤部纪事、教子部纪事、子孙部纪事、兄弟部纪事、甥舅部纪事、姻娅部纪事、主司门生部纪事、故旧部纪事、饯别部纪事、趋附部纪事、嘲谑部纪事、嫌隙部纪事、谗谤部纪事、恩雠部纪事、氏族总部纪事、身体部纪事、须部纪事、足部纪事、便溺部纪事、初生部纪事、七岁部纪事、十三岁部纪事、十七岁部纪事、五十一岁至六十岁部纪事、七十一岁至八十岁部纪事、称号部纪事、错误部纪事、穷通部纪事、感应部纪事、利害部纪事、吉凶部纪事、闺识部纪事等多类均有收录。

47.《柳氏旧闻》(《次柳氏旧闻》)

君臣部纪事、宸翰部纪事、父子部纪事、请托部纪事、嫌隙部纪事录有佚文。(又名《明皇十七事》东宫部纪事、皇孙部纪事、公辅部纪事等收录。)

48.《常侍言旨》

妃嫔部纪事、构陷部纪事等录有佚文。

49.《明皇杂录》

文字见于玉部纪事、宸翰部纪事、父子部纪事、叶姓部列传、闺媛总部杂录、鹦鹉部纪事、词曲部纪事等类。

50.《隋唐嘉话》

君臣部纪事、听言部纪事、乳保部纪事、县令部纪事、祖孙部纪事、父子部纪事、女子部纪事、子孙部纪事、夫妇部纪事、媵妾部纪事、妻族部纪事、结义部纪事、僚属部纪事、赠答部纪事、宴集部纪事、品题部纪事、趋附部纪事、嘲谑部纪事、富贵部纪事、寿夭部纪事、年齿部纪事、形声部纪事、足部纪事、口部纪事、身体部纪事、构陷部纪事等均有收录。

51.《因话录》

君德部汇考、听言部纪事、妃嫔部纪事、妃嫔部杂录、东宫部纪事、公主驸马部纪事、公辅部纪事、公辅部杂录、翰林院部纪事、宗人府部纪事、宗人府部杂录、都察院部纪事、京兆部纪事、给谏部纪事、县令部纪事、家范总部纪事、祖孙部纪事、父子部纪事、母子部纪事、教子部纪事、乳母部纪事、女子部纪事、兄弟部纪事、姊妹部纪事、嫂叔部纪事、媵妾部纪事、宗族部纪事、宗族部杂录、母党部纪事、翁婿部纪事、妻族部纪事、中表部纪事、戚属部纪事、奴婢部纪事、主司门生部纪事、同年部纪事、宾主部杂录、故旧部纪事、宴集部纪事、请托部纪事、嘲谑部纪事、身体部纪事、目部纪事、初生部纪事、称号部纪事、称号部杂录、错误部纪事、错误部杂录、寿夭部纪事、富贵部纪事、吉凶部纪事、闺淑部杂录等类均有收录。

52.《幽闲鼓吹》

君德部汇考、妃嫔部纪事、东宫部纪事、公主驸马部纪事、宦寺部纪事、母子部纪事、教子部纪事、夫妇部纪事、请托部纪事、嫌隙部纪事等收录。

53. 《国史补》(《唐国史补》)

见于竹部纪事、君德部汇考、御制部纪事、公主驸马部纪事、宦寺部纪事、公辅部纪事、公辅部杂录、中书部纪事、翰林院部纪事、吏部部纪事、都察院部纪事、太常寺部纪事、节使部纪事、节使部杂录、幕属部纪事、县令部纪事、县佐部纪事、忠烈部纪事、家范总部纪事、祖孙部纪事、父子部纪事、母子部纪事、女子部纪事、子孙部纪事、兄弟部纪事、姊妹部纪事、嫂叔部纪事、夫妇部纪事、媵妾部纪事、宗族部纪事、甥舅部纪事、翁婿部纪事、姻娅部纪事、妻族部纪事、戚属部纪事、奴婢部纪事、主司门生部纪事、宾主部纪事、僚属部纪事、拜谒部纪事、宴集部纪事、规谏部纪事、傲慢部纪事、嘲谑部纪事、欺绐部纪事、嫌隙部纪事、谗谤部杂录、氏族总部纪事、杨姓部纪事、王姓部纪事、李姓部纪事、老幼部纪事、七十一岁至八十岁部纪事、称号部纪事、称号部杂录、错误部纪事、富贵部纪事、疾病部杂录、掩瘗部纪事、行旅部纪事、闺义部纪事、闺饰部纪事、闺职部纪事等类。

54. 《剧谈录》

文字见于妃嫔部列传、翰林院部纪事、都察院部纪事、同年部纪事、僚属部纪事、拜谒部纪事、宴集部纪事、荐扬部纪事、傲慢部纪事、贫贱部外编、掩瘗部外编、养生部纪事、鱼部纪事等类。

55. 《尚书故实》

竹部纪事、珠部纪事、用人部纪事、公辅部杂录、刑部部纪事、朋友部纪事、赠答部纪事、馈遗部外编、错误部纪事、掩瘗部纪事、掩瘗部外编等类收录。

56. 《东观奏记》

用人部纪事、公主驸马部纪事、外戚部纪事、宦寺部纪事、公辅部纪事、公辅部杂录、中书部纪事、翰林院部纪事、京兆部纪事、给谏部纪事、节使部纪事、王寮部纪事、家范总部纪事、父子部纪事、子孙部纪事、主司门生部纪事、僚属部纪事、遇合部纪事、闺艳部纪事等类录有佚文。

57. 《卢氏杂说》

听言部纪事、主司门生部纪事、拜谒部纪事、宴集部纪事、嘲谑部纪事等类收录。

58. 《谈宾录》（《谭宾录》）

见宗人府部纪事、趋附部纪事等。

59. 《嘉话录》（《刘宾客嘉话录》）

圣寿部纪事、县令部纪事、父子部纪事、盟誓部外编、嘲谑部纪事、迷忘部纪事、闺艳部纪事、闺识部杂录、雀部纪事等收录。

60. 《资暇录》

父子部纪事、父子部杂录、嫡庶部杂录、甥舅部杂录、奴婢部杂录、宾主部杂录、闺巧部纪事等收录。

61. 《树萱录》

见宴集部外编等类。

62. 《教坊记》

见闺媛总部杂录、闺恨部纪事等类。

63. 《广古今五行记》

见闺奇部纪事、闺奇部外编等类。

64. 《杜阳杂编》

玉部纪事、琥珀部纪事、雀部纪事、圣寿部纪事、君德部汇考、圣学部纪事、御制部纪事、用人部纪事、宫闱总部纪事、皇太后部纪事、宫女部纪事、宫女部外编、宦寺部纪事、公辅部杂录、父子部纪事、夫妇部纪事、媵妾部纪事、僚属部纪事、嘲谑部纪事、忿争部纪事、目部纪事、发部纪事、吉凶部纪事、闺媛总部杂录、闺艳部纪事、闺饰部纪事、闺饰部杂录、闺饰部外编、词曲部纪事等收录。

65.《传信记》(《开天传信记》)

宽严部纪事、父子部纪事、养子部纪事、兄弟部纪事、兄弟部外编、媵妾部纪事、嘲谑部纪事、欺绐部纪事、手部纪事、足部纪事、腹部纪事、八岁部纪事、词曲部纪事等类收录。

66.《封氏闻见记》

见国号部杂录、官常总部杂录、宴集部杂录等。

67.《玉泉子》(《玉泉子见闻真录》)

公主驸马部纪事、都察院部纪事、县令部纪事、县尉部纪事、驿丞部纪事、父子部纪事、养子部纪事、兄弟部纪事、姊妹部纪事、媵妾部纪事、翁婿部纪事、妻族部纪事、奴婢部纪事、主司门生部纪事、宴集部纪事、嘲谑部纪事、便溺部纪事、名字部杂录、恐惧部纪事、错误部纪事、富贵部纪事、穷通部纪事、闺烈部纪事、闺藻部纪事、闺慧部纪事、闺恨部纪事、雀部纪事、鱼部纪事等诸类收录。

68.《松窗杂录》

见嘲谑部纪事、闺识部纪事、闺饰部纪事等。

69.《云溪友议》

宗人府部纪事、母子部纪事、夫妇部纪事、媵妾部纪事、翁婿部纪事、奴婢部纪事、主司门生部纪事、前辈部纪事、故旧部纪事、拜谒部纪事、馈遗部纪事、馈遗部杂录、宴集部纪事、荐扬部纪事、嘲谑部纪事、恩雠部纪事、掩骼部纪事、投胎部纪事、闺义部纪事、闺识部纪事、闺藻部纪事、闺艳部纪事等类皆收录。

70.《桂苑丛谈》

见竹部纪事、欺绐部纪事、富贵部纪事、投胎部纪事等。

71.《闽川名士传》

珠部纪事、同年部纪事、四十一岁至五十岁部纪事等类收录。

72.《南楚新闻》

故旧部纪事、嘲谑部纪事、欺绐部纪事、虾蟆部杂录等收录。

《古今图书集成》收录唐代小说作品数量极夥，几乎无所不包，然因规模浩大、分类烦琐，至今尚未得到完全统计，因而在唐小说的研究中，《古今图书集成》仍是值得我们继续深入挖掘的一个重点领域。

第四节　丛书

丛书与类书的编排方式不同，它是由很多书籍直接汇编而成，而非按类编纂。丛书将各种著作收录汇编在一起，使之成为一部规模较大的集成性作品。丛书又称丛刊、丛刻、汇刻等。

明清两朝丛书中较为重要的代表性作品，如《说郛》、重编《说郛》、《四库全书》等，都大量收录了唐代小说，并以自身的影响力有力地推动了唐代小说在明清时期的传播。这些著作对唐代小说的收录，大都是转引自《太平广记》《异闻集》等书。它们将所引作品重新整合成书，在很大程度上恢复了唐代小说尤其是小说集的原貌，也便于后世读者的查找阅读。

一、《说郛》

《说郛》，元末明初陶宗仪编纂，为重要私家编纂大型丛书之一。杨维桢序曰："学者得是书，开所闻扩所见者多矣。"① 可见此书保存了很多重要的文献资料。《说郛》有一百卷本与一百二十卷本传世。通行一百卷本即张宗祥整理的涵芬楼本；通行一百二十卷本为清顺治四年（1647）陶珽增补《说郛》刊刻宛委山堂本，亦称重编《说郛》；又有陶珽《续说郛》四十六卷。

《说郛》主要据《艺文类聚》《太平广记》《太平御览》等大型丛书进行辑录工作，其载录唐代小说亦有一定数量，且成书时间正在明初，在明清两代也成为传播唐小说的重要载体之一，收录唐代小说单篇作品及小说集近六十部。

其收录唐代小说作品情况如下：

1. 涵芬楼一百卷本

卷二收录张鷟《朝野佥载》，注"二十卷"，收录三十八则文字；康骈《剧谈录》，注"二卷"，收录三则。

卷三收录阙名《谈垒》引（郑处诲）《明皇杂录》七则，阙名（胡璩）《谈宾录》（《谭宾录》）一则，阙名《异闻录》一则，李濬《松窗杂录》三则，阙名（柳祥）《潇湘录》二则，阙名《树萱录》二则。

卷四收录戴孚《广异记》五则，韩偓《金銮密记》二则，郑常《洽闻记》三则，裴廷裕《东观奏记》，封演《封氏闻见记》九则，白行简《三梦记》。

_____

① （明）陶宗仪：《说郛》，中国书店 1986 年。

卷五录柳玭《常侍言旨》佚文。

卷六收录苏鹗《杜阳杂编》，注"三卷"，收文三则；阙名《广知》引（张读）《宣室志》八则，谷神子（郑还古）《博物志》一则，李元（李伉）《独异志》三则，孙棨《北里志》一则。

卷七收录韦绚《戎幕（幕）闲谈》一卷，六则；冯翊（严子休）《桂苑丛谈》一卷。

卷十一收录无名氏《玉泉子见闻真录》，题为《玉泉子真录》，注"五卷"，录文七则。

卷十二收录崔令钦《教坊记》，注"一卷"；孙棨《北里志》，注"一卷"，七则。

卷十四收录谷神子（郑还古）《博异志》，注"一卷"，录一则。

卷十五收录赵璘《因话录》七则；牛僧孺《幽怪录》（《玄怪录》），注"十一卷"，录二则；李复言《续幽怪录》（《续玄怪录》），注"二卷"，录一则。

卷十九收录袁郊《甘泽谣》，注"一卷，记九事"。录文二则。

卷二十收录张固《幽闲鼓吹》，注"一卷"，录文三则。

卷二十一收录刘悚《隋唐嘉话》，注"三卷"，录六则；韦绚《刘宾客嘉话录》，注"一卷"，录十八则。

卷二十四收录阙名（卢肇）《逸史》，注"三卷"，有《自序》一篇及正文五则。《自序》云："卢子既作史录毕，乃集闻见之异者，目为《逸史》焉。"

卷二十五收录李翱《卓异记》，注"一卷"，录四则；薛用弱《集异记》，注"二卷"，录四则。

卷三十二收录郑处诲《明皇杂录》，注"二卷"，录十则。

卷三十三收录李隐（柳祥）《潇湘录》，注"十卷"，录六则；皇甫枚《三水小牍》，注"二卷"，录十则。

卷三十四收录陆长源《辨疑志》，注"三卷"，录文四则。

卷三十五龚颐正《续释常谈》中，转载孟棨《本事诗》"乐昌公主"一则，题为"作人难"；转载戴孚《广异记》"张御史"一则，题为"阿妳"；转载刘悚《隋唐嘉话》一则，题为"村气"；转载韩偓《金銮密记》一则，题为"苦杀人"；转载张鷟《朝野佥载》一则，题为"张公吃酒李公醉"。

卷三十六收录段成式《酉阳杂俎》，注"二十卷"，录六十三则；段成式《酉阳杂俎续集》十卷，收文二十七则。

卷三十八收录曹邺《梅妃传》，注"一卷"。

卷四十一收录张读《宣室志》，注"十卷"，录文六则。

卷四十四收录李德裕《次柳氏旧闻》，注"一卷，即《明皇十七事》"，录文四则。

卷四十六收录李濬《松窗杂录》，注"一卷"，录文五则。

卷五十七收录隋（唐）杜宝《大业杂记》，注"一卷"。

卷五十八收录李济翁（李匡乂）《资暇集》文字九则，皇甫松《醉乡日月》十四则。

卷七十二收录河东先生（柳宗元）《龙城录》二卷，录三十六则。

卷七十三收录尉迟枢《南楚新闻》二十一则，阙名（胡璩）《谈宾录》（《谭宾录》）五则。

卷七十五收录李肇《国史补》三十六则；韩偓《金銮密记》三则，注"此三条已见前第四卷中，而字句互异，故存之"；裴廷裕《东观奏记》四则，注"此四条已见前第四卷中"；阙名

《洽闻记》二则，注"此二条已见前第四卷中"。

卷七十八收录颜师古（佚名）《隋遗录》（《大业拾遗记》，又名《南部烟花录》），注"二卷"。

卷九十二张怀瓘《书断》中转载何延之《兰亭记》，题为《购兰亭序》）。

卷一百收录钟辂《前定录》，注"一卷"，录十五则。

2. 宛委山堂本（重编《说郛》一百二十卷本）

卷十八收录宋（唐）皇甫牧（枚）《三水小牍》一卷，录文七则。

卷二十一收录范摅《云溪友议》一卷，录五则。

卷二十三收录赵璘《因话录》一卷，录文二十五则；温庭筠《乾𦠲子》一卷，录文十一则；房千里《投荒杂录》一卷，录文九则；王叡《炙毂子录》一卷；陆长源《辨疑志》一卷，录文五则；李石《开城录》一卷，录文五则；皇甫氏《原化记》一卷，录文三则。

卷二十四收录王洙《王氏谈录》一卷，收文九十八则。

卷二十六收录潘远《西墅记谭》一卷，录文十一则；柳宗元《龙城录》一卷，录文四十二则；冯翊（严子休）《桂苑丛谈》一卷，录文二十一则；李商隐《义山杂记》一卷，录文四则；阙名《法苑珠林》一卷，录文五则。

卷三十一收录苏特《衣冠盛事》一卷，收文十七则。

卷三十二收录张读《宣室志》一卷，录文十一则；刘悚《传载》一卷，录文十五则；李隐（柳祥）《潇湘录》一卷，录文五则；张鷟《耳目记》（实录自张鷟《朝野佥载》）一卷，录文二十三则；刘泰（无名氏）《树萱录》一卷，录文十一则；郑常《洽闻记》一卷，录文八则。

卷三十四收录刘讷言（或曰朱揆）《谐噱录》一卷，录文四十三则。

卷三十六录李绰《尚书故实》一卷，收文七十九则并序文一篇；李德裕《次柳氏旧闻》一卷，十七则；刘𫗧《隋唐嘉话》一卷，收文一百四十四则；韦绚《刘宾客嘉话录》一卷，收文九十八则并序文一篇。

卷四十四收录柳公权《小说旧闻记》一卷，录文三则。

卷四十六收录苏鹗《杜阳杂编》三卷，录文五十二则；亡（无）名氏《玉泉子真录》（《玉泉子见闻真录》）一卷，收文六则；杜荀鹤（李濬）《松窗杂记》一卷，录八则；尉迟枢《南楚新闻》一卷，录十七则；韦绚《戎幕闲谈》一卷，录七则；封演《封氏闻见记》一卷，录十则。

卷四十八收录张鷟《朝野佥载》一卷，录文九十则；李肇《唐国史补》一卷，录文三十五则；吴兢（高彦休）《唐阙史》一卷，录文五则；刘肃《大唐新语》一卷，录文二十一则；马总《大唐奇事》（李隐《大唐奇事记》），录文三则；卢言《卢氏杂说》一卷，录十则。

卷四十九收录韩渥（偓）《金銮密记》一卷，录文七则；柳珵《常侍言旨》一卷，录六则；令狐澄《大中遗事》一卷，录九则。

卷五十一收录李翱《卓异记》一卷，录文二十六则。

卷五十二收录李德裕《明皇十七事》（《次柳氏旧闻》）一卷，录文十七则并序；郑棨《传信记》（《开天传信记》）一卷，录二十五则；张固《幽闲鼓吹》一卷，录二十五则；李濬《摭异记》（《松窗杂录》）一卷，录文十四则。

卷六十七收录段成式《寺塔记》一卷，节录《酉阳杂俎》续集卷五"寺塔记"上，卷六"寺塔记"下，三十二则。

卷七十二收录钟辂《前定录》一卷，录二十三则；唐临《报应记》（卢求《金刚经报应记》）一卷，录文十六则。

卷七十八收录孙口（棨）《北里志》一卷，录文十八篇并序；崔令钦《教坊记》一卷，录十六则并后记。

卷八十收录孟启（棨）《本事诗》一卷，录文四十则。

卷一百录段安节《乐府杂录》一卷，录文五十二则。

卷一百七录段成式《肉攫部》一卷（《酉阳杂俎》卷二十肉攫部），录二十八则。

卷一百十录颜师古（托名）《大业拾遗记》一卷。

卷一百十一录曹邺《梅妃传》一卷；陈鸿《长恨歌传》一卷；郭湜《高力士传》一卷。

卷一百十二录皇甫枚《非烟传》一卷；李公佐《谢小娥传》一卷；蒋防《霍小玉传》一卷；薛调《刘无双传》（《无双传》）一卷；张说（裴铏）《虬髯客传》（出《传奇》）一卷。

卷一百十三录李蘩（阙名）《邺侯外传》一卷；苏鹗《同昌公主传》（出《杜阳杂编》）一卷；张说《梁四公记》一卷；蔡伟《魏夫人传》（出《后仙传》）一卷；阙名《白猿传》（《补江总白猿传》）一卷；李朝威《柳毅传》（《洞庭灵姻传》）一卷；亡（无）名氏《李林甫外传》（出卢肇《逸史》）一卷；白行简《汧国夫人传》（《李娃传》）一卷。

卷一百十四录牛僧孺（韦瓘）《周秦行纪》一卷；陈鸿祖《东城老父传》一卷；王洙《东阳夜怪录》一卷；朱庆馀（佚名）《冥音录》一卷；白行简《三梦记》一卷；隋（唐）王度《古镜记》一卷。

卷一百十五录袁郊《甘泽谣》一卷；元稹《会真记》（《莺莺传》）一卷；薛用弱《集异记》一卷，录文十六则。

卷一百十六录段成式《诺皋记》一卷（《酉阳杂俎》卷十四"诺皋记"上，卷十五"诺皋记"下），录文六十四则并引；段成式《金刚经鸠异》一卷（《酉阳杂俎》续集卷七），录文二十二则；郑还古《博异志》一卷，录九则；陆勋《集异志》（或题《陆氏集异记》）一卷，录文八十二则。

卷一百十七录李玖《异闻实录》（李玫《纂异记》）一卷，录文五则；牛僧孺《幽怪录》（《玄怪录》）一卷，录文十八则；又王恽《幽怪录》（实为牛僧孺《玄怪录》）一卷，录三则；李复言《续幽怪录》（《续玄怪录》）一卷，录文一则；又阙名《续玄怪录》一卷，录文二则，其一《延州妇人》出自李复言《续玄怪录》。

卷一百十八录戴□（孚）《广异记》一卷。

二本收录作品差异颇大。重编本《说郛》据今人考证，并非仅仅对《说郛》进行"重新校梓"，而是"《广汉魏丛书》《百川学海》《续百川学海》《广百川学海》《艺游备览》《熙朝乐事》等丛书版本挖改而成"①。因而规模极为宏大，共"收书一千二百余类、辑本一百五十多种"②。可见重编《说郛》所收录唐小说应在原本《说郛》基础上又有所增益。因此，在唐小说的保存与传播方面，《说郛》的重要性是不可忽视的。

另一方面，《说郛》在收录作品中也存在明显的不足，尤其是对于时代与作者的讹误以及作品的混淆。正如鲁迅先生在《破

---

① ② 郑春颖：《重编〈说郛〉辑佚研究》，见《社会科学战线》，2002 年第 2 期。

〈唐人说荟〉》一文中所批评的:

> 三是乱分。如《诺皋记》,《支诺皋》,《肉攫部》,《金刚经鸠异》,都是《酉阳杂俎》中的一篇,他却分为四种,又别出一种《酉阳杂俎》。

如重编《说郛》卷一百七录段成式《肉攫部》一卷,出《酉阳杂俎》卷二十"肉攫部"。卷一百十六录段成式《诺皋记》一卷,出《酉阳杂俎》卷十四"诺皋记上"、卷十五"诺皋记下"。

> 五是乱题撰人。如《幽怪录》是牛僧孺做的,他却道王恽。《枕中记》是沈既济做的,他却道李泌。

如《说郛》卷三十三收录《潇湘录》,将撰者柳祥错题为李隐。重编《说郛》卷一百十七收录王恽《幽怪录》,实为牛僧孺《幽怪录》(《玄怪录》)之误。

> 六是妄造书名而且乱题撰人。如什么《雷民传》,《垅上记》,《鬼冢志》之类,全无此书,他却从《太平广记》中略抄几条,题上段成式褚遂良等姓名以欺人。此外还不少。

如重编《说郛》卷三十二收录张鷟《耳目记》一卷,实为张鷟《朝野佥载》乱改书名而成。

七是错了时代。①

如重编《说郛》卷十八将皇甫枚误作宋人，卷一百十二将《绿珠传》作者宋人乐史误作唐人。

虽然这段文字批判的对象是《唐人说荟》，却也正道出了重编《说郛》与之相同的弊病。

二、《四库全书》

清乾隆年间诏修《四库全书》，为中国历史上规模最大之丛书，历经十年编成，按照内容分经、史、子、集四部，故名四库。部下有类，类下有属。据文津阁藏本，共收录古籍 3503 种、79337 卷。除章回小说、戏曲等通俗文学作品之外，基本包括了社会上流传的古今各种图书，因而对于唐代小说的收录亦几无遗漏。《四库全书》不仅对唐小说进行直接载录，更通过收录历代丛书、类书等，从而间接引录了其中的唐小说作品。《四库全书》无疑是唐代小说在清代传播的最重要载体之一。

《四库全书》直接收录了以下唐代小说作品，并在《四库全书总目提要》中对所录作品的撰人、卷数、内容、著录情况等进行了一定的论述与考证：

1. 史部传记类著录《卓异记》一卷。

《提要》云："旧本题唐李翱撰。"《唐书·艺文志》作"陈翱"，案："李翱为贞元、会昌间人，陈翱为宪、穆间人，何以纪及昭宗。其非李翱亦非陈翱甚明。""《读书志》称所载凡二十七事，今检其标目，仅有二十六条。"

---

① 鲁迅：《鲁迅全集》第八卷，人民文学出版社 2005 年，第 131~132 页。

2. 子部杂家类著录《资暇集》三卷。

《提要》云："唐李匡乂撰。旧本或题李济翁，盖宋刻避太祖讳，故书其字，如唐修《晋书》，称石虎为石季龙。或作李乂，亦避讳刊除一字，如唐修《隋书》，称韩擒虎为韩擒，实一人也。《文献通考》一入杂家，引《书录解题》作李匡文；一入小说家，引《读书志》作李匡乂，而字济翁则同。《陆游集》有此书跋，亦作李匡文。王楙《野客丛书》作李正文。然《读书志》实作匡乂，诸书传写自误耳。"

3. 子部杂家类著录《封氏闻见记》十卷。

《提要》云："唐封演撰。""是书唐、宋艺文志、《通志》、《通考》皆作五卷、《书录解题》作二卷，殆辗转传抄，互有分合。此本十卷，……唐人小说，多涉荒怪，此书独语必徵实。前六卷多陈掌故，七、八两卷多记古迹及杂论，均足以资考证。末二卷则全载当时士大夫轶事，嘉言善行居多，惟末附谐语数条而已。"

4. 子部杂家类著录《尚书故实》一卷。

《提要》云："唐李绰撰。""是书《宋史·艺文志》凡两载之，一见史部传记类，一见子部小说类，而注其下云，绰一作纬，实一作事。今按曾慥《类说》所引，亦明标李绰之名，则作纬者误矣。"

5. 子部小说家类著录《朝野佥载》六卷。

《提要》云："旧本题唐张鷟撰。""《新唐书·艺文志》作三十。《宋史·艺文志》作《佥载》二十卷。""陈振孙所谓书本三十卷，此其节略者，当即此本。"

6. 子部小说家类著录《唐国史补》三卷。

《提要》云："唐李肇撰。""书中皆载开元至长庆间事，乃续刘悚小说而作。上卷、中卷各一百三条，下卷一百二条，每条以五字标题。"

7. 子部小说家类著录《大唐新语》十三卷。

《提要》云："唐刘肃撰。""《唐书·艺文志》载此书三卷。""今合诸本参校，定为书三十篇。总论一篇，而复名为《大唐新语》，以复其旧焉。"

8. 子部小说家类著录《次柳氏旧闻》一卷。

《提要》云："唐李德裕撰。是书所记皆玄宗遗事，凡十七则。前有德裕自序。"

9. 子部小说家类著录《刘宾客嘉话录》一卷。

《提要》云："唐韦绚撰。""《唐书·艺文志》载韦绚《刘公嘉话录》一卷。……《宋史·艺文志》则载绚《刘公嘉话》一卷。"

10. 子部小说家类著录《明皇杂录》二卷，《别录》一卷。

《提要》云："唐郑处诲撰。""史称处诲为校书郎时，撰次《明皇杂录》三篇，行于世。晁公武《读书志》则载《明皇杂录》二卷。"今本"亦有所佚脱，非完帙矣"。

11. 子部小说家类著录《因话录》六卷。

《提要》云："唐赵璘撰。""明商濬刻此书入《稗海》，题为《员外郎》，未详所据也。其书凡分五部：一卷宫部，为君，记帝王；二卷、三卷商部，为臣，记公卿百僚；四卷角部，为人，凡不仕者咸隶之；五卷徵部，为事，多记典故，而附以谐戏。六卷羽部，为物，凡一时见闻杂事无所附丽者，亦并载焉。"

12. 子部小说家类著录《教坊记》一卷。

《提要》云："唐崔令钦撰。""是书《唐书·艺文志》著录。"

13. 子部小说家类著录《幽闲鼓吹》一卷。

《提要》云："唐张固撰。""是书末有明顾元庆跋，称共二十五篇，与晁公武《读书志》所言合。今检此本乃二十六篇，盖误断元载及其子一条为二耳。""今考《唐书·艺文志》，小说家有张固《幽闲鼓吹》一卷。"

14. 子部小说家类著录《松窗杂录》一卷。

《提要》云："此书书名，撰人诸本互异。《唐志》作《松窗录》一卷，不著撰人。《宋志》作《松窗小录》一卷，题李濬撰。《文献通考》作《松窗杂录》一卷，题韦濬撰。《历代小史》则书名与《通考》同，人名与《宋志》同。盖传刻舛讹，未详孰是。"（应为李濬。）

15. 子部小说家类著录《云溪友议》三卷。

《提要》云："唐范摅撰。""其书世有二本。一分上、中、下三卷，每条各以三字标题，前有摅自序。一为商濬《稗海》所刻，作十二卷，而自序及标题则并佚之。案陈振孙《书录解题》已称《唐志》三卷，今本十二卷，则南宋已有两本矣。《宋史·艺文志》作十一卷，则刊本误二为一也。"

16. 子部小说家类著录《玉泉子》（《玉泉子见闻真录》）一卷。

《提要》云："不著撰人名氏。所记皆唐代杂事，亦多采他小说为之。如开卷裴度一条，全同《因话录》，韩昶金根车事，先载《尚书故实》，不尽其所自作也。案宋《艺文志》载《玉泉子见闻真录》五卷，与此本卷数不符，似别一书。"

17. 子部小说家类著录《集异记》一卷。

《提要》云："唐薛用弱撰。""陈振孙《书录解题》谓是书一名《古异记》，然诸家著录，俱无此名，不知振孙何本。"

18. 子部小说家类著录《博异记》一卷。

《提要》云："旧本题唐谷神子还古撰，不著姓氏。"（即郑还古。）

19. 子部小说家类著录《杜阳杂编》三卷。

《提要》云："唐苏鹗撰。""此编所记，上起代宗广德元年，下尽懿宗咸通十四年，凡十朝之事，皆以三字为标目。其中述奇技宝物，类涉不经。"

20. 子部小说家类著录《前定录》一卷。

《提要》云："唐钟辂撰。""《唐书·艺文志》作钟辂。未详孰是也。是书所录前定之事，凡二十三则，与《书录解题》所言合。"

21. 子部小说家类著录《桂苑丛谈》一卷。

《提要》云："案《新唐书·艺文志》载《桂苑丛谈》一卷，注曰冯翊子子休撰，不著姓名。晁公武引李淑《邯郸书目》云，姓严，疑冯翊子其号，而子休其字也。陈继儒刻入《秘笈》，乃题为唐子休冯翊著，颠倒其文，误之甚矣。"

22. 子部小说家类著录《剧谈录》二卷。

《提要》云："唐康骈撰。王定保《摭言》作唐轩，盖传写之讹。《唐书·艺文志》作康轩。""未详孰是。诸书引之，皆作骈，疑亦《唐志》误也。"

23. 子部小说家类著录《宣室志》十卷，《补遗》一卷。

《提要》云："唐张读撰。"

24. 子部小说家类著录《唐阙史》二卷。

《提要》云："旧本题唐高彦休撰。""是书诸家著录皆三卷。今止上、下二卷，似从他书抄撮而成，非其原本。"

25. 子部小说家类著录《甘泽谣》一卷。

《提要》云："唐袁郊撰。晁公武《读书志》云，载谲异事九章。"

26. 子部小说家类著录《开天传信记》一卷。

《提要》云："唐郑綮撰。""书中皆记开元、天宝故事，凡三十二条。"

27. 子部小说家类著录《酉阳杂俎》二十卷、《续集》十卷。

《提要》云："唐段成式撰。""是书首有自序云，凡三十篇，为二十卷。""至其续集六篇十卷，合前集为三十卷，诸史志及诸家书目并同。"

28. 子部小说家类著录《大业拾遗记》二卷。

《提要》云："一名《南部烟花录》。旧本题唐颜师古撰。末有跋语，称会昌中沙门志彻得之瓦棺寺阁，乃《隋书》遗稿云云。王得臣《麈史》称其极恶，可疑。"

29. 子部小说家类著录《幽怪录》（《玄怪录》）一卷、《续幽怪录》（《续玄怪录》）一卷。

《提要》云："《幽怪录》，唐牛僧孺撰。""《唐书·艺文志》作《玄怪录》。……《唐志》作十卷，今止一卷，殆钞合而成，非其旧本。""末附唐李复言《续录》一卷。考《唐志》及《馆阁书目》皆作五卷，《通考》则作十卷，云分仙术感应二门。今仅残篇数页，并不成卷矣。"

30. 子部小说家类著录《续玄怪录》四卷。

《提要》云："唐李复言撰。是书世有二本：其附载牛僧孺《幽怪录》末者，盖从《说郛》录出。一即此本，凡二十三事，与《唐志》卷数亦不符。盖从《太平广记》录出者，虽稍多于《说郛》本，然亦非完帙也。"

31. 子部小说家类著录《龙城录》二卷。

《提要》云："旧本题唐柳宗元撰。"

32. 子部小说家类著录《独异志》二卷。

《提要》云："唐李冗（原书上面是宝盖头）撰。唐《艺文志》作李亢，未详孰是。"李剑国考证为李亢（一作冗）。

33. 子部小说家类著录《陆氏集异记》四卷。

《提要》云："旧本题唐比部郎中陆勋撰。《书录解题》及《宋史·艺文志》并作二卷。陈振孙曰：语怪之书也。凡三十二事，言犬怪者居三之一。此书较陈氏所载多二卷，而事较振孙所记之数多三四倍，亦不多言犬怪，岂后人附会，非其本书欤？"

34. 集部诗文评类著录《本事诗》一卷。

《提要》云："唐孟棨撰。""《新唐书·艺文志》载此书，题曰孟启。毛晋《津逮秘书》因之。然诸家称引，并作棨字，疑唐志误也。"

此外，《四库全书》以集大成的优势，收录了前代的各种类说、丛书、专集，从而也将它们所辑录的唐人小说一并囊括其中，择其要者述之：

1. 子部杂家类著录《绀珠集》十三卷。

2. 子部杂家类著录《类说》六十卷。

3. 子部杂家类著录《说郛》一百二十卷（通行本）。

4. 子部杂家类著录《古今说海》一百四十二卷。

5. 子部类书类著录《艺文类聚》一百卷。

6. 子部杂家类著录《太平御览》一千卷。

7. 子部杂家类著录《锦绣万花谷前集》四十卷、《后集》四十卷、《续集》四十卷。

8. 子部杂家类著录《事文类聚前集》六十卷、《后集》五十卷、《续集》二十八卷、《别集》三十二卷、《新集》三十六卷、

《外集》十五卷、《遗集》十五卷。

9. 子部杂家类著录《古今合璧事类备要前集》六十九卷、《后集》八十一卷、《续集》五十六卷、《别集》九十四卷、《外集》六十六卷。

10. 子部小说家类著录《太平广记》五百卷。

11. 子部小说家类著录《分门古今类事》二十卷。

12. 子部小说家类著录《五色线》二卷。

13. 子部小说家类著录《青泥莲花记》十三卷。

14. 子部小说家类著录《云笈七签》一百二十二卷。

15. 集部总集类著录《文苑英华》一千卷。

16. 集部总集类著录《唐文粹》一百卷。

17. 集部总集类著录《古今岁时杂咏》四十六卷。

18. 集部总集类著录《诗话总龟前集》四十八卷、《后集》五十卷。

19. 集部总集类著录《唐诗纪事》八十一卷。

《四库全书》不仅具有规模巨大、收书全面的优势，而且在所收书目之下，都做出了翔实、严谨的考证，对作品各个方面，尤其是成书后的保存与传播过程都做出了较为细致的陈述，对唐小说在清代的传播以及人们对其的研究都有很重要的意义。

唐小说由最初的单篇传播为主，至明清时期则逐渐形成由小说总集、丛书、类书为主的传播方式。从这个意义上来说，唐宋以至明清的各种小说总集、丛书、类书作为唐小说保存与传播的主要载体和渠道，在唐小说的明清传播过程中有着极其重要的意义与作用。

第五节　笔记

除上述几种主要的传播方式以外，我们还应看到，在明清人所作诗文、笔记中，也林林总总提及若干唐代小说的篇章，尤其是明清时期的笔记，许多作者借此展现自己的才学，记录自己的读书经验，因而也为时人介绍了大量包括唐代小说在内的文学作品。虽然多数笔记影响范围有限，不及前三者影响广泛，但由于笔记作者并非简单收录小说作品，而是以品藻评论为主，给读者提供了更为深入细致的解读，从不同的层面推动了唐代小说的传播。

篇幅所限，此仅以明代胡应麟《少室山房笔丛》为例。

胡应麟所著《少室山房笔丛》是一部以考据为主的笔记著作。全书共四十八卷，包括甲部四卷《经籍会通》，续甲部八卷《丹铅新录》，乙部六卷《史书占毕》，续乙部八卷《艺林学山》，丙部三卷《九流绪论》，丁部三卷《四部正伪》，戊部二卷《三坟补逸》，己部三卷《二酉缀遗》，庚部二卷《华阳博议》，辛部二卷《庄岳委谈》，壬部四卷《玉壶遐览》，癸部三卷《双树幻钞》。此书对于后人研究唐代小说在明清时期的传播状况有较高的参考价值，尤其是《艺林学山》《九流绪论》《二酉缀遗》与《庄岳委谈》几部，列举了数量不等的唐代小说作品，并阐明了自己的认识。例如，卷三十六和卷三十七《二酉缀遗》里关于唐代小说的论述就颇有见地，提出"至唐人乃作意好奇，假小说以寄笔端"这一说法，指出唐人小说观念的进步及唐代小说的杰出文学成就。

此书中关于唐代小说的论述情况如下：

卷十九续乙部《艺林学山》一：

1.《幽怪录》条："《幽怪录》载唐人三句诗云：杨柳袅袅随风急，西楼美人春梦中，翠帘斜卷千条入云云。牛僧孺所撰，本名《玄怪录》，近时乃竟刻为《幽怪》，不知始于何时。观用修所引，则弘正间已误矣。"

此条提到牛僧孺《玄怪录》。

卷二十一续乙部《艺林学山》三：

2.《上江虹》条："唐人《冥音录》，曲名《上江虹》，即《满江红》云云。"

此处提到阙名《冥音录》。

卷二十九丙部《九流绪论》下：

3. "小说家一类又自分数种：一曰志怪，《搜神》《述异》《宣室》《酉阳》之类是也；一曰传奇，《飞燕》《太真》《崔莺》《霍玉》之类是也；一曰杂录，《世说》《语林》《琐言》《因话》之类是也；一曰丛谈，《容斋》《梦溪》《东谷》《道山》之类是也；一曰辨订，《鼠璞》《鸡肋》《资暇》《辨疑》之类是也；一曰箴规，《家训》《世范》《劝善》《省心》之类是也。"

此条所提及的唐代小说作品包括张读《宣室志》、段成式《酉阳杂俎》、元稹《莺莺传》、蒋防《霍小玉传》、赵璘《因话录》、李匡乂《资暇录》。

卷三十二丁部《四部正伪》下：

4. "《古岳渎经》第八卷，李公佐元和九年泛洞庭、登包山、入灵洞得之。奇字蠹毁不能解。其后周焦君详之云：禹治淮水，三至桐柏山。惊风迅雷，水号木鸣。土伯拥川，天老肃兵，功不能兴。禹怒召百灵，授命夔龙。桐柏等山君长稽首请命，禹因囚鸿蒙氏、彰商氏、兜氏、卢氏、黎娄氏，乃获淮涡水神，名无支祈，善应对言语，辩江淮之深浅，原隰之远近。形若猿猱，缩鼻高额，青躯白首，金目雪牙，颈伸百尺，力逾九象，搏击腾趠，疾利倏忽，视不可久。禹授之童律，童律不能制；授之乌木由，乌木由不能制；授之庚辰，庚辰能制。鸱脾桓胡、木魅水灵、山妖石怪奔号丛绕者以千数。庚辰以战，遂去。颈琐大械，鼻穿金铃，徙之淮阴龟山之足，俾淮水永安。案此文出唐小说，盖即六朝人踵山海经体而赝作者，或唐文士滑稽玩世之文。命名《岳渎》，可见以其说颇诡异，故后世或喜道之。宋太史景濂亦稍稳括，集中总之以文为戏耳。罗泌《路史》辩有无支祈，世又讹禹事为泗洲大圣，皆可笑。近衡岳禹碑盛传其文，体稍古，然与虞夏诸书迥不类，恐亦好事所遗也。"

此条辨李公佐《古岳渎经》一篇小说中所载古书《古岳渎经》之伪。

卷三十二丁部《四部正伪》下：

5. "《潇湘录》，唐人志怪中最鄙诞者。诸家或以为李隐，或以为柳祥。其书本谐谑，不必辩。"

柳祥《潇湘录》，胡应麟责其鄙诞，对其并不看重，仍是沿袭传统的文学观。

6. "《牛羊日历》，诸家悉以刘轲撰。其书记牛僧孺、杨虞卿等事。故以此命名。案轲本浮屠，中岁慕孟轲为人，遂长发以文鸣一时，即记载时事，命名讵应乃尔。必赞皇之党，且恶轲者为之也。（案《通鉴注》引作皇甫松，松有恨僧孺见传，或当近之。）"

刘轲《牛羊日历》，胡应麟以为作者或应是皇甫松。

7. "《龙城录》，宋王铚性之撰，嫁名柳河东。铚本意假重行其书耳，今其书竟行，而子厚受诬千载。余尝笑河东生平抉驳伪书，如《鬼谷》、《鹖冠》等，千百载上无遁情，真汉庭老史。日后乃身为宋人诬蔑不能辩，大是笑资。然亦亡足欺识者也。"

作者以为《龙城录》乃宋王铚撰，而非柳宗元。后世学者已考辨王铚之误传。

8. "铚又有《续树萱录》……（《树萱录》，本见《唐志》，宋世不存。而刘焘无言者补之，盖亦伪书也。）"

注释中提及佚名《树萱录》，并辨刘焘所补为伪书。

9. "《白猿传》，唐人以谤欧阳询者。询状颇瘦削，类猿猱，故当时无名子造言以谤之。此书本题《补江总白猿传》，盖伪撰者托总为名，不惟诬询，兼以诬总。噫！亦巧矣。率更世但贵其书，而不知其忠孝节义、学问文章，皆唐初冠冕，至今了然史策。岂此辈能污哉？率更子通，亦矫矫父风，而皆为书名所掩。余所惜欧氏，不在彼也。"

《补江总白猿传》，作者阙名。《太平广记·畜兽十一》收录，题《欧阳纥》。

10. "《周秦行纪》，李德裕门人伪撰，以构牛奇章者也。中有沈婆儿作天子等语，所为根蒂者不浅。独怪思黯罹此巨谤，不亟自明，何也？牛、李二党曲直，大都鲁卫间。牛撰《玄怪》等录，亡只词构李；李之徒顾作此以危之。於戏！二子者用心觌矣。牛迄功名，终而子孙累叶贵盛；李挟高世之才、振代之绩，卒沦海岛，非忌克忮害之报耶？辄因是书，播告夫世之工谮愬者。（《周秦行纪》韦瓘撰。）"

韦瓘《周秦行纪》，《太平广记·杂传记六》载录，题同。

卷三十五己部《二酉缀遗》上：

11. "段成式《酉阳杂俎》所列目'天咫''玉格''壶史''贝编'等，宋人以下，亡弗骇其异，而未有得其说者，盖必以出处求之。而不知段氏本书谓之《酉阳杂俎》，夫诸目之义，吾未能详，至《杂俎》，必系酉阳。则五车之中断可自信矣。又如'目中''忠志''礼异'等词，皆文人口语，曷尝拘拘出处耶？今考'天咫'所谈七曜事，则天阙之义也；'玉格'所谈二典事，则玉检之文也；'壶史'悉纪道术，非壶中之史耶？'贝编'咸录释门，非贝叶之编耶？即全语未见所出，意义咸自可寻。后人徒以虚名，为其愚弄，故拈及之。"

"成式子安节著《乐府杂录》，今传安节娶温庭筠女，庭筠著《甘（乾）膮子》序谓：语怪说宾，犹甘膮悦口，与杂俎义正同。然前人无此说也。非庭筠自序，至今不知何谓，亦以为'天咫''贝编'矣。"

"《杂俎》编末'肉攫部'，皆鸟兽事。本伊尹言：水居者腥，肉攫者臊，草居者膻也。见《杂俎》第七卷。"

"'诺皋记'有三说。《西溪丛语》据巫皋事以驳晁氏，非也。'抱朴子''诺皋'，盖六甲神名之类，必三说备乃尽之。详见陶氏《说郛》。"

"吴曾《能改斋漫录》云：按姚宽《西溪丛语》云：段成式《酉阳杂俎》有'诺皋记'，又有'支诺皋'，意义难解。《春秋左氏传》：襄公八年秋，齐侯伐我北鄙。中行献子时伐齐，梦与厉公战，弗胜。公以戈击之，首坠于前。跪而戴之，奉之以走，见梗阳人巫皋。他日见于道，与之言同。巫曰：今若有事于东方，则可以逞。献子许诺。疑此事也。晁伯道《谈助》云：灵奇秘要辟兵法，正月上寅日，禹步取寄生木三寸，咒曰：诺皋。敢告日月震雷，令人无敢见我，我为大帝使者，急急如律令！仍断取五寸，阴干百日，为簪置髻中，可以隐形。晁说非也。以上皆《丛语》。余以《丛语》未尽得之，盖段氏所载，皆鬼神事。虽献子所梦有巫名皋，而献子诺之，亦自可证。然葛洪《抱朴子·内篇》载'遁甲中经'曰：往山林中，当以左手取青龙上草，折半置天蓬星下。历明堂入太阴中，禹步而行，三咒曰：诺皋。太阴将星。见甲者，以为束薪；不见甲者，以为非人。持草自蔽而行，到六癸下，闭气而住，人鬼不能见也。以是知'诺皋'乃太阴之名，太阴者乃隐形之神。晁说非无所本，合三书而观之可也。"

"按前，吴曾《漫录》解'诺皋'之义最为明了，惟'支诺皋'不知何义。考《酉阳杂俎》诸目，止有'诺皋记'上下二卷，所载事极诡诞。殊无所谓'支诺皋'者。续考陶九成《说郛》所采《酉阳续俎》，乃有'支诺皋'之目，又有'支动''支植'二目。因悟'支'者，干支之支。盖《杂俎》'诺皋记'之外，更出此条，犹今类书者，以甲乙丙丁乾兑离巽等分配。此则借'干支'之'支'以别于前目之'诺皋'耳。'支动''支植'者，《杂俎》有'广动植'四卷，此则为'支动'及'支植'触类伸之，'支诺皋'之义益明矣。"

"洪景卢《夷坚志》有甲之癸一百卷，又有支甲至支癸一百卷，三甲至三癸一百卷，四甲至四癸二十卷。所谓'支甲''支癸'者，即'支诺皋'之'支'。洪段好奇相类，故门目亦仿之。近王长公作长短句，以旧无此调，因自谓'小诺皋'云。"

"洪景卢《容斋四笔》云：黄鲁直和王定国诗《闻子由病卧绩溪》云：渝被瘴雾姿，朝趋去天咫。蜀士任渊注，引天威不违颜咫尺。予按《国语》：楚灵筑三城，使子晳问范无宇。无宇不可。王曰：是知天咫，安知民则？韦昭曰：咫者少也。言少知天道耳。《酉阳杂俎》有'天咫'篇。黄诗盖用此。徐师川喜王秀才见过，小酌玩月四言曰：君家近市，所见天咫。庭户之间，容光能几？菰蒲之中，江湖之涘。一碧万顷，长空千里。正祖述黄所用云。据洪说似得'天咫'字面。段或本此未可知，因并录之。"

"又《二笔》十六卷云：《酉阳杂俎》'天咫'篇载月星神异数事，其命名之义取楚灵王曰：是知天咫，安知民则之说也。按前二说，则景卢已确据为《国语》所出，第终觉牵强，于他目不尽同云。"

此数条皆为段成式《酉阳杂俎》析名。胡应麟对书名及书中"天咫""玉格""肉攫"等篇名做出阐释。尤其对"诺皋"一名，详述备至。

12. "余读《新唐书》，尚有数事得之《广记》者，如宋之愻辈，皆《旧唐书》所无。盖或阙于元世，或近代失之耳。（'轻薄类'刘祥、许敬宗等，皆见六朝诸史及《唐书》杂说，谈已考补。余目中有名姓者尚多，互见诸书。惟出小说中而其书今亡者，难悉究矣。）"

"宋之问父令文，富文辞且工书，有力绝人，世称三绝。都下有牛善触，人莫敢婴。令文直往，拔取角，折其颈杀之。既之问以文章起，其弟之悌以骁勇闻，之愻精草隶，世谓皆得父一绝。之悌长八尺，开元中，历剑南节度使、太原尹。尝坐事流朱鸢。会蛮陷巂州，授总管击之。募壮士八人，被重甲，大呼薄贼，曰：獠动即死。贼七百人，皆伏不能兴，遂平贼。之愻为连州参军，刺史闻其善歌，使教婢。日执笏立帘外，唱吟自如。按《太平广记》'无赖类'有宋之愻，而此事《旧唐书》不载，惟《新唐书》有之。盖宋人采《广记》入传者，故灼然知为此事也。古今文人以力闻者，令文一人而已。因并著之。"

宋令文事出张鷟《朝野佥载》，《太平广记·骁勇一》收录，题为《宋令文》；宋之愻事同见《朝野佥载》，《太平广记·无赖一》收录，题为《宋之愻》。

13. "《广记》又载：令文尝以五指撮碓觜壁上书，得四十字诗。为太学生，以一手挟讲堂柱起，以同房生衣于柱下压之，许重设酒乃为之出。又唐彭先觉叔祖博通，膂力绝伦。尝于长安与壮士魏弘哲、宋令文、冯师本角力。博通坚卧，命三人夺其枕。三人力极，床脚尽折，而枕不动。观者逾主人垣墙，屋宇尽坏。名动京师。又汪节者，其母避疟于村西福田寺金刚下，因假寐感而生节。节有神力，入长安行到东渭桥，桥边有石狮子，其重千斤，节指而告人曰：吾能提此而掷之。众无信者。节遂提狮子，投之丈余。众人大骇，后数十人不能动之。遂以赂请节，节又提而致之故地。寻荐入禁军，补神策军将。常对御俯身负一石碾，置二丈方木于碾上，木上又置一床，床上坐龟兹乐人一部，奏曲终而下，无压重之色。德宗甚宠惜，累有赏赐。虽拔山拽牛之力不能过也。右三人皆唐世以勇闻者，节之神力尤为惊绝，而世罕知其名姓。因读《卮言》，载前代力人事，附识此。然三人者，或当太宗、或当德宗之世，俱不闻武功显，信将有别材也。"

其中宋令文事见前引《朝野佥载》；彭博通事出孟诜《御史台记》，《太平广记·骁勇二》收录，题为《彭先觉》；汪节事则见于唐代所编《歙州图经》，《太平广记·骁勇二》收录，题为《汪节》。

14. "兄弟形貌同者，史传甚众，而夫妇相类者绝希。《广记》载一事，奇甚，今录此。贞元末，张颜自渭北入城，止旅店。见有一媪，年可六十，衣黄袖，大裘乌帻，跨门坐焉。顾左卫李胄曹广，问其何官。广具答之。媪曰：此四卫耳，大好官。广曰：何以言之？媪曰：吾年二十六嫁张訾为妻，訾为人多力善骑射，郭汾阳之总朔方，訾为汾阳所任，请给衣赐，常在汾阳左右。訾之貌酷相类吾，訾卒，汾阳伤之，吾因伪丈夫衣冠，投名为訾弟，请事汾阳。汾阳大喜，令吾代訾职，遂寡居二十五年。自汾阳之薨，吾已年七十二，军中累奏，兼御史大夫。忽思茕独，遂嫁此店潘老为妇。迩来复诞二子，曰滔、曰渠。滔五十有四，渠年五十有二。是二儿也，按此则此媪四十余代夫任职，至御史大夫。七十余复适人，生二子，皆五十余。其年殆百数十岁，尚有六十之容，皆古今未闻之，异也。杨用修历记女子伪作男官者，此最职任高显，乃不之及。昔楚王念孙叔敖，优孟抵掌学之，王至欲以为相，盖戏语耳。今顾实有其人，又夫妇酷类，尤为怪也。"

此事乃温庭筠《乾𦠆子》中所载，《太平广记·妖怪九（人妖附）》收录，篇名《孟妪》，内容文字同。

15."妇人掌兵者：六朝冼氏，唐李氏。群盗者：东汉吕母称将军，征侧征贰反交阯。宋李全妻杨妙真，五代贼帅白项鸦。伪男子有军功者：晋木兰，唐张訾妻。丑而力而德者：梁鸿妇孟氏。美而力而节者：符登后毛氏。右诸人漫忆其烨赫，余未易更仆陈。然总之，未必皆勇力，即勇力未必绝人也。惟《剧谈录》一妇人异甚，而《太平广记》'勇力类'不收，因录之。即此知唐人小说中奇事，《广记》固有不尽收者，非以刊落，大概遗亡耳。神策将张季弘以勇气闻于时。一日赍文牒往州郡，暮投旅店，睹其母子相对悲愁。问之曰：家有妇至恶，恃其勇凌侮吾母子，无不至。季弘笑谓他非吾所办，此易耳，即相为除之。母子剧喜。俄妇人自外至，状无异常人。季弘取骡鞭置座下，呼语曰：吾闻汝倚有勇力，不伏姑婿使唤，果有此否？妇再拜曰：新妇敢尔？自是大家憎嫌过甚。因引季弘手至大石上，历数平日事，辄曰：如此事，岂是新妇不是？每陈一事，以指于石上掐一画，每掐辄入寸余。季弘汗落神骇，但称道理不错。其夜不能寐，翌日亟行。（枝山前闻所谓'恶新妇'即此，其载王昌女荡舟事，差足亚之。）"

本事见于康骈《剧谈录》。

16. "天宝初，安思顺进五色玉带，又于左藏库中得五色玉杯，上怪近日西宝无五色玉，令责安西诸番。番言比常进，皆为小勃律所劫不达。上怒欲征之，群臣多谏，独李右座赞成上意。且言武臣王天运谋勇可将。乃命王天运将四万人，兼统诸番兵伐之。及逼勃律城下，勃律君长恐惧请罪，悉出宝玉，愿岁贡献。天运不许，即屠城，虏三千人，及其珠玑而还。勃律中有术者，言将军无义不祥，天将大风雪矣。行数百里，忽飓风四起，雪花如翼，风激小海水成冰柱，起而复摧。经半日，小海涨涌，四万人一时冻死，唯番汉各一人得还具奏。玄宗大惊异，即令中使随二人验之。至小海侧，冰犹峥嵘如山。隔冰见兵士尸，立者、坐者，莹彻可数。中使将返，冰忽消释，众尸亦不复见。右事载《酉阳杂俎》。盖附会之极可笑者。……世以成式博通，而本朝故典迷昧若此，他可信哉？"

此事出段成式《酉阳杂俎》卷十四"诺皋记上"，《太平广记·宝二金下》收录，题名《五色玉》。胡应麟考证了此事之虚实，批评段成式于本朝事混淆不清，是未悟小说此一文体之虚构本质也。

17. "《酉阳杂俎》二十卷，续十卷。今世行本，余常得二刻，皆二十卷，无所谓续者。近于《广记》中录出，然不能十卷，而前集漏轶殊多，因并录续集中，以完十卷之旧。俟好事博雅者刻之。"

此处考证了《酉阳杂俎》的版本情况。

卷三十六己部《二酉缀遗》中：

18. "幼尝戏辑诸小说为百家异苑，今录其序云：自汉人驾名东方朔作《神异经》，而魏文《列异传》继之。六朝、唐宋，凡小说以异名者甚众。考《太平御览》《广记》，及曾氏、陶氏诸编，有《述异记》（二卷）、《甄异录》（三卷）、《广异记》（一卷）、《旌异记》（十五卷）、《古异传》（三卷）、《近异录》（二卷）、《独异志》（十卷）、《纂异记》（一卷）、《灵异记》（十卷）、《乘异记》（三卷）、《祥异记》（一卷）、《续异记》（一卷）、《集异记》（三卷）、《博异志》（三卷）、《括异志》（一卷）、《纪异录》（一卷）、《祖异记》（一卷）、《采异记》（一卷）、《摭异记》（一卷）、《贤异录》（一卷）。此外如《异苑》《异闻》《异述》《异诫》诸集，大概近六十家。而李翱《卓异记》、陶谷《清异录》之类弗与焉。（以所记稍不同故也。）今世有刻本者，仅《神异》《述异》数家，余俱不行。乃其事大半具诸类书。郑渔仲所谓'名亡实存'者也。第分门互列，得一遗二，虽存若亡。"

此条提及唐代小说集，包括戴孚《广异记》、李伉《独异志》、李玫《纂异记》、李翱《卓异记》等作品。

19. "然《五行记》一事尤怪，并录此。清河崔广宗，犯法枭首，家人异其体归。每饥，即画地作饥字，家人遂屑食于颈孔中，饱即书止字。家人等有过犯，书令决之。如是三四岁，世情不替，更生一男。于一日书地云：后日当死，且备凶具。如其言。盖千古未闻之异，于理恐必无也。"

事出窦维鋈《广古今五行记》。《太平广记·妖怪九（人妖附）》收录，题为《崔广宗》。

20. "《博异志》称谷神子纂，而无名姓，或曰名还古。此《通考》晁氏说。今刻此书，于谷神子下注此三字，盖本晁氏说，非本书旧文也。序称有所指托，故匿其姓名。今刻本才十事，起敬元颖上马侍中。余读之词颇雅驯，盖亦晚唐稍能文者。视牛氏《玄怪》等录觉胜之。然语意亡所刺讥，于序文殊不合。后读《广记》《御览》诸书，乃知刻本钞集，所遗甚众，仅得此书之半耳。第其所谓指托者，尚未得之，当续考。陈氏但言名还古，竟亡其姓。唐有诗人郑还古，尝为殷七七作传，其人正晚唐，而殷传文与事皆类。是书盖其作也。"

胡应麟在此条中考证了《博异志》的作者姓名，并指出其刻本收文的遗漏情况，对《博异志》的艺术成就予以肯定，其中提及《博异志·敬元颖》。

21. "《集异记》，河东薛用弱撰。中载王之涣酒楼事，大非实录。且昌龄、适集中绝少与之涣倡酬诗。又萧颖士遇二少年，谓似鄱阳忠烈王。颖士实八世孙，闻言大骇。后会盱眙长勘发冢盗，乃知二少年实发鄱阳冢，忠烈貌如生，因知颖士状类。此理或然。而《原化记》称颖士遇老翁逆旅中，谓尝为萧八代祖书佐。见颖士貌酷肖，不觉咨叹。则《集异》所载诚有之，而《原化》因附会以为神仙。第茂挺身遇此事，不自纪而人纪之，何耶？"

王之涣酒楼事出薛用弱《集异记》卷二，原题《王焕之》。萧颖士第一事出《集异记》卷一，题为《萧颖士》，《太平广记·鬼十七》收录，仍用原题。第二事出皇甫氏《原化记》，题为《萧颖士》。

胡应麟在此考证《集异记》载王之涣事，并《原化记》载萧颖士事皆为附会。

22. "白行简《三梦记》云：天后时，刘幽求为朝邑承掌，奉使归。未及家十余里，适有佛堂院落出其侧，寺中歌笑欢洽。寺垣短缺尺，得睹其中。刘俯身窥之，见十数人，儿女杂坐，罗列盘馔，环绕而共食之。见其妻在坐中语笑，刘初愕然不测其故。久之且思其不当至此，复不能舍之。又熟视，容止言笑无异。将就察之，寺门闭不得入。刘掷瓦击之，中其罍，诸人迸走散，因忽不见。刘逾垣直入，与从行者视，殿庑皆无人，寺扃如故。刘讶益甚，遂驰归。比至其家，妻方寝，闻刘至。及叙寒暄讫，妻笑曰：向梦中与数十人同游一寺，皆不相识。会食讫，殿庭中有人自外以瓦砾投之，杯盘狼籍，因而遂觉。刘亦具陈其见，与梦符合，不爽毫发云。右载陶氏《说郛》《太平广记》梦类数事皆类此。此盖实录，余悉祖此假托也。

"其第二梦记元白梁州诗云：花时同醉破春愁，笑折花枝当酒筹。忽忆故人天际去，计程今日到梁州。与二公自纪悉同。故知刘梦亦实事也。其第三梦女巫事亦奇。"

此处述白行简《三梦记》，尤详于第一梦。

23. "'诺皋记'载景乙妻久病，见夫回，遽言半身被斫去，速逐之。乙趋园，见一物如婴儿，持竹筐，见乙惊走。乙就视，妻半身在焉。比返，见妻发际至胸，有墨如脂膜然，病遂已。按此盖徐氏宾客掇《酉阳》以欺铉耳。"

此事见《酉阳杂俎》"诺皋记"下："太和三年，寿州虞候景乙，京西防秋回。其妻久病，才相见，遽言我半身被斫去往东园矣，可速逐之。乙大惊，因趣园中。时昏黑，见一物长六尺余，状如婴儿，裸立，挈一竹器。乙情急将击之，物遂走，遗其器。乙就视，见其妻半身。乙惊倒，忽亡所见。反视妻，自发际眉间及胸有墨如指，映膜赤色，又谓乙曰：'可办乳二升，沃于园中所见物处。我前生为人后妻，节其子乳致死。因为所讼，冥断还其半身，向无君则死矣。'"

24. "《酉阳杂俎》'支诺皋'一事云：贞元中，望花驿西，有百姓王申。手植榆于路成林，构第屋数椽。夏月常馈浆于行人。有儿年十三，每令伺客。忽一日白其父，路有女子求水。因令呼入。女少年，衣碧襦，白幅巾。自言家在此南十余里。夫死无儿，今服襌矣，将还马嵬访亲求食。言语明悟，举止可爱。王申乃留饭之，谓曰：今日暮，夜可宿此。女亦欣然从之。其妻遂纳之后堂，呼之为妹，倩其成衣数事，针缕细密，殆非人工。王申大惊异，妻尤爱之，乃戏曰：妹无他亲，能为我家作新妇乎？女笑曰：身既无托，愿执井灶。王申即日赁衣贳酒，为儿妇。其夕暑热，戒其夫近多盗，不可辟门。即举巨椽捍而寝。及夜半，王申妻梦其子披发诉曰：被食将尽矣。妻惊欲看其子。王申怒曰：渠得好新妇，喜极呓言耳。妻复寝，复梦如初。申与妻燃灯，呼其子及新妇，悉不复应。扣户，户牢如揵，乃坏门阃。才开，有物圆目凿齿，体面蓝色，冲人而去，其子唯余脑骨及发而已。按张鷟《朝野金载》一事正同。惟以为周大足时泰州事，在贞元前。盖好事者诡撰姓名以欺段耳。"

此事见于《酉阳杂俎》"支诺皋"中。《太平广记·妖怪七》收录，题为《王申子》。

25. "《夷坚续志》云：醴泉尉崔汾居长安崇贤里。夏夜乘凉于庭，月色方午，风过，觉有异香。顷闻南垣土动簌簌，崔生意蛇鼠也。忽睹一道士，大言曰：大好月色。崔惊惧遽走，道士缓步庭中，年可四十，丰仪清古。良久，妓女十余排大门入，绡红翘翠，艳冶绝世，列坐月下。崔生疑其狐媚，以枕投门阃惊之。道士小顾，怒曰：我以此差静，复贪月色，初无延伫之礼，敢尔粗率！厉声曰：此处有地界无？欻有二人，长才三尺，巨首儋耳，唯伏其前。道士颐指崔生曰：此人有何亲属入阴籍？可领来。一饷间，崔生父母及兄悉至，卫者数十捽曳批之。道士叱曰：我在此，敢纵子无礼乎？父母泣曰：幽明隔绝，诲责不及。道士叱遣之。复顾二鬼：捉此痴人来。二鬼跳及门，以赤物如弹丸遥投崔生口中，乃细赤绳也，遂钩出于庭中，又诟辱之。崔惊失音，不得自理。其妓罗拜曰：彼凡人，因讶仙官无故而至，非有大过。道士怒解，拂衣由大门而去。按此事《续志》所载，余尝疑其文不类宋末，而酷类《酉阳杂俎》，及近读《广记》，乃知即《杂俎》事，《夷坚》掇之耳。（王长公赠方景武，上帝由来有戏臣，亦用《杂俎》崔曙事。观此二地界三尺，则不特帝臣侏儒也。）"

原事见于《酉阳杂俎》"支诺皋"上。《太平广记·神十五》收载，题为《崔汾》。

胡应麟于此指明洪迈《夷坚志》中此篇文字的出处，并点出宋代传奇与唐代小说在风格等方面的区别。"上地由来有戏臣"句，用《酉阳杂俎》卷二"壶史"中所载邢和璞及崔曙之事，《太平广记·算术》收录，题为《邢和璞》。

26. "《论衡》辩夔一足，然《庄周》载夔怜蚿，《山海经》载黄帝以夔革冒鼓，声闻五百里，皆以为一足。余尝以《庄周》《山海》附会，然古钟鼎往往有夔龙之形，则兽自有名夔者也。《论衡》又辩汲井得人事，然《酉阳杂俎》载独孤叔牙家汲水，重不可转，数人助出之，乃人也。戴席帽攀栏大笑，却坠井中，真有人矣。（井中遇人事甚夥，独此事亦于原说吻合。总之不若景阳宫井为实也。识此一笑。）

"吾意夔一足，实因《庄周》跂踔之说，讹为后夔。好事者撰为仲尼之语以辟之，而好辩者又引好事之谈以证之，皆梦中说梦也。（《杂俎》井中得人事，或因昔人之辩，更撰此以实之。此非广读稗官不能得其要领也。）"

独孤叔牙事见《酉阳杂俎》"诺皋记"下："独孤叔牙，常令家人汲水，重不可转，数人助出之，乃人也。戴席帽，攀栏大笑，却坠井中。汲者揽得席帽，挂于庭树。每雨，所溜雨处辄生黄菌。"

《太平广记·水》收录，题为《独孤叔牙》。

27. "元和初，有一士人，失姓字。因醉，卧厅中，及醒，见古屏上妇人等悉于床前踏歌。歌曰：长安女儿踏春阳，无处春阳不断肠。舞袖弓腰浑忘却，蛾眉空带九秋霜。其中双鬟者问曰：如何是弓腰？歌者笑曰：汝不见我作弓腰乎？乃反首髻及地，腰势如规焉。士人惊惧，因叱之。忽然上屏，亦无其他。按《博异记·邢凤传》有此事，其诗正同，但言得之梦中耳。然则元和士人即凤也，或《博异志》因《杂俎》此事而驾名于凤，亦未可知。大抵稗官曲说，附会百端，其情变不可穷诘也。（《博异》作'罗帏空度九秋霜'，当以《杂俎》为胜。）"

此事见于《酉阳杂俎》"诺皋记"上；郑还古《博异志》题为《沈亚之》；当为沈亚之原作，题为《异梦录》。后《太平广记·梦七》据《异闻集》收入，题为《邢凤》。按生卒年先后，应以沈亚之为首作，《博异志》次之，《酉阳杂俎》为末。且《博异志》文本与《异梦录》同，而《酉阳杂俎》改动较大，文风亦变，由此同样可看出三者之先后。

28. "《石鼎联句诗》明是退之脚手，盖亦毛颖、革华遗意。至轩辕切韩、弥明影愈，又其不必言者。及阅《两山墨谈》，以某处有轩辕弥明庙为疑，此极可大笑。世间丛祠井社，如石郎、木居士之类，前代毫无出处，尚遍天下。况弥明韩公有诗，后人因立为庙，复何所疑？都缘不解韩公诗体，被其簸弄。若真知诗人，一见便当了然。余因此知许由、善卷诸墓，一切不足凭信。每笑昌黎用尔许心力作此诗，千年后不遇识者，几被轩辕氏夺去也。"

此条谈及韩愈《石鼎联句诗序》一篇，《太平广记·神仙五十五》引《仙传拾遗》收录此文，题为《轩辕弥明》。

胡应麟指出文中《石鼎联句诗》为韩愈本人所作，假托轩辕弥明耳。

29. "唐人小说如柳毅传书洞庭事，极鄙诞不根，文士亟当唾去，而诗人往往好用之。夫诗中用事本不论虚实，然此事特诞而不情，造言者至此，亦横议可诛者也。何仲默每戒人用唐宋事，而有'旧井潮深柳毅祠'之句，亦大卤莽。今特拈出，为学诗之鉴。黎惟敬本学仲默诗，而与余游西山玉龙洞，有'封书谁识洞庭君'之句，暗用柳毅而不露，而语独奇俊，得诗家三昧。总之不如不用为善，然二君用事，偶经意不经意耳。若因此妄生分别相，则痴人前说梦也。"

胡应麟认为李朝威《柳毅传》过于荒诞不实，不当用作诗典。后者不论，其批评《柳毅传》荒诞之语，实未解小说本质。《柳毅传》，又作《洞庭灵姻传》，《太平广记·龙二》收录，题为《柳毅》。

30. "宋何先《异闻》载碧兰堂一女子诗云：水天日暮风无力，断云影里芦花色。折得荷花水上游，两鬓萧萧玉钗直。语亦颇工，而不甚传。因录此。芦花字与荷花相犯，当是抄录之误。今《说郛》殊无善本，余尝得一部于王长公处，多长公手所改定者。惜此未经刊削云。《异闻》又载周某入乐离国事，当是传写唐人《南柯》及《兜玄国》二则耳。"

《南柯》即李公佐《南柯太守传》；《兜玄国》出牛僧孺《玄怪录》，《太平广记·异人三》据此收录，题为《张佐》。

31. "唐人记返魂事，有绝相类者。如齐推女及郑亚妻，必有一伪。又《太平广记》'神仙'类，田先生即救齐女者，而所记又不同，大率皆乌有耳。"

齐推女事见《玄怪录》，《太平广记·神魂一》收录，题为《齐推女》。田先生事出五代杜光庭《仙传拾遗》，《太平广记·神仙四十四》收录，题为《田先生》，事与《齐推女》同。

32. "凡变异之谈，盛于六朝，然多是传录舛讹，未必尽幻设语。至唐人乃作意好奇，假小说以寄笔端，如《毛颖》《南柯》之类尚可，若《东阳夜怪录》称成自虚、《玄怪录》元无有，皆但可付之一笑。其文气亦卑下亡足论。宋人所记乃多有近实者，而文彩无足观。本朝《新余》等话，本出名流，以皆幻设，而时益以俚俗，又在前数家下。惟《广记》所录唐人闺阁事，咸绰有情致，诗词亦大率可喜。"

此条论及韩愈《毛颖传》、李公佐《南柯太守传》、王洙《东阳夜怪录》、牛僧孺《玄怪录》等。其"至唐人乃作意好奇，假小说以寄笔端"语，指出唐人创作小说的自觉意识。

卷三十七己部《二酉缀遗》下：

33. "唐人小说，诗文有致佳者，薛用弱《集异记》，文彩尚出《玄怪》下，而山玄卿一铭殊工，盖唐三百年如此铭者，亦罕睹矣，岂薛生能幻设乎？"

此铭出自《集异记·蔡少霞》，名曰"苍龙溪新宫铭"。《太平广记·神仙五十五》亦收此篇，题同。

34. "鬼诗极有佳者，余尝遍搜诸小说，汇为一集，不下数百篇。时用以资谈噱，聊撮其尤。

"四言如：'玉盌金缸，愿陪君王。邯郸宫中，金石丝簧。卫女秦娥，左右成行。绮缟缤纷，翠眉红妆。王欢顾盼，为王歌舞。愿得君身，长无灾苦。'右刘讽所遇鬼仙诗，见《玄怪录》，此篇自曹氏后，即六朝诸名士集中罕睹，决非牛奇章辈所办，第不知何代何人作也。（此诗二首，其一已见四言。）"

此出牛僧孺《玄怪录·刘讽》，《太平广记·鬼十四》引《玄怪录》载全文，题同。

35. "五言如：'孤坟临清江，每睹白日晚。松影摇长风，蟾光落岩甸。故乡千里余，亲戚罕相见。望望空云山，哀哀泪如霰。恨为泉台客，复此异乡县。愿言叙畴昔，勿以弃疲贱。'全篇古意。"

此诗出牛僧孺《玄怪录·魏朋》，《太平广记·鬼二十六》引《玄怪录》收录全文，题同。

36. "又：'高松多悲风，萧萧清且哀。白日徒昭昭，不照长夜台。''虽复隔生死，犹知念子孙。寄语世上人，莫厌临芳尊。'"

原诗见陈劭《通幽记·武丘寺》："高松多悲风，萧萧清且哀。南山接幽陇，幽陇空崔嵬。白日徒煦煦，不照长夜台。谁知生者乐，魂魄安能回。况复念所亲，恸哭心肝摧。恸哭更何言，哀哉复哀哉。"又："神仙不可学，形化空游魂。白日非我朝，青松围我门。虽复隔生死，犹知念子孙。何以遣悲惋，万物归其根。寄语世上人，莫厌临芳樽。"

《太平广记·鬼二十四》引《通幽记》载录此篇，题同。

37. "何处清风至，君子幸为邻。烈烈盛名德，依依伫良宾。"

原诗见戴孚《广异记·常夷》："平生游城郭，殂没委荒榛。自我辞人世，不知秋与春，牛羊久来牧，松柏几成薪。分绝车马好，甘随狐兔群。何处清风至，君子幸为邻。烈烈盛名德，依依仁良宾。千年何旦暮，一室动人神。乔木如在望，通衢良易遵。高门傥无隔，向与折龙津。"

《太平广记·鬼二十一》引《广异记》载录全文，题同。

38. "五言绝如：'星汉纵复斜，风霜凄已切。薄陈君不御，谁知思欲绝。'"

此诗出自《志怪录》，《五朝小说·唐人百家小说》及重编《说郛》皆署陆勋，据李剑国《唐五代志怪传奇叙录》考证为伪书。《太平广记·鬼十一》据《志怪录》收载，题为《长孙绍祖》。

39. "命啸无人啸，含娇徒自娇。徘徊花上月，空度可怜宵。"

此诗出沈亚之《感异记》，原诗曰："命啸无人啸，含娇何处娇。徘徊花上月，空度可怜宵。"

《太平广记·鬼十一》据《异闻集》收录，题为《沈警》。

40. "花前始相见，花下还相送。何必言梦中，人生尽如梦。"

此诗见于李玫《纂异记·张生》，《太平广记·梦七》据《纂异记》载录，题同。

41. "卜得上峡日，秋天风浪多。江陵一夜雨，肠断木兰歌。"

此诗出薛渔思《河东记》，题为《臧夏》。《太平广记·鬼三十一》据《河东记》载录，题同。

42. "七言绝如：'……何人窗下读书声，南斗阑干北斗横。

千里辞家归未得，春风肠断石头城。'"

此诗出自《闻奇录》，《太平广记·鬼三十七》据《闻奇录》载录，题为《王绍》。《闻奇录》、重编《说郛》及《五朝小说·唐人百家小说》皆署于逖作，李剑国《唐五代志怪传奇叙录》考订为伪书。

43. "相思无路莫相思，风里杨花只片时。惆怅深闺独归去，晓莺啼断绿杨枝。"

原诗见张读《宣室志·谢翱》："相思无路莫相思，风里花开只片时。惆怅金闺却归处，晓莺啼断绿杨枝。"

《太平广记·妖怪六》依《宣室志》收录，题同。

44. "湘中老人读黄老，手援紫藟坐葛草。春至不知湘水深，日暮忘却巴陵道。"

诗出郑还古《博异志·吕乡筠》，《太平广记·乐二》引《博异志》收录，题同。

45. "春草萋萋春水绿，野棠开尽飘香玉。绣岭宫前鹤发人，犹唱开元太平曲。"

此诗出自李玫《纂异记》中的《许生》一文，《太平广记》据《纂异记》收入，题同。

46. "城东城西旧居处，城里飞花乱如絮。海燕乘春却下来，屋里无人更飞去。"

此见于《玄怪录·元载》一篇，原作："城东城西旧居处，城里飞花乱如絮。海燕衔泥欲下来，屋里无人却飞去。"

《太平广记》据《玄怪录》收载，题同。

47. "涧水潺潺声不绝，溪陇茫茫野花发。自去自来人不知，长时惟对空山月。"

此诗两见。

其一出《宣室志·唐燕士》，曰："涧水潺潺声不绝，溪垅茫茫野花发。自去自来人不归，长时唯对空山月。"

《太平广记·鬼三十三》据《宣室志》载录，题同。

其二出《河东记·韦齐休》，曰："涧水溅溅流不绝，芳草绵绵野花发。自去自来人不知，黄昏惟有青山月。"

《太平广记·鬼三十三》收录，题同。

48. "三句如：'杨柳袅袅随风急，西楼美人春梦中，翠帘斜卷千条入。'"

此诗见于《玄怪录·刘讽》一篇，《太平广记·鬼十四》据《玄怪录》载入，题同，唯诗文改数字作："杨柳杨柳，袅袅随风急。西楼美人春梦长，绣帘斜卷千条入。"

49. "凉风起兮骊山空，长生殿锁霜叶红。朝来试入华清宫，分明记得开元中。"

此诗出自《纂异记》中《杨祯》一篇，原作："凉风暮起骊山空，长生殿锁霜叶红。朝来试入华清宫，分明忆得开元中。"

《太平广记·精怪六》据《纂异记》收录，误作《慕异记》，题同。

50. "床头锦衾斑复斑，架上朱衣殷复殷。空庭明月闲复闲，夜长路远山复山。"

此出张荐《灵怪集》，唯第三句原作"朗月"。《太平广记·鬼十五》据《灵怪集》收录，题为《中官》。

51. "《品汇》故台城妓一绝：'独持巾栉掩玄关，小帐无人烛影残。昔日罗衣今化尽，白杨风起陇头寒。'此首颇有大历意，然是耿将军青衣作，非台城妓也。（见《广记》精怪类。）"

此出裴铏《传奇·卢涵》，《太平广记·精怪五》据《传奇》载录，题同。

52. "又：'五原分袂真胡越，燕拆莺离芳草歇。年少烟花处处春，北邙空恨清秋月。'"

此诗出《传奇·曾季衡》，《太平广记·鬼三十二》收录，题同。

53. "又慈恩寺女仙诗：'黄子陂头好月明，强踏华筵到晓行。烟披山色翠黛横，折得荷花远恨生。'"

此出薛渔思《河东记》中《慈恩塔院女仙》一篇，原诗曰："黄子陂头好月明，忘却华筵到晓行。烟收山低翠黛横，折得荷花赠远生。"

《太平广记·女仙十四》据《河东记》收录，题同。

54. "又《太平广记》鬼诗：'忽然湖上片云飞，不觉舟中雨湿衣。折得荷花浑忘却，空将荷叶盖头归。'其二云：'浦口潮来初渺漫，湖心荡漾采花难。芳心不惬空归去，会待潮平再折看。'"

此二诗出自戴孚《广异记·王法智》，原作为："浦口潮来初淼漫，莲舟摇扬采花难。春心不惬空归去，会待潮平更折看。"又："忽然湖上片云飞，不觉舟中雨湿衣。折得莲花浑忘却，空将荷叶盖头归。"

《太平广记·神十五》据《广异记》收录，题同。

55. "又《酉阳杂俎》鬼诗：'流水涓涓芹吐芽，织乌西飞客还家。荒村无人作寒食，殡宫空对棠梨花。'"

此诗出自《酉阳杂俎》"冥迹"，《太平广记·鬼二十九》载录，题为《襄阳选人》。

56. "律诗诸小说罕载，亦难于佳者。《树萱录》记一女子云：'碧水色堪染，白莲香正浓。分飞俱有恨，此别几时逢。藕隐玲珑玉，花藏缥缈容。何当假双翼，声影暂相从。'颇婉约可观。然《树萱》是宋人伪作，恐不足凭也。"

此诗出《树萱录》，写碧衣女子咏诗事。胡应麟以其为宋人伪作，应是与《续树萱录》混淆。

57. "又王生西施挽歌云：'西望吴王阙，云书鸟篆牌。连江张蕙幔，择土葬金钗。满地红心草，三层碧玉台。春风何处到，凄恨不胜怀。'此首亦类晚唐，而韵用辘轳格。"

此诗出自沈亚之《异梦录》，原作为："西望吴王阙，云书凤字牌。连江起珠帐，择土葬金钗。满地红心草，三层碧玉阶。春风无处所，凄恨不胜怀。"

《太平广记·梦七》据《异闻集》载录，题为《邢凤》。

58. 又"长安女儿踏春阳，何处春阳不断肠。舞袖弓腰浑忘却，罗帏空度九秋霜（《酉阳杂俎》）。"

已见前述，第 27 条。

卷四十辛部《庄岳委谈》上：

59. "《集仙传》言王母生于神州，姓侯氏。而《酉阳杂俎》以王母姓杨名回字婉妗。夫王母，西华之气所化，而侯、杨皆后世姓氏。本无足辩，聊识此当一噱云。"

《酉阳杂俎》"诺皋记"上："西王母姓杨，讳回，治昆仑西北隅。以丁丑日死。一曰婉衿。"

60. "冯夷之为河伯其说远矣。……成式《酉阳》从而为说以实之，吾不可以不辨，亦幸而得之竹书也。（段氏所引河伯姓名颇众，并识于后，以广异闻。）《酉阳杂俎》云："'河伯，人面，乘两龙（一曰冰夷，一曰冯夷）。'又曰人面鱼身。又《金匮》言名冯循（一作脩）。《河图》言姓吕名夷，《穆天子传》言无夷，《淮南子》言冯迟。《圣贤记》言：服八石，得水仙。《抱朴子》曰：八月上庚日，溺河。"

见《酉阳杂俎》"诺皋记"上。

61. "张果在诸人最先进，明皇时显迹甚著，叶法善以为混沌初分白蝙蝠精。……韩湘，文公之侄，昌黎实赠以诗。贾岛亦有诗寄湘，皆不言其道术。独《酉阳杂俎》记文公吏侍日，偶江淮一族子访之，自云善幻文。公令试其技，顷刻开异花，有'云横秦岭'一联。乃录文公旧作，非预兆，且非湘也。"

张果事出郑处诲《明皇杂录》，《宣室志·唐玄宗》一篇中亦有部分情节。太平广记·神仙三十》载录，题为《张果》。

韩湘事见《酉阳杂俎·广动植类之四》"草篇"："韩愈侍郎有疏从子侄自江淮来，年甚少，韩令学院中伴子弟，子弟悉为凌辱。韩知之，遂为街西假僧院令读书，经旬，寺主纲复诉其狂率。韩遽令归，且责曰：'市肆贱类营衣食，尚有一事长处。汝所为如此，竟作何物?'侄拜谢，徐曰：'某有一艺，恨叔不知。'因指阶前牡丹曰：'叔要此花青、紫、黄、赤，唯命也。'韩大奇之，遂给所须试之。乃竖箔曲尽遮牡丹丛，不令人窥。掘窠四面，深及其根，宽容人座。唯赍紫矿、轻粉、朱红，且暮治其根。凡七日，乃填坑，白其叔曰：'恨较迟一月。'时冬初也。牡丹本紫，及花发，色白红历绿，每朵有一联诗，字色紫分明，乃是韩出官时诗。一韵曰'云横秦岭家何在，雪拥蓝关马不前'十四字，韩大惊异。侄且辞归江淮，竟不愿仕。"

《太平广记·草木四》据此载录，题为《染牡丹花》。

62. "世又谓张星之神为张仙。案《酉阳杂俎》：天翁姓张名坚。又曰姓张名表。则天与日与星皆张姓，宜海内张姓独多也，闻者莫不绝倒。（灶神亦姓张，名单，字子郭，见《杂俎》。梓潼神姓张，名恶（《太平广记》作"蚤"）子，见《太平广记》。）"

《酉阳杂俎》记天翁事曰："天翁姓张名坚，字刺渴，渔阳人。少不羁，无所拘忌。常张罗得一白雀，爱而养之。梦天刘翁责怒，每欲杀之，白雀辄以报坚，坚设诸方待之，终莫能害。天翁遂下观之，坚盛设宾主，乃窃骑天翁车，乘白龙，振策登天。天翁乘余龙追之，不及。坚既到玄宫，易百官，杜塞北门，封白雀为上卿侯，改白雀之胤不产于下土。刘翁失治，徘徊五岳作灾。坚患之，以刘翁为太山太守，主生死之籍。"

记灶神事："灶神名隗，状如美女。又姓张名单，字子郭。夫人字卿忌，有六女，皆名察（一作祭）洽。常以月晦日上天白人罪状，大者夺纪，纪三百日，小者夺算，算一百日。故为天帝督使，下为地精。已丑日，日出卯时上天，禺中下行署，此日祭得福。其属神有天帝娇孙、天帝大夫、天帝都尉、天帝长兄、硎上童子、突上紫宫君、太和君、玉池夫人等。一曰灶神名壤子也。"

63．"《集异记》：王积薪避乱，夜投一茅屋。有姑妇暗中以口奕，始云以东五南九置子，次东五南十二至三十六而止。其说虽极诡诞，然可以知唐世起手不尽类今也。"

此处提到《集异记·王积薪》，《太平广记·博戏》载录，题同。

64．"如奕棋，自'王质烂柯'之后，薛用弱又撰王积薪事以实之。世遂以仙家奕棋，人世无敌。然传记所载亦不尽然。因忆唐人《纪闻》一事云：段碣幼慕清虚，年十六，辞父入名山。遇一叟引之至一处，有诸先生坐大磐石上对棋，碣为侍者睹。先生棋皆不工，因教其形势。诸先生曰：汝亦晓棋，可坐。因与叟对奕，亦不敌。于是有老先生开户出，召碣对之，其棋少劣于碣。因笑谓曰：欲习何艺乎？碣言：愿受《周易》。老先生诏孟叟授之。后碣布卦言事若神。据此则，仙家之棋反受教于人世，正与王积薪事相反。二书皆唐人撰，总之俱不足信。然仙家者流，荡意平心，游于大化，不以浅机小数疲神。则此说或反近之，闻余言者当失笑云。"

此事出自牛肃《纪闻·都鉴》，《太平广记·神仙二十八》据此收录，题同。

65. "今戏具，围棋最古……而唐以后殊无可考。惟《玄怪录》岑顺一事可据，戏录之。宝应元年，汝南岑顺梦一人，被甲报曰：金象将军传语，与天那贼会战。顺明烛以观之。夜半后，东壁鼠穴化为城门，有两军列阵相对。部伍既定，军师进曰：天马斜飞度三止，上将横行击四方。辎车直入无回翔，六甲次第不乖行。于是鼓之。两军俱有一马，斜去三尺止。又鼓之，各有一步卒，横行一尺。又鼓之，车进，须臾炮石乱下云云。后家人觉其颜色惨悴，因发掘东壁，乃古冢有象戏，局车马具焉。案此，或文士寓谈，然唐人象戏之制，赖此可考。"

此出《玄怪录》，题为《岑顺》。《太平广记·精怪二》载录，题同。

66. "今之双陆，即古握槊也……而唐制不可考。惟《宣室志》一事足征。《洪氏谱双》不载，因戏录之。虽其说诡诞，不必论也。东都陶化里空宅，张秀才者居之。夜深欹枕，乃见道士与僧徒各十五人从堂中出。形容长短皆相似，排作六行。秀才以为灵仙所集，不敢怳息，因佯寝以窥之。良久，别有二物展转于地，每一物各有二十一眼，内四眼剡如火色，相驰逐而目光眩转，砉騞有声。逡巡间，僧道三十人或驰或走，或东或西，或南或北。道士一人独立一处，则被一僧击而去之。其二物周流于僧道之中，未尝暂息。如此争相击搏，或分或聚。一人忽叫云：卓绝矣！言竟，僧道皆默然而息。秀才乃知必妖也。明日搜寻之，于壁角中得长行子三十，骰子一双。"

此事见于《宣室志·张秀才》,《太平广记·精怪三》收录,题同。

67.　"《国史补》云:今之博戏,有长行最盛。其具有局、有子,子黑黄,各十五。掷采之骰有二,其法生于握槊,变于双六。天后尝梦双六不胜,狄梁公言:宫中无子是也。后人新意,长行出焉。又有小双陆、围透、大点、小点、游谈、凤翼之名,然无如长行也。监险易者,喻时事焉;适变通者,方易象焉。王公大人颇或耽玩,至于废庆吊、忘寝食。及博徒用之,于是强各争胜,谓之撩零。假借分画,谓之囊家。囊家什一而取,谓之乞头。有通宵而战者,有破产而输者。其工者,近有谭镐、崔师本首出。围棋次于长行,其工者,近有韦延祐、杨芃首出。如弹棋之戏甚古。法虽设,鲜有为之。其工者,近有吉达、高越首出焉。"

此段文字出自李肇《国史补》,《太平广记·博戏》收载,题为《杂戏》。

68.　"《太平广记》:某人欲知未来,或曰:公部中伍伯,判冥者也。立召问之,答曰:某非能知未来,但某在冥中,亦为伍伯。能以杖之多寡,验人吉凶耳。盖冥中考掠生人,杖至十数已上者,其人多死。或预言之人遂谓之判冥,而实非也。"

此段情节出自韦绚《戎幕闲谈》,《太平广记·神十四》载录原文,题为《畅璀》。

69.　"《酉阳杂俎》载伍伯三四处。如'语资类'载某公欲题名岩石,偶无笔,以伍伯杖画之。则伍伯或前导而兼行杖者,正犹今之皂人,行则呵辟,罚则用刑耳。"

事见《酉阳杂俎》"语资":"魏仆射收临代,七月七日登舜山,徘徊顾眺,谓主簿崔曰:吾所经多矣,至于山川沃壤,襟带形胜,天下名州,不能过此。唯未审东阳何如?崔对曰:青有古名，齐得旧号，二处山川，形势相似，曾听所论，不能逾越。公遂命笔为诗。于时新故之际，司存缺然，求笔不得，乃以伍伯杖画堂北壁为诗曰：述职无风政，复路阻山河。还思麾盖日，留谢此山阿。"

卷四十一辛部《庄岳委谈》下：

70. "唐妓女歌曲酒楼，恍惚与今俗类。薛用弱所记王昌龄、之涣、高适豪饮事，词人或间用之，考其故实极可笑。适五十始作诗，藉令酣燕狭斜，必当年少，何缘得以诗句与二王决赌，一也。又令适学诗后，则是时龙标业为闾丘晓害，无缘复与高狎，二也。乐天《郑胪墓志》，第言昌龄、之涣，更唱迭和，绝不及高。高集亦无与之涣诗，三也。举此一端，即他悉诬妄可见。往尝读薛记《郁轮袍》，窃谓右丞不至是。天幸得此逗漏，为千载词场雪冤，不觉浮三大白自快，恨不呼右丞庆之。"

王之涣酒楼事出薛用弱《集异记》卷二，原题《王焕之》；《郁轮袍》事同出《集异记》卷二，原题《王维》。

71. "《菩萨蛮》之名当起于晚唐世。案《杜阳杂编》云：大中初，女蛮国贡双龙犀、明霞锦，其国人危髻金冠，璎珞被体，故谓之'菩萨蛮'。当时倡优遂制《菩萨蛮》曲，文士亦往往效其词。《南部新书》亦载此事。则太白之世，唐尚未有斯题，何得预制其曲耶?"

此出苏鹗《杜阳杂编》，《太平广记·蛮夷一》收录，题为《女蛮国》。

72. "传奇之名，不知起自何代。陶宗仪谓唐为传奇、宋为戏诨、元为杂剧，非也。唐所谓传奇，自是小说书名，裴铏所撰。中如《蓝桥》等记，诗词家至今用之。然什九妖妄，寓言也。裴晚唐人，高骈幕客，以骈好神仙，故撰此以惑之。其书颇事藻绘，而体气俳弱，盖晚唐文类尔。然中绝无歌曲乐府，若今所谓戏剧者，何得以传奇为唐名？或以中事迹相类，后人取为戏剧张本，因展转为此称不可知。"

胡应麟在此考证了"传奇"这一名称的含义，指出其原指晚唐裴铏小说集《传奇》，后因书中故事多为戏曲所采，因而用以指代唐代文言短篇小说。

73. "优伶戏文……唐制如《霓裳》等舞，度数至多，而名号妆束，不可深考。《乐府杂录》：开元中，黄幡绰、张野狐善弄参军，参军即后世副净也。（见《辍耕录》。）范传康、上官唐卿、吕敬迁三人弄假妇人，假妇人即后世装旦也。至后唐庄宗，自傅粉墨，称李天下。大率与近世同，特所搬演，多是杂剧短套，非必如近日戏文也。（观安节《乐府杂录》称假妇人，则知唐时无旦名也。）"

此节文字出自段安节《乐府杂录·序·俳优》。

74. "古教坊有杂剧而无戏文者，每公家开宴，则百乐具陈。两京六代不可备知，唐宋小说如《乐府杂录》《教坊记》《东京梦华》《武林旧事》等，编录颇详。唐制自歌人之外，特重舞队。歌舞之外，又有精乐器者，若琵琶、羯鼓之属。此外俳优杂剧，不过以供一笑，其用盖与傀儡不甚相远，非雅士所留意也。"

此处提及唐代杂事小说集段安节《乐府杂录》、崔令钦《教坊记》。

75. "《乐府杂录》云：苏中郎，后周士人苏葩，嗜酒落魄，自号中郎。每有歌场，辄入独舞。今为戏者，著绯戴帽面正赤，盖状其醉也。又有《踏摇娘》《羊头浑脱》《九头狮子》《弄白马益钱》，以至寻橦、跳丸、吐火、吞刀、旋盘、筋斗，悉属此部。又《教坊记》云：踏摇娘者，北齐有人姓苏，疮鼻，实不仕，而自号为郎中。嗜饮酗酒，每醉辄殴其妻，妻衔悲诉于邻里，时人弄之。丈夫著妇人衣，徐步入场行歌。每一叠，旁人齐声和之云：踏摇和来，踏摇娘苦和来。以其且步且歌，故谓之踏摇。以其称冤，故言苦。及其夫至，则作殴斗之状，以为笑乐。今则妇人为之。案此二事绝类，岂本一事耶？然《杂录》又有踏摇娘等，不可深晓。观此，唐世所谓优伶杂剧，妆服节套，大略可见。……（梨园字面见《乐府杂录》。）"

分别见《乐府杂录·序·鼓架部》及《教坊记》。

76. "一日偶阅《太平广记》四百九十八卷《杂录》，末引《玉泉子》云：邓敞初比随计，以孤寒不中第。牛蔚兄弟僧孺子有气力，且富于财，谓敞曰：吾有女弟，子能婚，当相为展力，宁一第耶？时敞已婿李氏矣，其父尝为福建从事，有女二人，皆善书，敞行卷多其笔迹。顾已寒贱，未必能致腾踔，私利其言，许之。既登第，就牛氏亲。不日，敞挈牛氏归。将及家，绐之曰：吾久不至家，请先往俟卿。洎到家，不敢泄其事。明日牛氏奴驱辎橐直入，即出牛氏居常玩好幙帐杂物，列庭庑间。李氏惊曰：此何为者？奴曰：夫人将到，令某陈之。李氏曰：吾敞妻也，又何夫人焉？即抚膺大哭。牛氏至，知其卖己也，请见曰：吾父为宰相，兄弟皆在郎省，纵嫌不能富贵，岂无一嫁处耶？其不幸岂唯夫人，今愿一与共之。李感其言，卒同处终身。乃知则诚所谓牛相即僧孺，而邓生登第再昏事皆符合，姓氏稍异耳。"

此事见于唐阙名《玉泉子》（《玉泉子见闻真录》），《太平广记·杂录》载录，题为《邓敞》。

77. "西厢事唐人自有《莺莺传》，而《会真记》《侯鲭录》尤详，其为微之无疑。"

"《西厢记》虽出唐人《莺莺传》，实本金董解元。……"

　　此处提及元稹传奇《莺莺传》，并指出其与《西厢记》《会真记》之关系。

　　78."董氏传奇称，崔氏孀妇寓僧寺，河中兵乱，杜确弭之。张生、红娘等，于莺传悉合。独郑恒不可晓，盖崔后与张绝再醮，无所谓中表争姻之说，乃微之自寓耳。然疑董所撰，或他有所本。一日偶阅唐杂说《柳参军传》，柳春日游曲江，邂逅崔氏女，目成焉。崔母王姓，舅为执金吾。他日金吾访崔母，欲令子娶崔女。女不乐，潜遣青衣轻红往荐福寺僧院，达意于生。生喜，即纳聘，私挈归。金吾不知，以为子盗之，笞之数十。既崔母亡，柳夫妇来赴，金吾子见之，因讼于官。崔女卒归王氏。案此不知与微之孰先，女皆崔姓，婢皆红，皆期僧寺中。可笑乃有如此，特王柳二姓差异。至郑恒之争，则断出附会无疑。崔女后事甚怪，不备录。"

　　此处所说《柳参军传》，出温庭筠《乾𦠆子》。《太平广记·鬼二十七》载录，题为《华州参军》。

　　79."倩女离魂事，亦出唐人小说。虽怪甚，然六朝所记此类甚多。郑德辉杂剧尚传，神俊不若王，高古弗如董也。"

　　此处指出倩女离魂的故事原出唐传奇，即陈玄祐《离魂记》。

　　80."唐人武懿宗将兵，遇敌而遁。人为之语曰：长弓度短箭，蜀马临阶骗。言蜀马既已低小，而又临阶为高，乃能跃上。……唐人讥武懿宗语乃张元一所作，见孟棨《本事诗》。"

　　此事两见。一出孟棨《本事诗》，一出张鷟《朝野佥载》。《太平广记·嘲诮二》据《朝野佥载》收录，题为《张元一》。

　　81."《绣襦记》事出唐人《李娃传》，皆据旧文。第传止称其父荥阳公，而郑子无名字，后人增益之耳。娃晚收李子，仅足赎其弃背之罪，传者亟称其贤，大可哂也。"

此处提及唐传奇文白行简《李娃传》，并指出其对后世戏曲《绣襦记》的影响。

82."王仙客亦唐人小说，事大奇而不情，盖润饰之过。或乌有无是类，不可知。霍小玉事据李益传，或有所本。"

王仙客事出自薛调传奇《无双传》，霍小玉事出自蒋防所作传奇《霍小玉传》。

83."红拂、红绡、红线，三女子皆唐人，皆见小说，又皆将家，皆姬媵，皆兼气侠。然实无一信者。卫公虽韩柱国甥，绝不闻处道相值。缘李百药尝盗素侍女，素执将斩之。睹百药俸体俊秀，因畀侍儿归。豪异秘纂，遂嫁此事卫公。而虬髯客之诞，又不必辩者也。红线事冷朝阳有诗，其始末不可考。《甘泽谣》未足凭据。红绡尤谬悠，盖以汾阳多妓乐，诡为此谈，又本红拂，而昆仑则又附会虬髯耳。第所状一品殊不类汾阳，余尝疑他有其人，大都不必深辩。今诸传奇盛行，骎骎欲追胜国矣。章台柳事或有之，唐人诗可证也。"

此则文字论及唐传奇，分别是裴铏《传奇·虬须客传》（红拂），《传奇·昆仑奴》（红绡），袁郊《甘泽谣·红线传》，许尧佐《柳氏传》（章台柳）。

84."自《花间》《草堂》之流也，而极于《西厢》《琵琶》；自《玄怪》《树萱》之流也，而极于《剪灯》《秉烛》。然《西厢》《琵琶》虽词场最下伎俩，在厥体中，要为绝到。若今所传《新》《余》二话，则鄙陋之甚者也。"

此处指出唐代小说集《玄怪录》《树萱录》对于明代文言小说创作的影响及其源头性的作用。

85."唐人初登第绝句云：楚润相看别有情。注但以楚润为妓之尤者，而不详所出。案孙棨《北里志》，楚儿者素为三曲之尤，晚以色衰嫁捕盗官郭锻。以挑郑光业，为郭曳桎数十。因贻郑诗云：蛾眉常被巨灵掌，鸡肋难胜子路拳。良可笑也。润娘字子美（本名小润）。王团儿女，少时声誉藉藉。崔垂休狎之，题记于润髀上，为同年某人见之。因戏赠一绝：慈恩塔上新泥壁，滑腻光华玉不如。何事博陵崔十四，金陵腿上逞欧书。俱可资笑云。"

楚儿、王团儿事皆出唐代杂事小说集孙棨《北里志》。

卷四十三壬部《玉壶遐览》二：

86. "女娲氏，吉祥菩萨下生也（《造天地经》）。伏羲女弟，曰女娲，一曰女希（《路史》）。补天断鳌（《淮南》），显迹唐世（《酉阳杂俎》）。"

《酉阳杂俎》"忠志"载："肃宗将至灵武一驿，黄昏，有妇人长大，携双鲤咤于营门曰：'皇帝何在？'众谓风狂，遽白上潜视举止。妇人言已，止大树下。军人有逼视，见其臂上有鳞。俄天黑，失所在。及上即位，归京阙，虢州刺史王奇光奏女娲坟云：'天宝十三载，大雨，晦冥忽沉。今月一日夜，河上有人觉风雷声，晓见其坟涌出，上生双柳树，高丈余，下有巨石。'兼画图进。上初克复，使祝史就其所祭之。至是而见，众疑向妇人其神也。"

87. "炎帝，神农氏，为北太帝君，主天下鬼神（《酉阳杂俎》）。"

出《酉阳杂俎》"玉格"篇。

88. "周文王为西明公，周文公为北帝师，周召公为南明公，季札为北明公（《酉阳杂俎》及《真诰》等书）。"

《酉阳杂俎》"玉格"："夏启为东明公，文王为西明公，邵公为南明公，季札为北明公，四时主四方鬼。"

89. "孔子为水精子，继周为素王（《纬书》）。一曰元宫上仙（《酉阳杂俎》）。"

《酉阳杂俎》"玉格"篇："孔子为元宫仙。"

90. "释迦为三十三天仙延宾宫主（《酉阳杂俎》）。"

《酉阳杂俎》"玉格"篇："佛为三十三天仙。延宾官主所为道，在竺乾。"

91. "天翁姓张，名坚；一姓刘。后为太山太守（《杂俎》）。太乙君名腊，天秩万二千石。河伯姓吕名夷，一曰冰夷，一曰冯迟，一曰冯修，一曰无夷。灶神名壤子。（俱见《诺皋记》，已入《卮言》者不录。）"

天翁及灶神事，前文已述，见第 62 条；河伯事见前述第60 条。

92. "樊夫人，刘纲之妻，名云翘。妹为裴航妻，名云英。东陵圣母姓杜（《广记》《仙鉴》等俱作适杜氏）。"

云英与裴航事出裴铏《传奇·裴航》，《太平广记·神仙五十》载录，题同。

93. "骡鞭客（见《玄怪录》）。"

此事出卢肇《逸史》，《太平广记·道术二》载录，题为《骡鞭客》。

94. "上帝戏臣（长五尺，阔三尺，《杂俎》）。"

"上帝戏臣"见段成式《酉阳杂俎》"壶史"篇"邢和璞"一则："邢命崔曙，谓曰：向客，上帝戏臣也，言泰山老师，颇记无？"《太平广记·算术》载录，题为《邢和璞》。

95. "嵩山伯（陶弘景，见《广记》某传中）。"

《太平广记·神仙四十九》据《广异记》收录，题为《潘尊师》，文中曰："嵩山道士潘尊师名法正，盖高道者也。唐开元中，谓弟子司马鍊师曰：陶弘景为嵩山伯，于今百年矣。"

96. "太极韦编郎（庄周见《酉阳杂俎》）。"

《酉阳杂俎》"玉格"篇云："太极真仙中，庄周为闰编郎。"

97. "仙台郎（侯道华见《广记》）。"

侯道华事见《宣室志》，《太平广记·神仙五十一》载录，题为《侯道华》。

98. "海山院主（白乐天见《广记》）。"

卢肇《逸史·白乐天》："至一院。扃锁甚严。因窥之。众花满庭。堂有裀褥，焚香阶下。客问之。答曰：此是白乐天院，乐天在中国未来耳。乃潜记之，遂别之归。旬日至越，具白廉使。李公尽录以报白公。先是，白公平生唯修上坐业，及览李公所报，乃自为诗二首，以记其事。及答李浙东云：近有人从海上回，海山深处见楼台。中有仙笼开一室，皆言此待乐天来。又曰：吾学空门不学仙，恐君此语是虚传。海山不是吾归处，归即应归兜率天。"

《太平广记·神仙四十八》载录，题同。

99. "泰山老师（崔曙见《酉阳杂俎》）。"

崔曙事出自《酉阳杂俎》"壶史"篇，其中"邢和璞"一则云："邢命崔曙，谓曰：向客，上帝戏臣也。言泰山老师，颇记无？崔垂泣言：某实泰山老师后身，不复忆，幼常听先人言之。"

《太平广记·算术》收录，题为《邢和璞》。

100. "谪仙人（李白见本集，又贾耽见《广记》仙类）。"

《本事诗》载李白事云："李太白初自蜀至京师，舍于逆旅。贺监知章闻其名，首访之。既奇其姿，又请所为文，白出《蜀道难》以示之。读未竟，称叹数四，号为谪仙人。"

《太平广记·才名》载录，题同。又，《太平广记·神仙四十五》据《逸史》收录，题为《贾耽》。

101. "混沌初分白蝙蝠精（张果）。"

前文已述，第61条。

卷四十四壬部《玉壶遐览》三：

102. "二葫芦生，一见《酉阳杂俎》，一见李《邺侯传》。并异人，并无姓名。一人耶？二人耶？不可晓也。"

其一见《酉阳杂俎》"玉格"篇；其二见阙名《邺侯外传》，《太平广记·神仙三十八》载录，题为《李泌》。

103. "李肇《国史补》诬昌黎登华阴事，又以此为长源累。野史不可凭，且可畏哉。"

李肇《国史补》云："韩愈好奇，与客登华山绝峰，度不可迈。乃作遗书，发狂恸哭。华阴令百计取之，乃下。"

《太平广记·才名》据《国史补》载录，题为《韩愈》。

104. "《宾退录》云：吴虎臣辩唐《异闻集》所载，开元中道者吕翁，经邯郸道上邸舍中，以囊中枕借卢生睡事。谓此吕翁非洞宾，自序以为吕渭之孙。渭仕德宗朝，今曰开元中，则吕翁非洞宾，无可疑者。而或者又以为开元，恐是。"

吕翁，出沈既济传奇《枕中记》。唐末陈翰《异闻集》收入。《太平广记·异人二》据《异闻集》载录，题为《吕翁》。

105. "则唐人之好奇语诞，什倍宋时。如《玄怪》《杜阳》《异闻》《甘䔉》（《乾䔉子》）之类，往往假称神怪，以自发其词。"

此处以牛僧孺《玄怪录》、苏鹗《杜阳杂编》、陈翰《异闻集》、温庭筠《乾䔉子》指明唐代小说的传奇色彩，以及唐人作小说的自觉意识。

106. "又《太平广记》采摭累朝小说数百家，至唐人撰述，宋初存者什九，亡弗备收。如'神仙'一类，卷至数十。即杜子春辈之无稽，纪录不遗。"

杜子春事见李复言《续玄怪录·杜子春》，《太平广记·神仙十六》载，题同。

卷四十五壬部《玉壶遐览》四：

107. "《龙城录》云：金华山，即今双溪别界。其北有仙洞，俗呼为刘先生隐身处。其内有三十六室，广三十六里。石刻上以松炬照之，云：刘严，字仲卿，汉室射声校尉。当恭、显之际，极谏，被贬于东陬，隐迹于此，莫知所终。即道士萧至玄所记也。山口人时得玉篆牌。俗传刘仲卿每至中元日来降洞中。岂仲卿亦梅子真之徒欤？"

柳宗元《龙城录·刘仲卿隐金华洞》一则曰："贾宣伯爱金华山，即今双溪别界。其北有仙洞，俗呼为刘先生隐身处。其内有三十六室，广三十六里。石刻上以松炬照之云：刘严，字仲卿，汉室射声校尉。当恭显之际，极谏，被贬于东陬，隐迹于此，莫知所终。即道士萧至玄所记也。山口人时得玉篆牌，俗传刘仲卿每至中元日来降洞中，州人祈福寻溪口边，得此者当巨富。此亦未必为然，然仲卿亦梅子真之徒欤。"

108. "唐《纪闻》云：王贾，覃怀人，有道术。年十七为婺州参军，以事到东阳。令有女，病魅数年，医不能愈。令邀贾到宅，置茗馔而不敢有言。贾知之，谓令曰：闻君有女病魅，当为去之。因为桃符，令置所卧床前。女见符，泣而骂，须臾眠熟。有大狸腰斩，死于床下，疾乃止。时杜暹为婺州参军，贾与同泛钱塘，观江潮，入水底探大禹金匮玉符。俄卒于道。谓暹曰：我三天人也，以罪谪人间二十五年，今期满矣。（右见《太平广记》三十二卷《仙鉴》。又有一王贾，非此人。）"

此事见牛肃《纪闻》，《太平广记·神仙三十二》载录，题为《王贾》。

卷四十六癸部《双树幻钞》上：

109. "贞观七年，法师玄奘游天竺求法……（按奘初入西域，遇异僧授以《心经》，见《广记》。)"

《太平广记·异僧六》据《独异志》及《大唐新语》载录，题为《玄奘》："沙门玄奘俗姓陈，偃师县人也。幼聪慧，有操行。唐武德初，往西域取经。行至罽宾国，道险，虎豹不可过。奘不知为计，乃锁房门而坐。至夕开门，见一老僧，头面疮痍，身体脓血。床上独坐，莫知来由。奘乃礼拜勤求。僧口授多心经一卷，令奘诵之。遂得山川平易，道路开辟，虎豹藏形，魔鬼潜迹。遂至佛国，取经六百余部而归。其多心经至今诵之。初奘将往西域，于灵岩寺见有松一树，奘立于庭，以手摩其枝曰：吾西去求佛教，汝可西长；若吾归，即却东回，使吾弟子知之。及去，其枝年年西指，约长数丈。一年忽东回。门人弟子曰：教主归矣。乃西迎之，奘果还。至今众谓此松为摩顶松。"

此外，诸如明代谢肇淛《五杂俎》、郎瑛《七修类稿》、清代梁章钜《浪迹丛谈》等笔记著作，亦提及了唐代小说的部分篇章。较之总集、丛书和类书，笔记载录唐代小说具有独到的特点，即作者主体性更为强烈，它不以收录传播作品为目的，而更多的是为了表现作者的学识修养及见解。因此，明清笔记中所涉及的唐代小说多不完整，仅见只言片语，不能够提供给读者关于唐代小说的完整情况。但在另一方面，明清笔记毕竟告知读者关于唐代小说的部分信息，在客观上起到了一定的传播唐代小说的作用。同时，笔记又能够使读者了解笔记作者对唐代小说的熟悉、喜爱程度，洞悉笔记作者对唐代小说的观点和评价。对于熟悉唐代小说，在这方面有一定阅读基础的读者来说，明清笔记为他们提供了多方面、具有差异性和个体性的观点，从而促使他们更加深入、全面地去解读、分析唐代小说作品，而这一点正是总集、丛书、类书等形式所欠缺的。

第三章

唐代小说在明清时期的改写

　　唐代小说在明清两代能够得到广泛传播，为人们普遍接受，其重要渠道之一即是通过后世的改写。改写者在这种传播的过程中，无疑兼任了传播者的角色。改写相对于原文本来说，不仅是一种重新创作，更是一种重要的传播方式。派生文本对于原文本的继承与改写，客观上扩大了原文本的传播范围，促进了原文本的传播与接受。

　　明宣德乙卯年（宣德十年，1435），丘汝乘为刘东生《金童玉女娇红记》（积德堂刊本）所作序中有云：

> 元清江宋梅洞，尝著《娇红记》一编，事俱而文深，非人莫能读，余每恨不得如《崔张传》，获王实甫易之以词，使途人皆能知也。①

它指出了改写对于促进原文本传播所具有的重要意义。可以说，原文本在很大程度上依靠改写得以传播。

---

① （明）刘东生：《金童玉女娇红记》，京都大学图书馆大明宣德版影印本，昭和三十年（1955）。

章学诚对于唐代小说在后世的改写曾有这样的概括：

> 小说出于稗官，委巷传闻琐屑，虽古人亦所不废，然俚野多不足凭。大约事杂鬼神，报兼恩怨，《洞冥》《拾遗》之篇，《搜神》《灵异》之部，六代以降，家自为书。唐人乃有单篇，别为传奇一类（专书一事始末，不复比类为书）。大抵情钟男女，不外离合悲欢。红拂辞杨，绣襦报郑；韩、李缘通落叶，崔、张情导琴心；以及明珠生还，小玉死报。凡如此类，或附会疑似，或竟托子虚。虽情态万殊，而大致略似。其始不过淫思古意，辞客寄怀，犹诗家之乐府古艳诸篇也。宋、元以降，则广为演义，谱为词曲，遂使瞽史弦诵，优伶登场，无分雅俗男女，莫不声色耳目。①

于此可见，唐小说之所以在后世有着广泛而深入的影响，正与之不断被改写有着密切的关系。明清时期对唐小说的改写不但数量极夥，而且出现了不少杰出的作品，这些后来的改写之作大大强化了唐代小说文本自身的传播效果。

本章分别从明清文言小说、明清白话小说以及明清戏曲三个类别入手，分析并探讨唐代小说在明清时期的改写，指出改写作品与原文本之间的渊源与嬗变关系，以及这种改写对于唐代小说在明清时期传播效果的影响。

---

① 章学诚：《文史通义》卷五内篇五《诗话》，商务印书馆 1988 年影印本，第二册，第 75 页。

第一节　明清文言小说对唐代小说的改写

本节以《剪灯新话》和《聊斋志异》这两部明清文言小说集作为对唐代小说进行改写的文言小说代表，加以例举论证和重点分析，总结明清文言小说作品对唐小说原文本的继承与改写，从中亦可以看出唐代小说对于明清文言小说的影响。

一、《剪灯新话》

鲁迅在《中国小说史略》中做出过这样的评价：

> 唐人小说单本，至明什九散亡；宋修《太平广记》成，又置不颁布，绝少流传，故后来偶见其本，仿以为文，世人辄大耸异，以为奇绝矣。明初，有钱塘瞿佑字宗吉，有诗名，又作小说曰《剪灯新话》，文题意境，并抚唐人，而文笔殊冗弱不相副，然以粉饰闺情，拈掇艳语，故特为时流所喜，仿效者纷起，至于禁止，其风始衰。迨嘉靖间，唐人小说乃复出，书估往往刺取《太平广记》中文，杂以他书，刻为丛集，真伪错杂，而颇盛行。文人虽素与小说无缘者，亦每为异人侠客童奴以至虎狗虫蚁作传，置之集中。盖传奇风韵，明末实弥漫天下，至易代不改也。①

正是说出了《剪灯新话》这部文言小说集对唐代小说的仿效

---

① 鲁迅:《中国小说史略》第二十二篇《清之拟晋唐小说及其支流》,上海古籍出版社 1998 年,第 146 页。

与改作之特点，同时也指出这种仿效存在的不足，"文笔殊冗弱不相副"。但即便如此，它仍然产生了巨大的影响，"特为时流所喜，仿效者纷起"，在很大程度上促成了当时文言小说创作风气的形成。这种风气延续时间之长也可令人讶异："传奇风韵，明末实弥漫天下，至易代不改也。"也就是说，这种风气至少一直延续到了清初。

《剪灯新话》，作者瞿佑，字宗吉，号存斋，钱塘人，明初著名文学家。全书正文四卷，每卷五篇，共二十篇；又附录二篇，实二十又二篇。其中《水宫庆会录》与《洞庭灵姻传》，《三山福地志》与《会昌解颐录·史无畏》，《金凤钗记》与《离魂记》，《渭塘奇遇记》与《本事诗·崔护》，《翠翠传》与《柳氏传》《无双传》等，皆可见出或多或少的因袭之关系。如《水宫庆会录》与《洞庭灵姻传》皆讲凡人之至龙宫；《三山福地志》与《会昌解颐录·史无畏》俱谈负义之人及善恶有报；《金凤钗记》与《离魂记》同写女子为情魂离躯壳追随情郎；《渭塘奇遇记》与《本事诗·崔护》共取男女一见钟情遂相思成疾，而一年后得以相聚为题；《翠翠传》与《柳氏传》中，都设计了女子被人掠为妾室的情节，又与《无双传》一样同写男女主人公青梅竹马却逢乱世分离的遭遇。

如果说以上数篇作品还仅仅是在人物或情节等方面受到唐代小说的影响，那么《剪灯新话》中《申阳洞记》与《秋香亭记》二作则更多地可视为瞿佑在《补江总白猿传》与《莺莺传》这两部唐代小说基础上的重新改写。

1.《申阳洞记》与《补江总白猿传》

这两部作品都是以猿猴窃夺妇人作为小说题材。前者对于后者，在故事内容、情节结构、叙事风格等方面均取为依托。而在具体的人物设计、情节演变等处则又有所改动。现将两文作一比较，即可见出《申阳洞记》在《补江总白猿传》基础上的改写之迹。

《补江总白猿传》，《崇文总目》小说类著录《补江总白猿传》一卷，不题撰人；《新唐书·艺文志》小说类、《通志·艺文略》传记冥异类、《遂初堂书目》小说类、《郡斋读书志》传记类、《直斋书录解题》小说家类、《文献通考·经籍考》传记类等均有著录；《宋史·艺文志》题作《集补江总白猿传》，均无著者姓名。《补江总白猿传》今有两种传本：一为《太平广记》卷四四四所收录，题名《欧阳纥》，末注出《续江氏传》；一为明代顾元庆刊《顾氏文房小说》本，题为《白猿传》。明清时期《虞初志》《艳异编》《绿窗女史》《合刻三志》、重编《说郛》等以及近代《唐人小说》《唐宋传奇集》等皆据顾本录入。

故事情节大致如下：

梁大同末，欧阳纥随平南将军蔺钦南征，行至长乐。其妻随行，貌美。欧阳纥部将提及本地有神善窃少女，美者尤所难免。纥遂使人护卫，而仍于五更时分失妻。觅一月又一旬有余，于山中见数十妇人及其妻。因知诸妇皆为此物所劫来。欧阳纥遂与众妇合谋，以美酒、食犬饱醉之而以麻隐帛中缚其四足，因其遍体皆如铁，纥持兵器刺其脐下数寸而杀之。纥妇已孕，归家一年后生子。纥死后此子为江总收养。

故事结构紧凑，刻画生动，形象鲜明，对于后世文学作品影响颇巨。许多作品对它或模仿、或因袭、或有所借鉴。如《清平山堂话本》卷三之《陈巡检梅岭失妻记》，后又被冯梦龙改写为《古今小说》卷二○《陈从善梅岭失浑家》。戏文则有《陈巡检妻遇白猿精》等，均可视为对《补江总白猿传》的改写之作。而元代杨景贤《西游记》杂剧则是受其影响，赋予了猴精孙行者类似的行径，盗"金鼎国女子"为妻。

文言小说中，则有《剪灯新话》卷三之《申阳洞记》为改写之代表。其故事情节大致为：

陇西李生，名德逢，年二十五。天历间（元文宗年号）往桂州（今广西桂林）投靠父友。至则其人已殁，流落当地。大户钱翁止一女，年十七，一夕忽失其所往。钱翁设誓有知之者，以女妻之，而半载无音信。李生一日入山，迷路夜投古庙，见数怪。生发箭中为首者臂，群怪溃散。天明，生沿血迹寻至"申阳之洞"，冒称医者而为守门者引入为申阳侯疗治箭伤。入则见一老猴卧榻，侍侧三女皆绝色美人。生伪称所携毒药为仙药，群妖皆食而昏眩，遂取宝剑斩妖猴三十有六。又见鼠精前来致谢并引路还家。三女之一即钱翁之女，其二亦皆近邑良家。生娶三女，富贵赫然。

将《申阳洞记》与《补江总白猿传》进行比较，即可发现二文在故事情节发展和内容设置上均有承继之关系。《补江总白猿传》可视为《申阳洞记》的原文本，而《申阳洞记》则为《补江总白猿传》的改写文本。其中，相同的情节包括：

《补江总白猿传》	《申阳洞记》
欧阳纥南征至广西长乐	李生（德逢）南行至广西桂林
其妻被窃	钱女（未婚妻）被窃
寻妻入山，见其妻众妇人	入山，见钱女等三女
杀猿，救出众妇	杀猿，救出三女
白猿云"此天杀我，岂尔之能"	鼠精言"盖亦获咎于天，假手于君耳。不然，彼之凶邪，岂君所能制耶"
夫妻团聚	李生娶钱女

《申阳洞记》在《补江总白猿传》原文基础上进行的改写，撮其要者如下：

《补江总白猿传》	《申阳洞记》
欧阳纥南征作战	李生（德逢）南行投靠父友，流落
其妻随行，被窃	当地钱翁之女被窃，翁誓救者妻之
寻妻入山，见其妻众妇人	行猎入山，暮投古庙，发箭伤猿；沿血迹至申阳洞，见钱女等三女及老猿
与众妇合谋缚猿刺杀之	先以毒药，次以宝剑斩老猿及众妖猴。鼠精前来致谢，并引路出山
纥妇已孕，归家，一年后产子，状肖白猿	李生娶钱女及其他二女，富贵赫然

通过以上两表的比照，可以清楚地看出《申阳洞记》与《补江总白猿传》的派生关系。因此，我们可以认定，《申阳洞记》是《补江总白猿传》的改写之作。

除此之外，在某些细节的处理、语言的运用等方面，也可以进一步支持这个观点。

例如：

《补江总白猿传》	《申阳洞记》
尔夕，阴风晦黑，至五更，寂然无闻。守者怠而假寐，忽若有物惊悟者，即已失妻矣。关扃如故，莫知所出。	一夕，风雨晦暝，失女所在，门窗户闼，扃镝如故，莫知所从往。
此天杀我，岂尔之能？	盖亦获咎于天，假手于君耳。不然，彼之凶邪，岂君所能制耶？

对照之下，不难看出，《申阳洞记》在对《补江总白猿传》进行改写的过程中，更注意故事情节的曲折化和复杂化，因而特意设置了以下情节：李生于古庙中射伤老猿—沿血迹觅至其洞

穴—以毒药迷昏诸猴，悉斩之—不知路径，无计出洞—鼠精前来致谢，述说原委，引路还家。这一系列的情节遂使故事较《补江总白猿传》之古朴简明更具一波三折之趣。

另外，《申阳洞记》对于故事主要人物身份的改变和结尾的改动，则反映了社会思想的变化。被猿猴窃夺的妇人形象由《补江总白猿传》中的"妻"，被改写为本与男主人公毫无瓜葛的"钱女"，只是因钱翁之誓"有能知女所在者"，"以女事焉"，方才使"钱女"与李生有了这样一层类似未婚夫妻的关系。而小说的结尾，也由《补江总白猿传》中的纪妻已孕，一年后生子，改写为李生娶得钱女等三女，富贵赫然。之所以做出这样的改动，应该说绝大部分的因素是由于明初统治者对于社会思想的控制以及儒家正统思想的进一步深化。而李生一娶三女、富贵团圆的喜剧大结局，固然落入俗套，却也正反映了当时的社会风气和小说读者的普遍喜好。

需要指出的是，《申阳洞记》在情节设置上对其他唐代小说也有所借鉴。比较明显的，例如李生于古庙射伤老猿后，循血迹觅至其洞穴所在，见老猿负伤卧床，杀之。这一情节的安排，应当是从牛僧孺《玄怪录》之《郭代公》一篇中受到的启发：郭元振夜见乌将军，以利刃断其腕，循血迹行二十里，于大塚穴中得一大猪，无前左蹄，血卧其地，杀之。

2.《秋香亭记》与《莺莺传》

两篇作品皆以青年男女恋爱之悲剧作为主题。而《秋香亭记》较之《莺莺传》既有所借鉴，亦在原作基础上有较多改动。

《莺莺传》，《太平广记》卷四八八引。曾单行，后为陈翰选入《异闻集》。后《虞初志》卷五、《艳异编》《丽情集》等皆载录，题为《莺莺传》。《绿窗女史》、重编《说郛》卷一一五等亦载录，而题作《会真记》。又有《类说》卷二八节引《异闻集》，题为《传奇》。李剑国考证认为，《莺莺传》应为原题，而《会真记》等则是后人的改题。①《百川书志》《宝文堂书目》等多有著录。

其故事情节为：

张生寓于蒲州普救寺，崔莺莺寡母携家人返长安，亦暂居于此。时逢蒲州兵乱，崔家幸得张生之救方免于难。崔母因而设宴谢之，使莺莺以兄妹之礼出见。张生一见莺莺而钟情，遂托红娘代为传诗。莺莺回复使张生夜间逾墙而至西厢，然张生满怀希冀却得莺莺斥责，绝望而归。几日后，莺莺忽前来与张生欢会。后又十余日无音信。张生遂赋《会真诗》三十韵相赠，而后近一月间日日相会。张生未作婚姻之念，赴长安应试期年不返，虽莺莺以书信倾诉憾而无怨之深情，张生亦忍情断之，后各有嫁娶，不复相见。

《莺莺传》作为唐传奇之代表作，对于后世文学产生了极大的影响，不仅版本甚夥、选本多录，且以之为素材的改写、重写之作更是层出不穷，可见于各种文学样式之中。举其要者如：宋杂剧《莺莺六幺》（已佚），元杂剧王实甫《崔莺莺待月西厢记》，明传奇李日华《南调西厢记》、陆采《南西厢》等。《剪灯新话》附录之《秋香亭记》则可视为文言小说中对《莺莺传》进行改写的代表作品之一。

《秋香亭记》写商生与杨采采之爱情悲剧：

商生与采采为中表兄妹，青梅竹马。采采之祖母有将采采许配商生之语，采采父母亦有此意。商生、采采二人两相怜爱，心

---

① 李剑国、陈洪：《中国小说通史》，高等教育出版社 2007 年，第 492 页。

意存焉。然采采渐长，二人不复时时相见，唯以诗文互通款曲。时逢兵乱，商杨二家南北分离，音信不通十载之久。后商生访得采采，已嫁为人妇并有子矣。生以物遗之，采采修简以诉己情，而两人之情则终归无望。

我们可以看出《秋香亭记》受到《莺莺传》的影响，以及对《莺莺传》的继承与改写。其主要情节与人物关系设置，甚至整体的文章风格等方面均可见出受《莺莺传》浸润之深。故而凌云翰为之作序云："至于《秋香亭记》之作，则犹元稹之《莺莺传》也。"①

其相同情节如下：

《莺莺传》	《秋香亭记》
张生与崔莺莺为远房表兄妹（崔母可论为张生另一支派之姨母）	商生与杨采采为中表兄妹
张生对莺莺一见钟情，托侍婢红娘传诗诉情，莺莺亦以诗作答	商生与采采两情相悦，侍婢秀香为二人传诗互通款曲
军队作乱	兵乱
张生赴长安应试，与莺莺分离	因躲避战乱，商生与采采分离
张生贻书莺莺，莺莺作书以答	商生赠物于采采，采采作书以答
张生莺莺各自嫁娶	采采嫁为人妇并已生子

由此表可看出，《莺莺传》和《秋香亭记》二文在故事的主要情节安排上实颇有相似之处。而我们通过仔细对照，就不难发现二文的人物形象塑造亦有所同。如《莺莺传》一文中写张生"性温茂，美风容"；而《秋香亭记》中写商生"气禀清淑，性质温粹"。又，《莺莺传》一文中写张生见崔莺莺，因其美色而一

---

① （明）瞿佑：《剪灯新话》序二，上海古籍出版社1981年，第4页。

见钟情，且崔莺莺"善属文，往往沈吟章句，怨慕者久之"；《秋香亭记》中则写杨采采"生始慕其色而已，不知其才之若是也"。其同可见。

同时，《秋香亭记》在《莺莺传》基础上的改动也十分明显，这主要也是为了与当时的社会思想和读者倾向相合，其改动情况见下表：

《莺莺传》	《秋香亭记》
张生与崔莺莺本不相识，亦无亲缘关系；崔母与张母同姓，故可算张生之别支姨母；二人仅就席上匆匆一见	商生与杨采采为中表兄妹（采采祖母商氏为商生祖姑），青梅竹马，共同读书游戏
张生与莺莺并无婚姻之约	商生与采采幼时即得商氏许婚，采采父母亦乐从之
张生对莺莺一见钟情，先以情诗挑之；莺莺虽有答诗，却见面而以礼相责	商生与采采自幼两情相悦，长成后更互以情诗相赠，互通情愫
张生与莺莺因军队作乱而得以见面	商生与采采因兵乱而两地分离
张生与莺莺未成婚而已相欢好	商生与采采始终守礼未逾
张生主动离开莺莺，赴长安应试不归	商生乃出于无奈，被迫与采采分离
张生认为莺莺是"尤物"，"不妖其身，必妖于人"，故用"忍情"与莺莺断绝关系，后各自嫁娶	商生始终不渝，音信不通十载而犹使家人觅之；而采采业已嫁为人妇并有子矣

从以上情节对照可以发现，《秋香亭记》在很多涉及思想观念或是道德理念的地方，对《莺莺传》的改动较大。应该说，这样的改写比较符合明初统治者的思想要求。

明初统治者在社会思想文化领域建立起理学的统治地位，同时对于文学的管理则极为严苛。另一方面，统治者也认识到文学尤其是通俗文学对大众的教化功能，因此对文学在打击中又有所扶持，在控制中又加以引导，使之成为用来教化人心、宣扬礼教的文化工具。

瞿佑自己也自信地认为《剪灯新话》一书"劝善惩恶，哀穷悼屈，其亦庶乎言者无罪，闻者足以戒之一义云尔"①，凌云翰则评论"是编虽稗官之流，而劝善惩恶，动存鉴戒，不可谓无补于世"②。可见此二人主观上还是借正统价值观念来标榜小说。瞿佑的这番苦心和努力，我们从《申阳洞记》和《秋香亭记》这两篇文章中已经能够清楚地感受到。

但即使如此，《剪灯新话》还是不能完全符合统治阶级的要求。《明实录》记载，（正统七年三月壬戌朔）国子监祭酒李时勉言五事，其一云：

> 近年有俗儒，假托怪异之事，饰以无根之言，如《剪灯新话》之类，不惟市井轻浮之徒争相诵习，至于经生儒士，多舍正学不讲，日夜记意，以资谈论。若不严禁，恐邪说异端日新月盛，惑乱人心，实非细故。乞敕礼部行文内外衙门及提调学校金事御史，并按察司官巡历去处，凡遇此等书籍，即令焚毁，有印卖及藏习者，问罪如律。庶俾人知正道，不为邪妄所惑。③

可见瞿佑虽然已经在《剪灯新话》中做出了一定的努力，对

---

① （明）瞿佑：《剪灯新话》序一，上海古籍出版社 1981 年，第 3 页。
② （明）瞿佑：《剪灯新话》序二，上海古籍出版社 1981 年，第 3~4 页。
③ 《英宗实录》，见《明实录》，"中央研究院历史语言研究所"校印本（据国立北平图书馆红格钞本微卷影印），1961 年，卷九十，第 1813 页。

唐小说的改作也尽量注意到"发乎情止乎礼义"的问题，却还是未能逃脱被禁的命运。

也正因为政治上的影响与要求，《秋香亭记》较之《莺莺传》而言，在思想上更为正统。其为文蕴藉，含而不露，收而不放，清而不艳，绮而不靡。

至于《秋香亭记》与《莺莺传》在语言风格及运用等方面的承继关系，我们亦可作一比较：

《莺莺传》	《秋香亭记》
张生"性温茂，美风容"	商生"气禀清淑，性质温粹"
兼惠花胜一合，口脂五寸，致耀首膏唇之饰。虽荷殊恩，谁复为容？睹物增怀，但积悲叹耳	复致耀首之华，膏唇之饰，衰容顿改，厚意何施！虽荷恩私，愈增惭愧
于喧哗之下，或勉为语笑，闲宵自处，无不泪零。乃至梦寐之间，亦多感咽	虽应酬之际，勉为欢笑；而岑寂之中，不胜伤感
幽会未终，惊魂已断。虽半衾如暖，而思之甚遥	半衾未暖，幽会难通；一枕才欹，惊魂又散
一昨拜辞，倏逾旧岁	追思旧事，如在昨朝
自从消瘦减容光，万转千回懒下床。不为旁人羞不起，为郎憔悴却羞郎	视容光之减旧，知憔悴之因郎

从这许多处文字的相似亦可以看出《莺莺传》对于《秋香亭记》的影响之深，也进一步证明了上文的论断：《秋香亭记》确是在《莺莺传》原文基础之上的改写之作。

二、《聊斋志异》

汪辟疆《唐人小说在文学上之地位》指出："清初盛传蒲松龄《聊斋志异》之书，蒲氏笔带感情，曲而能达，或有疑其规抚

《史》《汉》者，实则蒲氏寝馈唐稗，泽古既深，所惜过于渲染，未能脱尽窠臼，然固一时高手也。"①

鲁迅在《中国小说史略》第二十二篇《清之拟晋唐小说及其支流》中也分析了《聊斋志异》与唐小说的关系：

> 而专集之最有名者为蒲松龄之《聊斋志异》。……其《志异》或析为十六卷，凡四百三十一篇，年五十始写定，自有题辞，言"才非干宝，雅爱搜神，情同黄州，喜人谈鬼，闲则命笔，因以成编。久之，四方同人又以邮筒相寄，因而物以好聚，所积益夥"。是以储蓄收罗者久矣。然书中事迹，亦颇有从唐人传奇转化而出者（如《凤阳士人》《续黄粱》等），此不自白，殆抚古而又讳之也。②

可见，蒲松龄本人并未提及《聊斋志异》的创作与唐代小说之间的联系，只是将《聊斋志异》的写作归之于对亲朋好友等人讲述谈说的记录敷写，"闻则命笔，因以成编"，"四方同人又以邮筒相寄，因而物以好聚，所积益夥"。而鲁迅却明确指出其书中部分作品乃出于对唐代小说的改写，"然书中事迹，亦颇有从唐人传奇转化而出者"，并点明了蒲松龄之所以对于这一点"不自白"，其原因"殆抚古而又讳之也"。那么，蒲松龄在《聊斋志异》的创作中，其实对唐小说是颇有借鉴的，即所谓"抚古"；并且，《聊斋志异》中也确实有为数不少的篇章是或多或少地受

---

① 汪辟疆：《汪辟疆文集》，上海古籍出版社 1988 年，第 614 页。
② 鲁迅：《中国小说史略》第二十二篇《清之拟晋唐小说及其支流》，上海古籍出版社 1998 年，第 147 页。

到了唐代小说的影响，其中的部分作品更可视为在唐代小说基础之上的派生文本。例如，《续黄粱》与《枕中记》，《莲花公主》与《南柯太守传》，等等。之前程国赋的《唐代小说嬗变研究》与黄大宏的《唐代小说重写研究》均在这一方面做出了各自的总结。前者认为《聊斋志异》中至少有二十七篇作品是直接或间接地受到唐代小说的影响而创作的，列举如下：

　　　《阿宝》《连城》与《离魂记》

　　　《续黄粱》《顾生》与《枕中记》

　　　《青凤》《娇娜》《婴宁》《莲香》与《任氏传》

　　　《织成》与《洞庭灵姻传》

　　　《凤阳士人》《狐梦》与《三梦记》

　　　《莲花公主》与《南柯太守传》

　　　《庚娘》《商三官》与《谢小娥传》

　　　《柳生》与《续玄怪录·定婚店》

　　　《造畜》与《河东记·板桥三娘子》

　　　《阎罗》《阎罗薨》与《戎幕闲谈·郑仁钧》

　　　《画皮》《黎氏》与《集异记·崔韬》

　　　《张鸿渐》与《纂异记·陈季卿》

　　　《画马》与《酉阳杂俎·韩干》

　　　《彭海秋》与《宣室志·杨居士》

　　　《伍秋月》与《传奇·张云容》

　　　《偷桃》与《原化记·嘉兴绳技》

　　　《侠女》《细侯》与《原化记·崔慎思》

　　后者则将这个数量扩大到了四十篇（原文共举四十二篇，其中两篇所本为五代时小说）之多，与前者之不同如下（相同略）：

　　《画壁》与《广异记·朱敖》

　　《宅妖》与《广异记·毕杭》

　　《种梨》与《中朝故事》（削瓜而僧人首落地事）

　　《崂山道士》与《宣室志·王先生》《酉阳杂俎》（画月
事）

　　《长清僧》与《朝野佥载》卷二陆彦还魂事

　　《蛇人》与《广异记》担生

　　《狐嫁女》与李复言《续玄怪录》卷三张庾事

　　《叶生》与《离魂记》

　　《青凤》与《河东记·申屠澄》《潇湘录·焦封》

　　《陆判》与《原化记》刘氏子妻负尸得妻情节

　　《凤阳士人》与《河东记·独孤遐叔》《纂异记·张生》
《三梦记》

　　《侠女》与《唐国史补》卷中长安客有买妾者条、崔蠡
《义激》《原化记·崔慎思》《集异记·贾人妻》

　　《莲香》与《会昌解颐录·刘立》

　　《阿宝》与《灵怪集·郑生》

　　《九山王》与《三水小牍·侯元》

　　《苏仙》与《奇事记·冉遂》

　　《连琐》与《法苑珠林·徐玄方女》

　　《小二》与《宣室志·俞叟》

　　《保住》与《剧谈录·田膨郎》

　　《西湖主》与《传奇·张无颇》

　　《黎氏》与《广异记·冀州刺史子》

《蕙芳》与《原化记·吴堪》

《向杲》与《续玄怪录·张逢》《原化记·南阳士人》等

《八大王》与《河东记·韦丹》

《郭秀才》与《宣室志·梁璟》

《阿英》与《玄怪录·柳归舜》

《胡四娘》与《杜阳杂编·芸辉堂》

《象》与《广异记·安南猎者》《纪闻·淮南猎者》

《鹿衔草》与《酉阳杂俎》鹿活草篇

《天宫》与《酉阳杂俎》续集卷三支诺皋下成都坊正张和条

《贾奉雉》与《原化记·采药民》《集异记·李清》

后者比前者减少了《顾生》《娇娜》《婴宁》《狐梦》《庚娘》《商三官》《阎罗》《阎罗薨》《张鸿渐》《画马》《伍秋月》《细侯》诸篇。

需要指出的是，朱一玄先生在《聊斋志异资料汇编》一书的本事编部分，也就《聊斋志异》与唐代小说之间的关系进行了较为充分详尽的考证，指出了《聊斋志异》在故事源流方面对于某些唐代小说存在着或多或少的承继关系。上述黄大宏的列表与朱一玄先生书中的考证完全一致。

仔细分析上文所列举的这些篇章，可以发现，其中大部分都是《聊斋志异》受到唐代小说的影响而产生的作品。它们或借鉴了唐代小说的典型情节，如《阿宝》对《离魂记》中因情离魂情节的套用，《偷桃》对《原化记·嘉兴绳技》中缘绳上天特技描写的借取，《彭海秋》对《宣室志·杨居士》中以法术遥召歌女之事的模仿；或仿效了唐代小说的故事类型，如《青凤》《莲香》继承《任氏传》写狐女与青年男子之恋，《织成》仿《洞庭灵姻传》写人与龙宫女子之婚恋，《连琐》本《法苑珠林·徐玄方女》写女鬼得生人精气复生之事，等等。

可以说，《聊斋志异》中相当多的作品都存在类似的情况。也即是说，《聊斋志异》的创作毫无疑问地受到唐代小说极大的影响。

但是，如果我们从改写这个角度来进行审视，那么以上所列举作品中的大多数似乎并不属于这一范畴。因此，真正可算是对唐代小说进行改写而产生的作品应该是下面这些：

《聊斋志异》	唐代小说
《画壁》	《广异记·朱敖》
《种梨》	《中朝故事》"咸通中有幻术者"条
《蛇人》	《广异记》檐［担］生
《狐嫁女》	李复言《续玄怪录》张庚事
《九山王》	《三水小牍·侯元》
《苏仙》	《奇事记·冉遂》
《连琐》	《法苑珠林·徐玄方女》
《向杲》	《续玄怪录·张逢》《原化记·南阳士人》
《柳生》	《续玄怪录·定婚店》
《象》	《广异记·安南猎者》《纪闻·淮南猎者》
《鹿衔草》	《酉阳杂俎》前集卷十九"广动植"之四草篇"鹿活草"条
《续黄粱》	《枕中记》
《青凤》	《任氏传》
《凤阳士人》	《河东记·独孤遐叔》《三梦记》
《莲花公主》	《南柯太守传》
《庚娘》《商三官》	《谢小娥传》

续表

《聊斋志异》	唐代小说
《织成》	《洞庭灵姻传》
《造畜》	《河东记·板桥三娘子》
《侠女》	《原化记·崔慎思》、薛用弱《集异记·贾人妻》、崔蠡《义激》
《四十千》	《玄怪录》卷二"党氏女"
《画皮》	《集异记·崔韬》《玄怪录》卷四"王煌"条
《窦氏》	《霍小玉传》

这种界定基本上是以主要情节的相似性为标准的。即使如此，我们仍然不难看出，《聊斋志异》对唐代小说的改写较之《剪灯新话》等我们所熟悉的再创作方式而言，创新的比重更大一些。同时，如果说前两个例子的再创作是套用原文本的叙事结构进行新创，《聊斋志异》对原文本的再创作则多是根据原文本中的某些情节进行构思想象，从而形成新的文本，而非对原文本整体性的沿袭。因而《聊斋志异》对于唐代小说的承继性虽让人感觉处处存在却又不那么易于明白指出。

《聊斋志异》虽然以唐代小说作为创作基础，但绝不是简单的改写或重复，而是在艺术上进行了全新的创作与发展，其中的优秀作品在人物形象、细节刻画、诗歌运用、作品思想等方面均取得了更高的成就。尤其是《聊斋志异》历来为人所称道的狐鬼花妖形象，较之唐代小说，具有了更多人性、人情的成分，正如鲁迅《中国小说史略》所说的"花妖狐魅，多具人情，和易可亲，忘为异类，而又偶见鹘突，知复非人"①。

---

　　①　鲁迅：《中国小说史略》第二十二篇《清之拟晋唐小说及其支流》，上海古籍出版社1998年，第147页。

第二节　明清白话小说对唐代小说的改写

与文言小说相比，在明清白话小说对唐代小说的改写中，比较多的方式是对原文本情节内容的直接使用，因而新文本与原文本之间的承继关系是比较直接而明显的。

在这一节中，以明清白话小说的代表作品集"三言""二拍"为主，通过典型作品分析，总结唐代小说在改写为明清白话小说过程中的演变特征，从故事情节、语言风格、形象塑造等方面总结唐小说与明清白话小说之间在艺术上的承继与嬗变关系。

一、"三言"

冯梦龙所编纂的《喻世明言》《醒世恒言》《警世通言》三部拟话本小说集，合称"三言"，每部四十篇，共一百二十篇。其中《喻世明言》刊刻时初名《古今小说一刻》，再版时更名如此。故《喻世明言》别名《古今小说》。"三言"之一百二十篇拟话本小说大都出于前人之作，为冯梦龙所遴选、改编而成。鲁迅在《中国小说史略》第二十一篇《明之拟宋市人小说及后来选本》中也曾经提及："《京本通俗小说》所录七篇，其五为高宗时事，最远者神宗时，耳目甚近，故铺叙易于逼真。《醒世恒言》乃变其例，杂以汉事二，隋唐事十一，多取材晋唐小说（《续齐谐记》《博异志》《酉阳杂俎》《隋遗录》等），而古今风俗，迁变已多，演以虚词，转失生气。"①

---

① 鲁迅：《中国小说史略》第二十一篇《明之拟宋市人小说及后来选本》，上海古籍出版社1998年，第139页。

"三言"一百二十篇作品中，可以认为对唐小说进行了一定程度再创作的篇目有：

唐小说原文本	再创作文本
《定命录·卖馉飿》	《喻世明言·穷马周遭际卖馉飿》
《纪闻·吴保安》	《喻世明言·吴保安弃家赎友》
《玉堂闲话·裴晋公》	《喻世明言·裴晋公义还原配》
《补江总白猿传》	《喻世明言·陈从善梅岭失浑家》
《玄怪录·杜子春》	《醒世恒言·杜子春三入长安》
《河东记·独孤遐叔》	《醒世恒言·独孤生归途闹梦》
《续玄怪录·薛伟》	《醒世恒言·薛录事鱼服证仙》
《广异记·勤自励》	《醒世恒言·大树坡义虎送亲》

《补江总白猿传》可说是唐小说中再创作较多的一部作品，《喻世明言·陈从善梅岭失浑家》即是明清时期白话小说对《补江总白猿传》进行再创作的代表作品。

《陈从善梅岭失浑家》见于《喻世明言》卷二十，是冯氏对于《补江总白猿传》的重新写作，而其直接的范本则是洪楩《清平山堂话本》中的《陈巡检梅岭失妻记》一篇文字。冯梦龙对其进行了一定的增删修饰，所做的工作包括：改动了题目，使之符合"三言"中前后两卷题目各自对偶的格式；对其中一些疏漏之处进行了修订，使小说更加明白晓畅；出于拟话本脱离说话模式而走向案头阅读的需要，对其中存留的话本术语如"话本说彻，权作散场"等文字以及一些无关紧要的套话、韵语等进行了删除，因而使小说更加紧凑、严密，适宜阅读。但是不难发现，其故事情节、人物设置与《陈巡检梅岭失妻记》是完全相同的。

故事写陈辛授广东南雄巡检，携妻张如春赴任，行至梅岭。陈妻为齐天大圣申阳公摄至申阳洞中，誓死不从，受尽苦楚；陈辛欲救妻而不得，三年官满离任之时，方于红莲寺中得知如春踪迹，然远非申阳公对手，只得求助于紫阳真君，捉了申阳公，夫妻团圆。

其故事梗概与《补江总白猿传》相类，同样是写猿精贪图美色，窃夺妇人：

> 且说梅岭之北，有一洞，名曰申阳洞，洞中有一怪，号曰申阳公，乃猢狲精也。弟兄三人：一个是通天大圣，一个是弥天大圣，一个是齐天大圣。
>
> 这齐天大圣，神通广大，变化多端，能降各洞山魈，管领诸山猛兽，兴妖作法，摄偷可意佳人，啸月吟风，醉饮非凡美酒，与天地齐休，日月同长。
>
> 这齐天大圣在洞中，观见岭下轿中抬着一个佳人，娇嫩如花似玉，意欲取他。乃唤山神分付："听吾号令，便化客店，你做小二哥，我做店主人，他必到此店投宿，更深夜静，摄此妇人入洞中。"①

同时，又在许多具体情节上做出了新的改动，比较明显的如：

陈妻张如春被申阳公所摄，但誓死不从，故被迫剪发赤脚挑水，受千日苦楚。

陈辛欲救妻子而几乎为申阳公所杀，只能求紫阳真君相助。

这两个情节的改动对原文本的改写来说是比较重要的。对陈妻在申阳洞中所受苦楚的具体描写，突出表现了陈妻的坚贞刚烈，改写者对这一点给予了大力的张扬：

---

① （明）冯梦龙：《喻世明言》，齐鲁书社1993年，第171页。

　　金莲引如春到房中，将酒食管待。如春酒也不吃，食也不吃，只是烦恼。金莲、牡丹二妇人再三劝说："你既被摄到此间，只得无奈何。自古道：'在他矮檐下，怎敢不低头！'"如春告金莲云："姐姐，你岂知我今生夫妻分离，被这老妖半夜摄将到此，强要奴家云雨，决不依随，只求快死，以表我贞洁。古云：'烈女不更二夫。'奴今宁死而不受辱。"金莲说："'要知山下事，请问过来人。'这事我也曾经来。我家在南雄府住，丈夫富贵，也被申公摄来洞中五年。你见他貌恶，当初我亦如此，后来惯熟，方才好过。你既到此，只得没奈何，随顺了他罢。"如春大怒，骂云："我不似你这等淫贱，贪生受辱，枉为人在世，泼贱之女！"金莲云："好言不听，祸必临身。"遂自回报申公，说："新来佳人，不肯随顺；恶言诽谤，劝他不从。"申公大怒而言："这个贱人，如此无礼！本待将铜锤打死，为他花容无比，不忍下手，可奈他执意不从。"交付牡丹娘子："你管押着他，将这贱人，剪发齐眉，蓬头赤脚，罚去山头挑水，浇灌花木，一日与他三顿淡饭。"牡丹依言，将张如春剪发齐眉，赤了双脚，把一副水桶与他。如春自思："欲投岩洞中而死，万一天可怜见，苦尽甘来，还有再见丈夫之日。"不免含泪而挑水。正是：

　　宁为困苦全贞妇，不做贪淫下贱人。①

　　相比较《补江总白猿传》中欧阳纥妻为白猿精所窃而怀孕生子，陈妻被劫千日而申阳公终不得相侵毫无疑问更符合宋明

_____

① （明）冯梦龙：《喻世明言》，齐鲁书社1993年，第172~173页。

时期人们的普遍道德观念，因而也更容易为广大读者所乐于接受。

从《补江总白猿传》到《剪灯新话·申阳洞记》，都是文中的男主人公杀死猿精，救出妻子（未婚妻），而这个极能表现男主人公英雄气概和谋略胆识的结尾也在《陈从善梅岭失浑家》一文中被完全改写了。陈辛的身手与胆气主要是通过其他几个情节所表现，如写陈辛收捕盗寇镇山虎，"那草寇怎敌得陈巡检过，斗无十合，一矛刺镇山虎于马下，枭其首级，杀散小喽啰，将首级回南雄府，当厅呈献"，其威风凛凛、武艺高超之态毕现。然而在救妻脱难这一举动中，陈辛却完全是英雄无用武之地：失妻三年没有半点音信；得知妻子为申阳公所摄之后，"拔出所佩宝剑，劈头便砍。申阳公用手一指，其剑反着自身"，根本不是申阳公的对手；只能私下与妻子会面，欲一共逃走，妻子则告知："走不得。申公妖法广大，神通莫测，他若知我走，赶上，和官人性命不留！我闻申公平日只怕紫阳真君，与官人降仙笔诗亦同。官人可急回寺去，莫待申公知之，其祸不小。"这更道出了陈辛在申阳公面前的弱小，最终自然地将救助之力引到紫阳真君身上。之所以对原文本进行这样一番改动，则是出于道家思想在宋明时期的盛行。因而在《陈从善梅岭失浑家》一文中，我们可以从很多情节的描写中清楚地看出这一思想的表露，如：

　　却说陈巡检分付厨下使唤的："明日是四月初三日，设斋多备斋供，不问云游全真道人，都要斋他，不得有缺。"①

---

① （明）冯梦龙：《喻世明言》，齐鲁书社1993年，第170页。

杨殿干焚香请圣，陈巡检跪拜祷祝。只见杨殿干请仙至，降笔判断四句。诗曰：

千日逢灾厄，佳人意自坚。

紫阳来到日，镜破再团圆。

杨殿干断曰："官人且省烦恼，孺人有千日之灾，三年之后，再遇紫阳，夫妇团圆。"[1]

且说紫阳真人在大罗仙境与罗童曰："吾三年前，那陈巡检去上任时，他妻合有千日之灾，今已将满。吾怜他养道修真，好生虔心，吾今与汝同下凡间，去梅岭救取其妻回乡。"

只见紫阳真君行至寺中，端的道貌非凡。长老直出寺门迎接，入方丈叙礼毕，分宾主坐定。长老看紫阳真君，端的有神仪八极之表，道貌堂堂，威仪凛凛。陈巡检拜在真君面前，告曰："望真君慈悲，早救陈辛妻张如春性命还乡，自当重重拜答深恩。"真君乃于香案前，口中不知说了几句言语，只见就方丈里起一阵风。但见：

无形无影透人怀，二月桃花被绰开。

就地撮将黄叶去，入山推出白云来。

那风过处，只见两个红巾天将出现，甚是勇猛。这两员神将朝着真君声喏道："吾师有何法旨？"紫阳真君曰："快与我去申阳洞中，擒拿齐天大圣前来，不可有失。"两员天将去不多时，将申公一条铁索锁着，押到真君面前。申公跪下。紫阳真君判断，喝令天将将申公押入酆都天牢问罪。教

① （明）冯梦龙：《喻世明言》，齐鲁书社1993年，第173页。

> 罗童入申阳洞中，将众多妇女各各救出洞来，各令发付回家去讫。张如春与陈辛夫妻再得团圆，向前拜谢紫阳真人。真人别了长老、陈辛，与罗童冉冉腾空而去了。①

其中表现道教思想最为鲜明的则是紫阳真君与红莲寺长老大慧禅师之间的比照：

当陈辛求助于长老时，长老但说："此怪是白猿精，千年成器，变化难测。你孺人性贞烈，不肯依随，被他剪发赤脚，挑水浇花，受其苦楚。此人号曰申阳公，常到寺中，听说禅机，讲其佛法。官人若要见孺人，可在我寺中住几时。等申阳公来时，我劝化他回心，放还你妻如何？"② 其能力只是在意图劝化猿精，而这种劝化却又丝毫不见收效：申阳公来至寺中，与长老叙谈，曰："小圣无能断除爱欲，只为色心迷恋本性，谁能虎项解金铃？"③长老答曰："尊圣要解虎项金铃，可解色心本性。色即是空，空即是色，一尘不染，万法皆明。莫怪老僧多言相劝，闻知你洞中有一如春娘子，在洞三年。他是贞节之妇，可放他一命还乡，此便是断却欲心也。"④ 申阳公听罢回言："长老，小圣心中正恨此人，罚他挑水三年，不肯回心。这等愚顽，决不轻放！"⑤可见长老在此所代表的佛家言论在申阳公身上全不奏效，而且申阳公更几乎因此将陈辛与其妻杀死。

而紫阳真君在文中的出场则全然不同，即使长老这般佛家弟子，也"直出寺门迎接，入方丈叙礼毕，分宾主坐定"。而且在

---

① （明）冯梦龙：《喻世明言》，齐鲁书社 1993 年，第 175 ~ 176 页。
②③ （明）冯梦龙：《喻世明言》，齐鲁书社 1993 年，第 174 页。
④ （明）冯梦龙：《喻世明言》，齐鲁书社 1993 年，第 174 ~ 175 页。
⑤ （明）冯梦龙：《喻世明言》，齐鲁书社 1993 年，第 175 页。

其眼中看到的紫阳真君是"端的有神仪八极之表，道貌堂堂，威仪凛凛"。而紫阳真君的法力更非长老所能及，只是"于香案前，口中不知说了几句言语，只见就方丈里起一阵风"，遣了两名神将去拿申阳公，"两员天将去不多时，将申公一条铁索锁着，押到真君面前。申公跪下。紫阳真君判断，喝令天将将申公押入酆都天牢问罪"，并将洞中妇女各各解救回家，令陈辛与张如春夫妻团圆。从作者在这些方面的描写我们都可以明显地看到道教在当时社会上盛行的思想背景。

他如《醒世恒言·杜子春三入长安》《醒世恒言·薛录事鱼服证仙》等文本也均可以表明再创作过程中所呈现的时代思想特色。

二、"二拍"

凌濛初之《初刻拍案惊奇》与《二刻拍案惊奇》合称"二拍"，成书于天启、崇祯年间，可视为中国文学史上文人独创拟话本小说集的开山之作。《初刻拍案惊奇》和《二刻拍案惊奇》各四十卷，但它们的卷二十三为同一篇作品《大姊魂游完宿愿，小姨病起续前缘》；又兼《二刻拍案惊奇》之卷四十为《宋公明闹元宵杂剧》，因而实收拟话本小说七十八卷。应该说，"二拍"的原创性是比较明显的，孙楷第先生在《三言二拍源流考》中认为："冯氏'三言'汇集宋元旧作，兼附自著，实为汇刻总集性质。凌氏'二拍'，则实为自著总集。"① "往往本事在原书中不过数十百字，记叙琐闻，了无意趣，在小说则清谈娓娓，文逾数千，抒情写景，如在耳目；化神奇为臭腐，易阴惨为阳舒，其功

---

① 孙楷第:《沧州集》,中华书局 2009 年,第 107～108 页。

力实亦等于造作。"① 说的即是凌濛初在创作"二拍"时虽使用
故事，但本事极为简略，而凌濛初则给予了充分且丰富的再创
造，实际上完全可以视为原创。

考八十篇文字（实为七十八篇）中，可视为唐小说原文本的
再创作文本作品有：

唐小说原文本	再创作文本
《谢小娥传》	《初刻拍案惊奇·李公佐巧解梦中言，谢小娥智擒船上盗》
《集异记·裴越客》	《初刻拍案惊奇·感神媒张德容遇虎，凑吉日裴越客乘龙》
《集异记·宫山僧》	《初刻拍案惊奇·东廊僧怠招魔，黑衣盗奸生杀》
《宣室志·李生》	《初刻拍案惊奇·王大使威行部下，李参军冤报生前》
《大唐新语·李杰》	《初刻拍案惊奇·西山观设箓度亡魂，开封府备棺追活命》
《南楚新闻·郭使君》	《初刻拍案惊奇·钱多处白丁横带，运退时刺史当艄》

其中《谢小娥传》是传奇大家李公佐的作品，作于元和十
三年（818）。《百川书志》著录一卷，《宝文堂书目》亦有著
录。《太平广记》卷四九一引录，《类说》卷二八引自《异闻
集》。另外，《虞初志》、重编《说郛》《全唐文》等书均有
收录。

故事写女主人公谢小娥随父亲和丈夫行商，父夫为强盗所杀
害，金帛亦为盗所尽抢。谢小娥受伤落水获救，辗转乞讨至上元
县尼姑庵，梦见父亲和丈夫分别以谜语的形式告知凶手姓名。小

---

① 孙楷第：《沧州集》，中华书局 2009 年，第 130 页。

娥不能解，四处求问，历年不得。及至元和八年春遇到李公佐为其解开谜底，小娥将凶手姓名写于衣中，女扮男装行佣于江湖，寻得仇人申兰、申春。小娥在兰家为佣两年有余，取得申兰信任，终于一夕乘二申酒醉之机，先抽刀断申兰之首，又呼叫邻人擒获申春，报父夫之仇。因其节行免死，里中豪族争相聘娶，而小娥誓心不嫁，出家为尼。

《初刻拍案惊奇》卷十九之《李公佐巧解梦中言，谢小娥智擒船上盗》之原文本《谢小娥传》全文约一千六百字，结构完整、情节曲折、描写充分、形象生动，并且设置了一定的悬念，以解谜的形式引人入胜，与上述"数十百字，记叙琐闻，了无意趣"的面目全然不同，看似难以加入太多新的元素。即使如此，凌濛初对《谢小娥传》仍然做出了"清谈娓娓，文逾数千，抒情写景，如在耳目"的改写。

首先，将原文本之文言重写为白话语言，以便于广大市民读者的阅读与接受。

其次，丰富细节、展开描写。如《谢小娥传》中对谢小娥男扮女装于江湖之间，隐姓埋名佣保于凶手左右的过程仅有寥寥几句：

> 尔后小娥便为男子服，佣保于江湖间，岁余，至浔阳郡，见竹户上有纸榜子，云召佣者。小娥乃应召诣门，问其主，乃申兰也。兰引归，娥心愤貌顺，在兰左右，甚见亲爱。金帛出入之数，无不委娥。已二岁余，竟不知娥之女人也。

这段描写在《李公佐巧解梦中言，谢小娥智擒船上盗》中则被充分而细致地展开，谢小娥的心理活动被叙写得生动传神：

却说小娥自得李判官解辨二盗姓名，便立心寻访。自念身是女子，出外不便，心生一计，将累年乞施所得，买了衣服，打扮作男子模样，改名谢保。又买了利刀一把，藏在衣襟底下。想道："在湖里遇的盗，必是原在江湖上走，方可探听消息。"日逐在埠头伺候，看见船上有雇人的，就随了去，佣工度日。在船上时，操作勤紧，并不懈怠，人都喜欢雇他。他也不拘一个船上，是雇着的便去。商船上下往来之人，看看多熟了。水火之事，小心谨秘，并不露一毫破绽出来。但是船到之处，不论那里，上岸挨身察听体访。如此年余，竟无消耗。

一日，随着一个商船到浔阳郡，上岸行走，见一家人家竹户上有纸榜一张，上写道："雇人使用，愿者来投。"小娥问邻居之人："此是谁家要雇用人？"邻人答应："此是申家，家主叫做申兰，是申大官人。时常要到江湖上做生意，家里止是些女人，无个得力男子看守，所以雇唤。"小娥听得"申兰"二字，触动其心，心里便道："果然有这个姓名！莫非正是此贼？"随对邻人说道："小人情愿投赁佣工，烦劳引进则个。"邻人道："申家急缺人用，一说便成的；只是要做个东道谢我。"小娥道："这个自然。"邻人问了小娥姓名地方，就引了他，一径走进申家。只见里边踱出一个人来，你道生得如何？但见：

伛兜怪脸，尖下颏，生几茎黄须；突兀高颧，浓眉毛，压一双赤眼。出言如虎啸，声撼半天风雨寒；行步似狼奔，影摇千尺龙蛇动。远观是丧船上方相，近觑乃山门外金刚。

小娥见了吃了一惊，心里道："这个人岂不是杀人强盗么？"便自十分上心。只见邻人道："大官人要雇人，这个人姓谢名保，也是我们江西人，他情愿投在大官人门下使唤。"
申兰道："平日作何生理的？"小娥答应道："平日专在船上
趁工度日，埠头船上多有认得小人的，大官人去问问看就
是。"申兰家离埠头不多远，三人一同走到埠头来。问问各
船上，多说着谢保勤紧小心、志诚老实许多好处。申兰大
喜。小娥就在埠头一个认得的经纪家里，借着纸墨笔砚，自
写了佣工文契，写邻人做了媒人，交与申兰收着。申兰就领
了他，同邻人到家里来，取酒出来请媒，就叫他陪待。小娥
就走到厨下，掇长掇短，送酒送肴，且是熟分。申兰取出二
两工银，先交与他了。又取二钱银子，做了媒钱。小娥也自
体己秤出二钱来，送那邻人。邻人千欢万喜，作谢自去了。
申兰又领小娥去见了妻子商氏。自此小娥只在申兰家里
佣工。

　　小娥心里看见申兰动静，明知是不良之人，想着梦中姓
名，必然有据，大分是仇人。然要哄得他喜欢亲近，方好探
其真确，乘机取事。故此千唤千应，万使万当，毫不逆着他
一些事故。也是申兰冤业所在，自见小娥，便自分外喜欢。
又见他得用，日加亲爱，时刻不离左右，没一句说话不与谢
保商量，没一件事体不叫谢保营干，没一件东西不托谢保收
拾，已做了申兰贴心贴腹之人。

　　第三，将原文本的全知叙事视角转换为限知叙事视角，从谢
小娥而不再是李公佐的角度来叙事，体现了古代小说叙事艺术的
发展与成熟。
　　另外，原文本的传奇体制被改写为拟话本的体制，因而《李
公佐巧解梦中言，谢小娥智擒船上盗》一文加了入话、韵语，并

夹杂有较多的说话用语，如"说话的""看官"等。

因此，虽然从小说的故事情节、人物设置、结构布局等方面来看，《李公佐巧解梦中言，谢小娥智擒船上盗》并没有做出明显的改动，整个故事基本是相同的，但是凌濛初也并非袭取旧文，而是在原文本的基础上充分展开，极尽勾勒，把原文本的故事敷衍得淋漓尽致。因而，较之原文本更为形象、生动、曲折，也更富有戏剧性。

三、长篇白话小说

长篇白话小说中，同样不乏对唐代小说的再创作之笔。《西游记》《红楼梦》等，皆有对唐代小说人物、情节的重新创作使用。

清代褚人获的《隋唐演义》第七十九回"江采苹恃爱追欢，杨玉环承恩夺宠"一回文字几乎全从唐小说《梅妃传》而来。如：

> 梅妃，姓江氏，莆田人。父仲逊，世为医。妃年九岁，能诵《二南》。语父曰："我虽女子，期以此为志。"父奇之，名曰采苹。(《梅妃传》)[1]
>
> 九岁能诵二南，语父道："吾虽女子，期以此为志。"仲逊奇之，遂名采苹。(《隋唐演义》)[2]
>
> 妃善属文，自比谢女。……妃有《萧》《兰》(《萧兰》)《梨园》《梅花》《凤笛》《玻杯》《剪刀》《绚窗》八（七）

---

[1] 《梅妃传》，见李时人：《全唐五代小说》，陕西人民出版社1998年，第1414页。

[2] (清)褚人获：《隋唐演义》，岳麓书社2005年，第648页。

赋。(《梅妃传》)①

性耽文艺，有萧兰、梨园、梅亭、丛桂、凤笛、玻杯、剪刀、绮窗八赋。(《隋唐演义》)②

上命破橙往赐诸王。至汉邸，潜以足蹴妃履，登时退阁。上命连宣，报言"适履珠脱缀，缀竟当来"。久之，上亲往命妃。妃拽衣迤上，言"胸腹疾作，不果前也"，卒不至。(《梅妃传》)③

命梅妃遍酌诸王。时宁王已醉，见梅妃送酒来，起身接酒，不觉一脚踢着了梅妃绣鞋。梅妃大怒，登时回宫。玄宗道："梅妃为何不辞而去?"左右道："娘娘珠履脱缀，换了就来。"等了一回，又来再宣。梅妃道："一时胸腹作疾，不能起身应召。"(《隋唐演义》)④

太真忌而智，妃性柔缓，亡以胜，后竟为杨氏迁于上阳东宫。(《梅妃传》)⑤

梅妃性柔缓，后竟为杨妃所谮，迁于上阳东宫。(《隋唐演义》)⑥

后，上忆妃，夜遣小黄门灭烛，密以戏马召妃至翠华西阁，……侍御惊报曰："妃子已届阁前，当奈何?"上披衣，抱妃藏夹幕间。太真既至，问："'梅精'安在?"上曰："在东宫。"太真曰："乞宣至，今日同浴温泉。"上曰："此女已放屏，无并往也。"太真语益坚，上顾左右不答。太真

---

① ③ ⑤　《梅妃传》，见李时人:《全唐五代小说》，陕西人民出版社 1998 年，第1415 页。
②　(清)褚人获:《隋唐演义》，岳麓书社 2005 年，第 648 页。
④　(清)褚人获:《隋唐演义》，岳麓书社 2005 年，第 650 页。
⑥　(清)褚人获:《隋唐演义》，岳麓书社 2005 年，第 654 页。

大怒，曰："肴核狼藉，御榻下有妇人遗舄，夜来何人侍陛下寝，欢醉至于日出不视朝？陛下可出见群臣，妾止此阁以俟驾回。"上愧甚，拽衾向屏复寝，曰："今日有疾，不可临朝。"太真怒甚，径归私第。上顷觅妃所在，已为小黄门送令步归东宫。上怒斩之。遗舄并翠钿命封赐妃。妃谓使者曰："上弃我之深乎？"使曰："上非弃妃，诚恐太真恶情耳！"妃笑曰："恐怜我则动肥婢情，岂非弃也？"……上在花萼楼，会夷使至，命封珍珠一斛密赐妃。妃不受，以诗付使者曰："为我进御前也。"曰：柳叶双眉久不描，残妆和泪污红绡。长门自是无梳洗，何必珍珠慰寂寥。上览诗，怅然不乐。令乐府以新声度之，号《一斛珠》，曲名始此也。（《梅妃传》）①

　　……"（令高力士）选上等骏马，密召娘娘到翠花西阁叙话。"……惊得那些常侍飞报道："杨娘娘已到阁前，当如之何？"玄宗披衣，抱梅妃藏夹幕间。……杨妃道："贱妾闻梅精在此，特此相望。"玄宗道："他在东楼。"杨妃道："今日宣来，同至温泉一乐。"玄宗只是看着左右，也不去回答他。杨妃怒道："肴核狼藉，御榻下有妇人珠舄，枕边有金钗翠钿，夜来何人侍陛下寝，欢睡至日出，还不视朝，是何体统？陛下可出见群臣，妾在此阁，以俟驾回。"玄宗愧甚，拽衾向屏复睡道："今日有疾，不能视朝。"杨妃怒甚，将金钗翠钿掷于地，竟归私第。不想小黄门见杨妃势急，恐生余事，步送梅妃回宫。玄宗见杨妃已去，欲与梅妃再图欣庆，却被黄门送去，

---

　　① 《梅妃传》，见李时人：《全唐五代小说》，陕西人民出版社 1998 年，第 1415～1416 页。

大怒，斩之，亲自拾起金钗翠钿珠钗包好，又将夷使所贡珍珠一斛，着永新领去，并赐梅妃。永新领旨，前往东楼。梅妃问道："圣上着人送我归来，何弃我之深乎？"永新道："万岁非弃娘娘，恐杨娘娘性恶，所送黄门，已斩讫矣。"梅妃道："恐怜我又动这肥婢情，岂非弃我也？原物俱已拜领，所赐珍珠不敢受，有诗一首，烦你进到御前道妾非许旨不受珍珠，恐怕杨妃闻知，又累圣上受气耳。"永新领命而去，将珍珠并诗献上。玄宗拆开一看，念道：

> 柳叶蛾眉久不描，残妆和泪湿红绡。
>
> 长门自是无梳洗，何必珍珠慰寂寥？
>
> 玄宗览诗，怅然不乐，又喜其诗之妙，令乐府以新声度之，号一斛珠。(《隋唐演义》)①

由于篇幅的扩大以及作者创作意识的强化，小说中的人物形象刻画、心理活动描写等都更为鲜明。

通过以上文本分析可以看出，明清白话小说对唐小说原文本的再创作主要呈现出这样一些新的特色：第一，小说思想特色的时代新变；第二，人物形象描写的细致深入；第三，小说情节的复杂曲折；第四，故事细节的丰富与展开；第五，语言的生动性与口语化。

此外，再创作文本在小说故事走向、人物性格、小说观念等方面，也依据明清时期的社会文化背景做出了一定的改动，既在一定程度上保留了原文本的基本面貌，又体现出明清社会的思想特质与世态人情。

---

① （清）褚人获:《隋唐演义》,岳麓书社2005年,第655页。

在明清众多的白话小说作品中，以唐代小说为原文本进行再创作的篇章不可胜数。在阅读时，我们应当注意追本溯源，理清它们与唐代小说的关系，并从中总结出再创作过程中的时代新变，由此对唐代小说的传播以及古代小说的发展脉络有比较深入的认知。

第三节　明清戏曲对唐代小说的改写

本节主要探讨明清戏曲作品与唐代小说之间的渊源，对明清戏曲与唐代小说之间的关系加以研究，并从叙事角度、人物形象塑造、结构方式等方面，分析唐小说改写为明清戏曲这一过程中的继承与新变。

关于这一问题，前人已多有论述。如鲁迅在《中国小说史略》第八篇《唐之传奇文（上）》中就曾经说过：

> （传奇文）实唐代特绝之作也。然而后来流派，乃亦不昌，但有演述，或者摹拟而已，惟元明人多本其事作杂剧或传奇，而影响遂及于曲。①

吴梅更举实例以证明这种改写关系之存在：

> 明人院本，颇喜采唐人小说，如梅鼎祚之《玉合记》（谱章台柳本事），《昆仑奴》（谱红绡事），陆天池之《明珠记》（谱刘无双事），梅孝己之《酒家佣》（谱李固之子李燮

---

① 鲁迅：《中国小说史略》第八篇《唐之传奇文（上）》，上海古籍出版社 1998 年，第 44 页。

事），张凤翼之《红拂记》（谱虬髯客事），皆取唐人本传而
点缀之，证确语妙，后之作者，不能及也。①

汪辟疆亦举数例以言之：

> 唐人小说本事，既已盛传。始则演为长篇记事之诗歌；
> 继则演为分段之鼓辞大曲，……终则演为元明后之传奇杂
> 剧。元明以来，剧曲大行，其取材多出自唐稗；……如元稹
> 《莺莺传》为金董解元《弦索西厢》，元王实甫《西厢记》，
> 关汉卿《续西厢记》，明李日华《南西厢》，陆天池《南西
> 厢记》，周公鲁《锦西厢》，清查继佐《续西厢杂剧》，程端
> 《西厢印》，不著撰人《不了缘》，诸剧本所本。陈鸿《长恨
> 歌传》为元白仁甫《梧桐雨》，清洪昇《长生殿》所本。李
> 朝威《柳毅传》为元尚仲贤《柳毅传书》，元人《张生煮
> 海》，李好古《张生煮海》，明黄说仲《龙箫记》，许自昌
> 《桔浦记》，李渔《蜃中楼》所本。白行简《李娃传》为元
> 石君宝《花酒曲江池》，明薛近兖《绣襦记》所本。许尧佐
> 《柳氏传》为元乔梦符《金钱记》所本。蒋防《霍小玉传》
> 为明汤显祖《紫箫记》及《紫钗记》所本。李公佐《南柯
> 太守传》为明汤显祖《南柯记》所本。薛调《刘无双传》
> 为明陆采《明珠记》所本。陈玄祐《离魂记》为元郑德辉
> 《倩女离魂》所本。李公佐《谢小娥传》为明珠之《龙舟
> 会》所本。杜光庭《虬髯客传》为明凌初成《虬髯翁》，及
> 张凤翼张太和《红拂记》所本。裴铏《传奇》之《裴航》为

① 吴梅：《顾曲麈谈》第二章《制曲》，上海古籍出版社2000年，第61～62页。

龙膺《蓝桥记》，明杨之炯《玉杵记》所本。《聂隐娘传》为尤侗《黑白卫》所本。薛用弱《集异记》之《王维》为明王衡《郁轮袍》，西湖居士《郁轮袍记》所本。李复言《续玄怪录》之《杜子春》为胡介祉《广陵仙》，不著撰人《扬州梦》所本；《张老传》为明不著撰人《太平钱》所本。凡此皆元明后之传奇杂剧取材于唐稗者也。就上列诸曲本中，如《西厢记》《邯郸梦》《紫钗记》《南柯记》《长生殿》，尤为艺林传诵：虽由其曲文之美妙；而其本事之哀感顽艳，实作者之善于取材也。①

明清戏曲之所以多本唐小说而加以改写，其原因吴梅也做出了实际的分析：

且以愚意论之，用故事较臆造为易，何也？故事已有古人成作在前，其篇幅结构，不必自我用心，但就原文编次，自无前后不接，头脚不称之病。至若自造一事，必须先将事实布置妥贴，其有挂漏之处，尤宜随时补凑，以较用故事编次者，其劳逸为何如？事半功倍，文人亦何乐而不为哉。②

由此可知，明清戏曲对于唐代小说的承继与改写，原因之一是出于利用已有故事方便成文的考虑，而唐代小说的杰出成就与巨大影响则毫无疑问也是明清戏曲作者选择作为原文本的重要原因。

---

① 汪辟疆：《汪辟疆文集》，上海古籍出版社 1988 年，第 610～611 页。
② 吴梅：《顾曲麈谈》第二章《制曲》，上海古籍出版社 2000 年，第 62 页。

具体改写情况择其要言之大致如下：

1. 《柳氏传》——明张国筹杂剧《章台柳》（王国维《曲录》著录）、张四维传奇《章台柳》（王国维《曲录》著录）、吴鹏传奇《金鱼记》（吕天成《曲品·新传奇品》）、吴大震传奇《练囊记》（吕天成《曲品·新传奇品》）、梅鼎祚传奇《玉合记》（《古本戏曲丛刊》初集），清胡无闷传奇《章台柳》。

2. 《霍小玉传》——明传奇汤显祖《紫钗记》，清蔡应龙《紫玉记》（一名《紫玉钗》）、潘炤《乌栏誓》。

3. 《枕中记》——元明阙名杂剧《黄粱梦》（《远山堂剧品·具品》）、《吕翁三化邯郸店》（今存《孤本元明杂剧》），元末明初谷子敬杂剧《邯郸道卢生枕中记》（《录鬼簿续编》《太和正音谱》著录），明苏汉英《吕真人黄粱梦境记》（《古本戏曲丛刊》初集）、徐霖《枕中记》（《古典戏曲存目汇考》）卷九、车任远《邯郸梦》（《曲品·新传奇品》著录）、汤显祖《邯郸记》。

4. 《离魂记》——明杂剧王骥德《倩女离魂》（《远山堂剧品·雅品》），明传奇谢廷谅《离魂记》（《传奇汇考标目》别本第八十）、汤显祖《牡丹亭》。

5. 《南柯太守传》——明杂剧车任远《南柯梦》（《曲品·新传奇品》），明传奇汤显祖《南柯记》。

6. 《长恨歌传》——明杂剧王湘《梧桐雨》（《远山堂剧品·雅品》）、汪道昆《唐明皇七夕长生殿》（《今乐考证·明杂剧》）、徐复祚《梧桐雨》（《今乐考证·明传奇》），明传奇吴世美《惊鸿记》（《古本戏曲丛刊》三集）、雪蓑渔隐《沉香亭》（《曲海总目提要》）、屠隆《彩毫记》（《古本戏曲丛刊》初集），清杂剧万树《舞霓裳》（《今乐考证·国朝杂剧》）、唐英《长生殿补阙》（《古柏堂传奇》），清传奇洪昇《长生殿》、孙郁《天宝曲史》、亦斋《环影词》(《曲海总目提要拾遗》)等。

7. 《洞庭灵姻传》（《柳毅传》）——明杂剧许自昌《桔浦记》(《古本戏曲丛刊》初集)、黄维楫《龙绡记》(《曲品·新传奇品》)，清传奇李渔《蜃中楼》(《笠翁十种曲》)、何镛《乘龙佳话》(《古典戏曲存目汇考》卷一二)。

8. 《李娃传》——明杂剧朱有燉《李亚仙花酒曲江池》(《古名家杂剧》)，明传奇薛近衮《绣襦记》(《古本戏曲丛刊》初集、《曲品》注郑虚舟作，《传奇品》《曲考》《曲海目》以为郑君庸作)。

9. 《莺莺传》——明杂剧詹时雨《补西厢弈棋》(《录鬼簿续编》)、屠畯《崔氏春秋补传》(《远山堂剧品·雅品》)，明传奇崔时佩和李日华《南调西厢记》(《古本戏曲丛刊》初集)、陆采《南西厢》(《古本戏曲丛刊》初集)、周公鲁《锦西厢》(《曲海总目提要》)、黄粹吾《续西厢升仙记》(《古本戏曲丛刊》初集)、阙名《东厢记》(明胡文焕《群音类选》)、李开先院本《园林午梦》，清杂剧查继佐《续西厢》(《杂剧新编三十四种》)、碧蕉轩主人《不了缘》(《杂剧新编三十四种》)、吴国榛《续西厢》(《古典戏曲存目汇考》卷八)，清传奇沈谦《翻西厢》(《古本戏曲丛刊》三集)、金圣叹《第六才子书西厢记》、薛旦《后西厢》(《今乐考证·国朝院本》)、周杲《竟西厢》(《曲品》卷下《新传奇品》)、程端《西厢印》(《曲海总目提要》)、石庞《后西厢》(《今乐考证·国朝院本》)、杨国宾《东厢记》(《今乐考证·国朝院本》)、周圣怀《真西厢》(《今乐考证·国朝院本》)、陈莘衡《正西厢》(《今乐考证·国朝院本》)、高宗元《南西厢》(《今乐考证·国朝院本》)等。

10. 《无双传》——明梁辰鱼杂剧《无双传补》(《远山堂曲

品·雅品》)、陆采传奇《明珠记》(《六十种曲》)、杨豆村传奇
《无双传》(《古典戏曲存目汇考》)卷一二。

另有众多唐代小说在明清时期亦见于戏曲文本的改写，但大
致不及上述名作改写之夥，故于此不一一述及。

在大量的明清戏曲改写文本中，若论影响之大、成就之高、
流传之广，大约还应首推汤显祖之"临川四梦"，几可与王实甫
《西厢记》相比肩。

"临川四梦"，即《牡丹亭》(《还魂记》)《紫钗记》《南柯
记》《邯郸记》，因汤显祖为临川人，又四剧皆写梦境，故合称
"临川四梦"，又称"玉茗堂四梦"，乃以汤显祖书房名之。

"四梦"皆可视为对唐代小说的改写文本，虽然这种改写可
能存在着或多或少的区别。

《牡丹亭》，又称《还魂记》，剧写杜丽娘与柳梦梅生死离合
的爱情，杜丽娘为情生而可以死，死亦可以复生，体现了汤显祖
的"至情"之论。此剧虽非对《离魂记》的直接改写，但剧中写
杜丽娘因情而死，死后香魂又为追求爱情努力抗争甚至为情重生
的重头戏，仍然明显受到了这部唐传奇中"离魂"情节的影响。

《紫钗记》初名《紫箫记》，未完而辍，后汤显祖重新删削，
易名《紫钗记》。《紫钗记》主要是以唐传奇《霍小玉传》为原
文本，记述唐代诗人李益偶然拾得霍小玉所遗之紫玉钗，两人一
见钟情，李益遂以紫玉钗为聘，托媒人向霍小玉求婚，婚后二人
情深意浓。李益赴洛阳赶考，高中状元，因卢太尉欲从士子中选
婿而李益不就，故怀恨在心，使其往边关从军。李益不得已与小
玉依依而别，两人日日思念对方。李益立功归朝后，卢太尉欲招
其为婿，李不从，被软禁卢府。后因侠士黄衫客相助二人方得重
逢，前嫌尽释，夫妻团圆。

可以看出，《紫钗记》的剧情完全是对《霍小玉传》进行的改写，主要人物和故事情节大致沿用了《霍小玉传》的设置，并精心选取了《霍小玉传》中小玉所变卖之紫玉钗作为贯穿全剧的线索，这个小小的道具在原文本中并不起眼，而在《紫钗记》中却成为男女主人公悲欢离合的爱情见证。

其对原文本的改动也颇为明显。最主要的改动在于将小说中的李益负心薄幸，霍小玉抱恨而终的悲剧性故事走向改变为两人互相忠于对方、忠于爱情，历尽波折磨难终得团圆的喜剧性结局。这一改动当然也有它的意义，例如剧中卢太尉这一反面角色的设置，以及这个人物在李霍爱情中所起的破坏作用都是关键性的，他的存在正是对二人爱情的考验，正是由于卢太尉千方百计的陷害阻挠，才更能凸显这种坚守爱情的难能可贵。另外，也使读者看到了权贵阶层的横行不法以及在这种制度下普通男女必须依靠豪侠之士方能团圆的辛酸。

但同时，这种改动无疑也在一定程度上削弱了原作的某种批判力量。试看《霍小玉传》中小玉临终前字字血泪的控诉："我为女子，薄命如斯。君是丈夫，负心若此！韶颜稚齿，饮恨而终。慈母在堂，不能供养。绮罗弦管，从此永休。征痛黄泉，皆君所致。李君李君，今当永诀！我死之后，必为厉鬼，使君妻妾，终日不安！"①

其愤恨怨怒之情千古之下仍令读者为之动容。《紫钗记》将结局改写为二人团聚、夫贵妻荣，虽令读者获得了阅读的心理满足，却也因此失去了原文本这种感人的力量。

《南柯记》本于唐传奇《南柯太守传》，叙淳于棼梦入大槐安

---

① 《霍小玉传》，见李时人：《全唐五代小说》，陕西人民出版社1998年，第732页。

国，娶瑶芳公主为妻，任南柯太守之职。后因檀萝国太子派兵抢夺瑶芳公主，淳于棼率兵解围救出公主，升为左丞相。但公主惊吓过度而亡，淳于棼此后逐渐淫逸享乐，终为右相所谗被遣归故里。醒来方知乃是南柯一梦，大槐安国只是槐树下蚁穴而已。淳于棼不忘旧情，请禅师做道场普度槐安国人及瑶芳公主升天，与公主恋恋不舍。禅师用无情剑将二人劈开，淳于棼顿悟一切皆空，立地成佛。

　　剧情设置与基本人物形象与《南柯太守传》大致相同，最明显的改动表现在汤显祖对故事结尾的处理：在原文本写淳于棼醒后方知自己梦入蚁穴，体悟人生虚幻的基础上，加入了他对瑶芳公主难以断情的一段描写：淳于棼虽知公主为蚁，却仍对她难以割舍，一方面请求禅师将公主超度升天，一方面见到公主芳魂时哭诉己情，要与之再续前缘。若非契玄禅师用无情剑将两人劈开，又让淳于棼看到二人当年的定情物金钗玉盒不过是槐枝槐荚，淳于棼还要深陷在这段感情中不能自拔，更谈不上最后的顿悟成佛。这一处理突出了人物的性格，使人物形象更为鲜明。但同时原文本中人生如同蚁生、人世如同蚁世的哲理意味也因这种情感的渲染而显得薄弱了许多。

　　《邯郸记》以唐传奇《枕中记》为原文本。主人公卢生在邯郸县赵州酒店对吕洞宾诉说不幸，对自己的贫困潦倒满腹牢骚抱怨，认为“大丈夫当建功树名，出将入相，列鼎而食，选声而听，使宗族茂盛而家用肥饶，然后可以言得意也”。吕洞宾遂赠其一枚磁枕，卢生枕上入梦，娶清河崔氏为妻，依靠裙带关系高中状元，从此飞黄腾达，虽然期间也几经波折，但最后还是荣华富贵、高官厚禄、子孙满堂，直至八十多岁方因纵欲而亡。梦醒后见黄粱米饭尚未煮熟，又经吕洞宾点化，幡然醒悟，看破红尘，随吕洞宾飘然仙去。

剧中的人物形象设置与故事情节的安排与原文本基本一致，只是多了些细节描写与刻画，对人物形象的塑造更为鲜明，勾勒更为细致。在原文本的故事框架之外运用了大量艺术笔法加以渲染铺陈，因而使读者在原文本所表现的人生如梦这一思想之外，又能感受到更多的意蕴：封建婚姻的政治性、封建官场的黑暗与丑恶、官僚腐化堕落的本质、世态炎凉、人心难测、争名夺利、勾心斗角……从各个侧面反映了当时的社会现实，对世人的警醒作用是显而易见的。

观明清戏曲，其中对唐代小说的改写之作层出不穷：两代剧作家 1366 人，曾对唐代小说进行改写者即有 250 人，改写成的剧目 379 本，不可谓不多也。故鲁迅言之，"唐人小说影响于曲为大"。同时，通过上面的文本分析，我们也可以发现，戏曲形式的改写文本与原文本之间，无论人物形象、故事情节或叙事结构等方面，都存在着较高的相似度。由此也不难看出唐代小说对于明清戏曲的影响之巨。

戏曲这种更为通俗的文学形式对唐代小说的积极改写，一方面当然是促进了戏曲本身的繁荣与发展，另一方面则是在更为广阔的社会层面上有力地推动着唐代小说的传播，扩大着唐代小说的影响，尤其是在普通市民中间，戏曲的改写对于唐代小说的传播与接受效果的强化作用更为明显。这种传播与影响更是难能可贵的。

第四章

唐代小说对明清文学的影响

唐代小说对于明清文学的影响极为显著，这种影响不仅仅表现在小说文体自身，而且也广泛地延伸到了明清的诗词、戏曲等其他文学样式。可以说，在明清两代的各种文学中，我们都可以发现唐代小说的一定影响。这种现象当然首先要归因于唐代小说的巨大成就和重要地位。同时，唐小说对于明清文学的重要影响也有力地推动了它自身的广泛传播。

前人对于唐代小说多有较高评价，如《唐人说荟·例言》："洪容斋谓'唐人小说，不可不熟，小小情事，凄惋欲绝，洵有神遇而不自知，与诗律可称一代之奇'。"①

彭翥《唐人说荟序》："则夫领异标新，多多益善，称观止者，惟唐人小说乎！……托于稗官，缀为卮言。上之备庙朝之典故，下之亦不废里巷之丛谈与闺闱之逸事；至于论文讲艺，裨益词流，志怪搜神，泄宣奥府。窥子史之一斑，作集传之具体，胥在乎是。"②

周克达《唐人说荟序》："说部纷纶，非不有斐然可观者，然

---

① 侯忠义：《中国文言小说参考资料》，北京大学出版社1985年。
② 丁锡根：《中国历代小说序跋集》，人民文学出版社1996年，第1794～1795页。

未能如唐人小说之善，此其人皆意有所托，借他事以导其忧幽之怀，遣其慷慨郁伊无聊之况，语渊丽而情凄惋，一唱三叹有遗音者矣。"①

这些评论者分别从唐代小说的题材广泛、内容丰富及其寄托遥深、意蕴深厚等方面指出了唐代小说的成就与影响。

唐代小说创造了大量的典型人物、典型情节以及典型意象，这些人物、情节、意象在明清文学中被大量运用，因而具有了重要的意义与影响。明清文学作品尤其是小说作品，虽内容广博、形象众多，但究其源流，却也大多受到了唐代小说中所创造的典型之影响。后世作者虽几经创新，其主流仍有大半不出唐小说之范畴。另外，唐代小说所使用的艺术手法也为明清小说所沿袭，并且许多唐小说本身也在明清文学中化为典故被大量运用，成为人们熟悉的故事，并具有了深刻的象征意义。

本章拟从人物、情节、艺术形式、典故使用等几个方面进行分析，从多个角度论证唐代小说对于明清文学的影响之巨。

第一节　典型人物

唐代小说创造了数量众多的人物形象，其中给读者留下深刻印象并为后世文学所继承、沿袭的文学形象也不在少数，为各种类型的人物形象都提供了具有典型意义的范型。

汪辟疆在《唐人小说在文学上之地位》中评论曰：

六朝小说文作，……其摛文之旨，实在尽事实之变幻，本

---

① 丁锡根：《中国历代小说序跋集》，人民文学出版社 1996 年，第 1795 页。

不以人物为中心。观于荀氏《灵鬼志》笼人幻形之记，其事之变幻离奇，可谓匪夷所思；而其文中所谓方士，不过假设之人物，故吴均《续齐谐记》可易为书生。其不重视中心人物，可以类推。迄于李唐，始有意为小说之创作，而其篇中之中心人物，乃有整个之记述。毋论其事之怪诞离奇，每读一篇，其主要人物，印像甚深。此唐人小说之异于六朝者也。①

先唐小说普遍以叙事为重点，除少数志人小说外，人物形象往往比较简单。在给读者讲述故事的同时，小说中的人物大多因面目模糊难以给读者留下特别深刻的印象。唐代小说，尤其是唐传奇中的优秀作品，在这一方面的成就可以说是完成了空前的飞跃，不仅故事情节委曲详尽，人物形象也被赋予了丰富、复杂的性格，很多形象更具有了独特的个性特征。唐代小说在人物形象塑造方面的成就，对文学人物的丰富和开创，都成为明清文学发展的基础和创作的素材。

在这里，笔者将这些人物形象择其要进行分类论述，以见出此种影响之普遍性。

一、女性形象

1. 闺阁中人

这一类女性形象在古代小说中数目甚夥，其中给读者留下深刻印象的典型代表亦有很多，如崔莺莺、张倩娘、刘无双等均属此类。她们大都出身名门望族，接受过良好的教育，知书达礼、秀外慧中。而面对爱情，这些看似柔弱、传统的闺中女子，却又都能够

---

① 汪辟疆:《汪辟疆文集》,上海古籍出版社 1988 年,第 604 页。

努力去摆脱封建礼教的束缚，追求恋爱与婚姻的自由、自主。

崔莺莺的身上，集中表现出封建大家闺秀在爱情与礼教之间的矛盾态度。莺莺由起初的冷若冰霜、以礼自持，逐渐转化为"娇羞融冶""曩时端庄，不复同矣"，又经历了"是后又十余日，杳不复知"的内心挣扎，终至于"朝隐而出，暮隐而入"，完全成为一个精神自由的个体，与张生同寝西厢。可悲的是，当张生始乱终弃、背叛感情时，莺莺却没有加以任何谴责，只是采取了隐忍决绝的自悔和宽容。这时的崔莺莺，可以说是又重新回归到封建礼教的桎梏之中，再次把自己封锁紧闭起来。可见，莺莺的悲剧，很大程度上是性格的悲剧，而其根源仍是在于社会制度与封建礼教。这种女性形象在中国古代文学中可视为一类典型，在爱情自由与封建礼教之间的矛盾挣扎，使得这类形象虽令读者遗憾却也因之更为真实可感。

较之莺莺，张倩娘在精神上的自由和勇气则令人惊叹。她能够为爱离魂，魂魄离开躯体追随恋人而去，并且居然能够结婚生子，直至五年后倩娘因思念父母归家，魂魄与躯体方才再度合而为一。《虞初志》对此评论说："词无奇丽而事则微茫有神至，翕然而合为一体处，万斛相思，味之无尽。"这一女性形象的刻画可谓动人心魄，为后世文学所竞相效仿。郑光祖《倩女离魂》、"二拍"之《大姊魂游完宿愿，小姨病起续前缘》等，皆以离魂女性作为主要形象，影响不可谓不深矣。

明清小说中闺阁女子的形象比比皆是，随举几例。如《秋香亭记》之杨采采，《钟情丽集》之黎瑜；尤见于才子佳人小说，如《平山冷燕》之山黛、冷绛雪，《玉娇梨》之白红玉、卢梦梨；甚至《红楼梦》中以"金陵十二钗"为首的一系列女子形象。在这些女性身上，无论对外貌的描写、对才学的渲染、对性情的刻画等，无一例外受到了唐代小说的影响。她们所表现出的对爱情自由的追求、对美好生活的向往抑或对封建礼教的抗争，在不同方面都或多或少地可以看到唐代小说中人物的投影。

2. 风尘女子

中国古代文学作品中，处处可见风尘女子的身影，几乎遍及诗词歌赋，小说当然也概莫能外。而且，那些刻画生动、深入人心的形象，也大都出自小说作品。唐代小说在这一方面，可以说有着大力塑造妓女形象的开创之功，不仅为读者描绘出众多栩栩如生、性格各异的风尘女子形象，也为后世的文学作品提供了大量的人物原型。

《霍小玉传》之霍小玉即是塑造极为成功、给读者留下深刻印象的妓女形象之一。文中写霍小玉乃霍王小女，其母为霍王宠婢，霍王故后随母迁出外居，后沦风尘。在我们看来，这一出身似乎不太可信，身为王族之女，绝无可能出为妓女，作者这样去写大约是想要抬高霍小玉的身份，这一做法却在明清小说的妓女形象塑造中成为一个传统：即作者大多按照佳人的标准来塑造妓女形象，因此她们多数出身官宦之家，不幸才沦落风尘之中，虽然如此，她们仍然坚守着清高典雅的性格风貌。另外，霍小玉"资质秾艳""高情逸态"，以及"音乐诗书，无不通解"的特点，也为明清小说中的妓女形象塑造树立了典型，容颜绝艳、风度娴雅、心地纯善、持身谨严，琴棋书画无不精通，这似乎已经成为一种描写定式。霍小玉对于爱情的追求超越了时代观念和普遍价值观，她"不邀财货，但慕风流"，希望找到与自己"格调相称者"。当她遇到诗人李益，就将其作为自己的真爱，便以最好的姿态和全部的真情对待李益："言叙温和，辞气婉媚""态有余妍""极尽欢爱""婉娈相得""日夜相从"。但是，她却又能够智慧、清醒地认识到自己的命运，并以超乎寻常女子的理性思维提出了自己合乎现实的希望："妾年始十八，君才二十有二，迨君壮室之秋，犹有八岁。一生欢爱，愿毕此期。然后妙选高门，以谐秦晋，亦未为晚。妾便舍弃人事，剪发披缁，夙昔之愿，于此足矣。"她用自己的语言体现了对"两情若是久长时，又岂在朝朝暮暮"的人间至情的高度体悟。而李益的负心薄幸对小玉来说无疑是重重的打击与创伤。当她遍访不得李益的音信时，满腔真情渐渐化作一盆冰水，从"日夜啼泣，都忘寝食""怀忧抱恨""想望不移"，逐渐积蓄为愤恨之怒火，再见李益时唯有"含怒凝视""长恸号哭"。本已"委顿床枕，转侧须人"的重病之躯，"忽闻生来，欻然自起，更衣而出，恍若有神"，其生命的全部竟都是由爱情所支配、所控制的。两人的最后相见更突出了霍小玉的悲剧命运和贞烈性格："我为女子，薄命如斯，君是丈夫，负心若此。韶颜稚齿，饮恨而终。慈母在堂，不能供养。绮罗弦管，从此永休。徵痛黄泉，皆君所致。李君李君，今当永诀！我死之后，必为厉鬼，使君妻妾，终日不安！"这种激烈的爱恨、真情高于一切的精神境界，加之于妓女身上，无论真实与否，却也似乎成为古代小说中常见的一种设置。从以上种种方面，我们均可以看到霍小玉这一形象对于明清文学中同类人物形象塑造的原型意义。

《北里志》作为对唐代妓女生活集中记述的一部小说，书中为读者刻画了众多的妓女形象，展示她们各自的品行、性格和遭遇。颜令宾就是其中比较有代表性的一位。她虽身为妓女，然"举止风流，好尚甚雅，亦颇为时贤所厚。事笔砚，有词句。见举人，尽礼祇奉，多乞歌诗，以为留赠，五彩笺常满箱箧"。其风雅竟丝毫不亚于名门淑女。与上文对霍小玉的分析相同，颜令宾的形象描写也在一定程度上为明清小说中的妓女形象描写做出了示范。

《李娃传》中的李娃，同样也是妓女形象中较为突出的一个。她与荥阳生自由相恋，"情甚相慕"，即使荥阳生后来"资财仆马荡然"，而李娃"意弥笃"。虽然一度与鸨母设计遗弃荥阳生，但当她看到在冰天雪地之中贫病交加的旧日恋人，马上就能够幡然悔悟，自赎身价，不仅将荥阳生接回家中日夜照看，使之恢复健康，更鼓励他苦学应试。待荥阳生功成名就加授官职，李娃则大义求去。最终因荥阳生的坚持，两人得以大团圆结局，李娃亦封为汧国夫人。在一系列妓女形象中，李娃可以说是比较特别的。这种特殊之处就在于这一形象的前后转换：从一个真实可信、妓女本色的生动形象转换成为完全符合封建礼教要求、道德理念化的模型人物。而这种转换后的形象，虽然背离了生活的真实，却在很大程度上影响到明清小说中的妓女形象塑造。我们不难发现，明清小说的许多作者往往不约而同地将作品中的人物理想化，把笔下的妓女形象塑造成为纯洁善良的化身，并在她们身上寄托自己的爱情和幻梦。

以上种种，都可视为唐代小说在妓女这一类人物形象的塑造方面，对明清文学尤其是小说所具有的原型意义和巨大影响。因此，我们在明清小说中，处处可见在这种原型影响笼罩之下的人物形象，如《卖油郎独占花魁》中的莘瑶琴、《杜十娘怒沉百宝箱》中的杜十娘、《玉堂春落难逢夫》中的玉堂春、《金云翘传》中的王翠翘，一直到《花月痕》中的刘秋痕、杜采秋，《青楼梦》中的纽爱卿等三十六人，无一不是才貌、性情等众美皆备的女性。这种传统一直到了晚清狭邪小说的中后期才被打破，在《海上花列传》《海上繁花梦》《九尾龟》等"实写妓家"的作品中，我们才终于看到了前所未有的那种势利奸诈、虚情假意的妓女形象。这一传统影响了千年之久的古代小说，而它的形成则与唐代小说的此类人物形象典型有很大的关系。

3. 异类女性（狐女、龙女、仙女、女鬼等）

这一类女性形象的内涵比较复杂，她们都不同于人类，或是神仙之属，或为狐鬼之流。其中较为优秀的女性形象，也为明清文学树立了众多典型。如《任氏传》之狐女任氏，《洞庭灵姻传》《传奇·张无颇》之龙女，《玄怪录·崔书生》之玉卮娘子，《广异记·王玄之》之鬼女，《集异记·崔韬》《河东记·申屠澄》之虎妇，《传奇·孙恪传》之猿妻等，皆属此类。

任氏本为狐女，而与人类郑六相爱。难得的是郑六在知其身份后仍然能够不离不弃，不以异类相待；而任氏也并不嫌弃郑六的贫寒而忠于爱情，并最终因不忍拒爱人之请而殒命。任氏这一形象虽为狐妖，却充满了人情味。在她的身上，读者可以看到许多人间女子的性格情态，如她与郑六初见时互相调侃的风趣、身份暴露后羞于见郑六的自尊、抗拒韦崟时表现出来的刚烈，无一不鲜明生动、活灵活现。故作者赞曰"异物之情也有人焉"，冯梦龙在《情史》卷二十一中称其"人面人心"。

在《洞庭灵姻传》中，作者通过龙女牧羊、哭诉身世、托柳毅传书、隐瞒身份与柳毅成婚等情节，塑造了一位温顺善良、情意深厚的女性形象。同时，在经历了初次婚嫁的不幸之后，洞庭龙女也逐渐形成了坚韧的意志和决心，对于父母的二次婚姻之命予以拒绝，而坚持"获奉君子，咸善终世，死无恨矣"的信念，在她的温柔多情之中，又表现出了坚定、执着的性格。

《张无颇》中的南海广利龙王之女则从一开始就在追求自主的爱情和婚姻，她的聪明、多情以及开明父母的支持与理解，使她能够得遂心愿，在普通人的幸福生活中体现着浓厚的人情味和人间女子的属性。

其他如玉卮娘子、鬼女、虎妇等，虽则各属异类，但在她们身上又都或多或少地体现出一定的人间女子之性格；虽则描写繁简不一，但又都表现出鲜明的个性和神态。其外貌大多美艳，如任氏的"容色殊丽""妍姿美质，歌笑态度，举措皆艳，殆非人世所有"，《王玄之》中女子之"姿色殊艳，年可十八九"；而又多具有内部的美质，如《集异记·金友章》中的女主人公，虽为白骨精，却对金友章情真意切，离别之际，嘱咐金"君宜速出，更不留恋。盖此山中，凡物总有精魅附之，恐损金郎"，关切爱护之情溢于言表。

总而言之，唐代小说中的异类女子形象，已经突破了过去那种全然异于人类的局限，而呈现出较多的人类色彩。这一点在明清文学中不仅被继承，更得到了进一步的发扬，尤为显著的是《聊斋志异》中一个个精彩绝伦的异类女性形象：娇娜、凤仙、白秋练、莲花公主、花姑子、公孙九娘、聂小倩……蒲松龄在与人类相异的狐鬼花妖身上倾注了无限现实中的期盼，其塑造人物的方式受到了唐代小说太多的影响，其笔下的这一类形象也是对唐小说中同类型人物的深度发展。其特点正如鲁迅先生所说："使花妖狐魅，多具人情，和易可亲，忘为异类，而又偶见鹘突，知复非人。"① 这一特点正是始于唐代小说。

4. 豪侠女杰

侠客形象在中国文学中古已有之，并逐渐形成了一大传统。

---

① 鲁迅：《中国小说史略》第二十二篇《清之拟晋唐小说及其支流》，上海古籍出版社 1998 年，第 147 页。

这在很大程度上应该说是对普通民众心理需求的一种反映。人们在社会太多不平的现实中往往会希冀侠客的出现，能够惩恶扬善、劫富济贫。因此侠客的形象从先秦时期的刺客、游侠，到清末小说中那些依附于官府的侠士，一直绵延不绝。

而在唐代小说中，更涌现出大量独特的女侠形象。虽然这些女侠的形象或许多少有些不及男性豪侠的影响力，但她们也以各自惊人的勇气和智慧、独特的个性与行为，在文学史上产生了重要影响。

择其要者举例而言之，如《甘泽谣·红线》中的红线，《传奇·聂隐娘》中的聂隐娘，《原化记·崔慎思》中的崔妾等，可以说都是非常典型、优秀的女侠形象。她们具有一些明显的共性，如浓厚的传奇色彩、强烈的女性意识等。同时，在她们的身上也体现出了鲜明的个性特点。

红线的身份是潞州节度使薛嵩的侍女，却能够夜入魏博节度使田承嗣府第，从其枕边盗走金盒而不为人所知，功成之后又能够悄然身退，隐去修行。其性格、行为极具特色，形象、事迹深入人心。明清时期诸如明代梁辰鱼之《红线女夜窃黄金盒》（《盛明杂剧》）、胡汝嘉之《红线记》（《曲录》）、吕天成之《金合记》（《远山堂曲品》）等戏曲作品，均是从这一故事改编而来。

聂隐娘为魏博大将聂锋之女，十岁时被一老尼窃走，教以剑术，能够于脑后藏匕首，用即抽出；身轻如风，白日刺人于都市而人莫见；先后杀精精儿、妙手空空儿等刺客，可谓武功高强、法术过人。其神奇事迹与弃暗投明之举均令读者叹服。清代尤侗的杂剧《黑白卫》（《清人杂剧》初集）即谱写此事。正可见出聂隐娘形象之深入人心、流播久远。

《原化记·崔慎思》一文较之前两篇小说无疑简略得多，传播程度也颇有不及。但这丝毫不影响文中所勾勒的崔妾这一无名女侠的形象之强烈。她为报父仇隐姓埋名，成为崔氏之妾。隐忍数年之久，最终杀死仇人。这一形象之所以能够令人过目难忘，主要在于作者对其中几点的凸显，使得这个女侠的形象与众不同，独具特色。例如，她最初不愿接受崔慎思的提亲，而只应允做其妾侍；与崔的生活中，"崔所取给，妇人无倦色"；复仇后毅然离开崔家，临行之前借哺乳之名杀死亲生之子等行为，可以明显看到她强烈的感情、深远的思虑以及果敢决绝的行事态度。此篇内容与薛用弱《集异记·贾人妻》如出一辙，可见文人对故事中侠妇的行为普遍有着深刻的惊异与感叹。

《初刻拍案惊奇》卷四之《程元玉店肆代偿钱，十一娘云岗纵谭侠》，在入话部分列举历代剑侠女子，即将上述三人一一提及，作为女侠的杰出代表。

除了引用，在明清小说中，以唐小说中的侠女形象为原型，也有很多此类形象的塑造，并取得了较高的成就。例如《聊斋志异·侠女》之侠女，《儿女英雄传》之侠女十三妹等，都是这方面的代表。

《侠女》中对女主人公的刻画，明显受到了《原化记》的影响。同样是为报父仇隐姓埋名，同样不肯应允男方的求亲，同样在报仇之后毅然别去。而侠女则更进一层，只愿为顾生延续香火，而不愿与之有婚姻之约，在为顾生生下一子后相托而别。另外，如《聊斋志异·细侯》中的女子细侯，虽为娼妓之流，却也颇有侠女之风。当细侯得知禁锢恋人满生之元凶竟是自己的丈夫，她竟决绝地杀掉了亲生之子，携己之物投奔满生而去。这一行为与《原化记》中崔慎思之妾如出一辙。当然，两人的心态是完全不同的：崔妾杀死爱子是为了断绝自己的思念之情，而细侯则完全是充满了对贾某的仇恨，但是这一举动对于细侯的形象塑造而言也明显可以看出蒲松龄对《原化记》的借鉴。

《儿女英雄传》中的十三妹在侠客形象中应该说是比较具有新意的一个。这与作者文康的创作动机是有关的。他在全书的"缘起首回"中说"有了英雄至性，才成就得儿女心肠，有了儿女真情，才做得出英雄事业"。因此，十三妹的形象正是这样一个"英雄至性"与"儿女真情"相统一的尝试。但是，当我们仔细分析这一形象的几个层面时，也不难发现唐小说之女侠形象的原型影响，如十三妹为报父仇，多年隐姓埋名避于山林的行为，以及她豪爽直率、侠义刚烈的性格，等等。而十三妹在小说的后半部变成一个贤妻良母的形象，一直受到批评者的诟病，认为这种突变造成了她性格上的分裂和虚假。但其实对这方面的描写，作者也并不是全无依据的。我们在上面提到的崔妾的"崔所取给，妇人无倦色"，就是一个很好的先例。可以看出，这些侠女身上，正如文康所希望的那样，既有智勇过人的侠女之风，也有着女性温柔贤良的属性。

5. 后宫妃嫔

唐代小说中，后妃的形象虽然不是很多，但也不乏塑造鲜活、深入人心的例子。因而在这一方面对明清文学的影响也是颇为显著的。杨贵妃、梅妃等人均为其中的代表形象。

杨妃、梅妃同属唐代，她们的形象在唐代小说中的出现，本就具有相当的原型意义。加之作者生动的刻画、传神的摹写，更使得她们的艺术形象个性鲜明、呼之欲出。因而，这些形象在唐以后一直是文学作品多所取用的描写对象，受到了广大作者和读者的喜爱，成为被反复描写的热门人物形象。这种巨大、深远的影响当然与唐代小说作品对后妃形象的成功刻画有着莫大的关系。

贡献最著、影响最巨的小说作品当属陈鸿之《长恨歌传》与曹邺之《梅妃传》。前者以白居易《长恨歌》为蓝本，内容风格大都相似，以玄宗、杨妃爱情悲剧为主题，其中对杨妃形象也有一定的表现。

《梅妃传》则以塑造梅妃这一人物形象为主。梅妃其人并不见于史书记载，他如郑处诲《明皇杂录》、郑綮《开天传信记》、王仁裕《开元天宝遗事》等笔记小说，也均未提及。传中写梅妃本名江采苹，性喜梅，上以其所好，称为"梅妃"。杨妃入宫后专宠，梅妃因性情柔缓败于杨妃，被迁上阳东宫，安史叛军陷落长安，梅妃死于乱兵。

应该说，这两个人物形象身上，实已具备了明清文学作品中绝大部分后妃形象的共性，如姿容绝艳、才华横溢、气质非凡、善悦君心等。如《长恨歌传》中写杨妃："鬓发腻理，纤秾中度，举止闲冶，如汉武帝李夫人。别疏汤泉，诏赐藻莹，既出水，体弱力微，若不任罗绮。光彩焕发，转动照人。""冶其容，敏其词，婉变万态，以中上意，上益嬖焉。""非徒殊艳尤态致是，盖才智明慧，善巧便佞，先意希旨，有不可形容者。"这些皆是从上述几个方面着笔。另外，如《梅妃传》中也写到杨妃的"忌而智"，当她得知玄宗与梅妃重温旧情："太真大怒，曰：'肴核狼藉，御榻下有妇人遗舄，夜来何人侍陛下寝，欢醉至于日出不视朝？陛下可出见群臣，妾止此阁以俟驾回。'上愧甚，拽衾向屏复寝，曰：'今日有疾，不可临朝。'太真怒甚，径归私第。"其宠妃骄横妒蛮之状如现。这一系列的描写使得这一人物对明清文学中杨妃形象的塑造具有较大的原型意义。《梅妃传》中写梅妃"善属文，自比谢女。淡妆雅服，而姿态明秀，笔不可描画"。可见其文采过人，雅致之态颇有林下风度。同样，梅妃也能够以智慧取悦君心：当她斗茶胜过玄宗，便解释说"草木之戏，误胜陛下。设使调和四海，烹饪鼎鼐，万乘自有宪法，贱妾何能较胜负也"。于是，"上大悦"。另外，妃嫔之间的争宠在二人身上也有鲜明的体现："会太真杨氏入侍，宠爱日夺，上无疏意。而二人相疾，避路而行。上尝方之英、皇，议者谓广狭不类，窃笑之。太真忌而智，妃性柔缓，亡以胜，后竟为杨氏迁于上阳东宫。"

清代褚人获的《隋唐演义》在描写杨妃与梅妃形象时，就基本遵照了这两个形象在唐小说中的原型，所不同只在梅妃结局。《隋唐演义》写梅妃于安史乱军陷京之际自缢，为仙人所救，最终得与玄宗重聚，这是作者根据因果报应观念进行的改动。

洪昇的《长生殿》传奇，根据《长恨歌传》演绎明皇与杨妃情事，戏文中对杨妃形象的塑造也基本遵循了后者所提供的人物原型。

另外，唐代杂事小说集中也往往对后妃形象多有描写，如《隋唐嘉话》中写长孙皇后贤良淑德的品格，即为这一人物定型，也为后世文学所沿用："太宗曾罢朝，怒曰：'会杀此田舍汉！'文德后问：'谁触忤陛下？'帝曰：'岂过魏徵，每廷争辱我，使我常不自得。'后退而具朝服立于庭，帝惊曰：'皇后何为若是？'对曰：'妾闻主圣臣忠。今陛下圣明，故魏徵得直言。妾幸备数后宫，安敢不贺？'"

6. 其他

除了上述几个主要类型之外，唐代小说中还有着丰富多样的女性形象，几乎涵盖了明清文学中全部的女性形象类型。妻妾、女道、女奴、才女、妒妇、淫妇……无所不包。

例如《李章武传》中的王氏妇形象，本为民家之妇，才貌双全。"往来见调者皆殚财穷产，甘辞厚誓，未尝动心"，而与李章武一见钟情，"不觉自失"。正如汤显祖所言"情不知所起，一往而深"（《牡丹亭题词》），与李"两心克谐"，离别后因思念成疾病故，可谓因情而死。死后仍不忘此情，鬼魂依然与李章武相会。

《三水小牍·非烟传》，步非烟身为他人之妾，却能够不顾世俗礼法追求爱情。这种勇气也是由她的真情至上观所决定的。步非烟"容止纤丽，若不胜绮罗。善秦声，好文笔，尤工击瓯，其韵与丝竹合"，惜所配非偶，武公业却是一个性格粗悍的功曹参军，因而非烟对"秀端有文"的赵象的追求在最初的犹豫、思虑之后欣然接受，并最终为了这份两情相悦的真情被武公业鞭杀。这种视爱情高于一切甚至不惜为之付出生命的精神，是十分难能可贵的。

《三水小牍·鱼玄机》所写为女道士鱼玄机事。她是唐代著名的女道士、女诗人，与当时的诗文名流多有往来，为人风流蕴藉，但性格中却又有着多疑、狠毒的一面。她因小过打死女僮绿翘，最后被官府处决。作者对她的才华深表赞誉，也对其狠毒性格给予了客观的表现。

《三水小牍·却要》描写的则是一名婢女的形象。却要是湖南观察使李庾府上的婢女，李的四个儿子皆向却要求欢，却要将他们骗至厅堂四角，随后自己前去持烛照射，令四子羞愧而逃。故事虽简，人物形象却极为突出、独特，给读者留下极为深刻的印象，也为明清文学所效仿。钱锺书先生在《管锥编》中即提及："俗书《三笑姻缘》中秋香戏弄华文、华武兄弟事即本此。"[1]《红楼梦》第十二回"王熙凤毒设相思局，贾天

---

[1] 钱锺书:《管锥编》（二）下卷《太平广记》一二一卷二七五,生活·读书·新知三联书店 2001 年,第 655 页。

祥正照风月鉴"一回中，王熙凤设局戏弄贾瑞一事与此极似。

《朝野佥载·任环妻》，描写了一个妒妇的形象——柳氏。她为了维护自己的婚姻，不惜以死相抗。唐太宗赐给任环两名宫女，柳氏因妒烂二女头发秃尽。太宗以酒赐之曰："饮之立死，……尔后不妒，不须饮之；若妒，即饮。"柳氏曰："妾与环结发夫妻，俱出微贱，更相辅翼，遂致荣官。环今多内嬖，诚不如死。"一饮而尽。太宗亦无他法，谓环曰："其性如此，朕亦当畏之。"《国史异纂》中记房玄龄夫人"至妒"故事，内容与此篇异曲同工。两位"妒妇"的形象就此深入人心。当然这些故事在我们现代人看来，与当时的观点是完全不同的，虽然作者称之为"妒"，其实这些弱女子的以死相抗也只是为了维护自身的权益和感情，抛开柳氏折磨宫女的行为，她们的这种"妒"行在现在看来是多么值得敬佩与感动！在此基础上，明清时期的小说中，也出现了很多令人难忘的妒妇形象，如《红楼梦》中的王熙凤、《聊斋志异·江城》中的江城、《醒世姻缘传》中的薛素姐等，皆是个中翘楚。她们的行为真可以称之为"至妒"，正如《红楼梦》第五十六回中，兴儿说王熙凤："凡丫头们二爷多看一眼，他有本事当着爷打个烂羊头。"

柳宗元在《河间传》一文中，描写了河间妇这个形象。虽然作者另有深意，并且在文中明言："朋友固如此，况君臣之际，尤可畏哉。"但此人物一出，诚为明清色情小说描写之滥觞矣。

二、男性形象

1. 书生文人

唐代小说中的书生文人形象，大多是被作为爱情故事的男主人公进行刻画的，因此大致又可以分为如下两类：

（1）忠贞不渝型

这类代表人物如《无双传》中的王仙客、《李娃传》中的荥阳生、《传奇·裴航》中的裴航、《闽川名士传·欧阳詹》中的欧阳詹等，他们都以自己的行为、信念表现出了作为男性对爱情的勇于坚守和不懈追求。

王仙客在追求表妹刘无双的过程中，经历了重重障碍：首先是母亲的去世，自己必须回家守孝；重来时又遇到舅父的拒婚；得到舅父的许婚，满怀希望去完成舅父的托付，却得知舅父全家获罪，舅父舅母已被处死，而无双没入宫中为奴。但遭受重重打击、几乎已濒绝望的王仙客没有放弃最后一线希望，当他得知古押衙为人古道热肠，或可相托，便访得此人，一年之中尽力满足其愿，终于感动了古押衙，设法救出无双，令二人团圆终老。故事的大团圆结局，与其说是作者的设计，更莫若说是王仙客精诚所至。

荥阳生出身名门望族，父亲是常州刺史荥阳公，他本人赴京应试，等待他的本应是高中进士，结姻淑媛。但荥阳生却义无反顾地与妓女李娃相爱，并为之放弃功名、挥尽钱财。更值得赞美的是，他的这种爱情并不是冲动的、短暂的情欲，而是建立在婚姻期待的基础之上的真情。当荥阳生最终"应直言极谏策科，名第一，授成都府参军。三事以降，皆其友也"，他不但没有顺水推舟地同意李娃的主动离去，反而不顾父亲的反对，坚持娶李娃为妻。荥阳生的这种努力和坚持终于为他和李娃的爱情赢得了圆满的结局："媒氏通二姓之好，备六礼以迎之，遂如秦晋之偶。……娃封汧国夫人，有四子，皆为大官，其卑者犹为太原尹。弟兄姻媾皆甲门，内外隆盛，莫之与京。"

《传奇·裴航》中，男主人公裴航对云英一见钟情，为了娶云英为妻，他不畏艰难险阻，经历了重重考验。虽然初见云英之时，其家境不过"茅屋三四间，低而复隘"，但裴航并未嫌弃这种贫穷，而是义无反顾地接受了老妪"约取此女者，得玉杵臼，吾当与之也"的条件，并为之放弃了自己的举业仕途："及至京国，殊不以举事为意。"他历尽千辛万苦求得玉杵臼之后，云英又提出"更为吾捣药百日，方议姻好"的要求。裴航"即捣之，昼为而夜息"，用自己的诚意换来了婚姻的成就。

黄璞在《闽川名士传·欧阳詹》中，塑造了一位痴情男子的形象。当女主人公在离别之后因情而死，男主人公欧阳詹也随之"一恸而卒"。这种至情在男性身上的表现更为难得，因而也倍加感人。数百年之后的《聊斋志异·连城》，便以此为原型，也塑造出这样一位痴情的男性：乔生。他引连城为知己，愿为之付出一切，听闻连城病死，乔生"一痛而绝"。从这个人物身上，很可以看到唐小说的影响。

（2）负心薄幸型

这类男性人物的代表，首推读者最熟悉，也是流传最为广泛的《莺莺传》之张生。他对莺莺的始乱终弃且一味推卸责任的做法颇为令人不齿，而且这种做法又全然不是出于任何客观的无奈理由。我们从全文张生的态度可以看出，这个人物从一开始就未曾有过婚姻的打算，全无对莺莺负责的想法。当他初见莺莺而钟情，便托红娘以通情愫，红娘则劝他不妨正式提亲："崔之姻族，君所详也，何不因其德而求娶焉？"张生却回答："昨日一席间，几不自持。数日来，行忘止，食忘饱，恐不能逾旦暮。若因媒氏而娶，纳采问名，则三数月间，索我于枯鱼之肆矣。尔其谓我何？"他用自己迫不及待的心情来回避红娘关于婚姻的提议。与莺莺同居几一月后，张生常问起崔母之意，莺莺答曰："知不可奈何矣，因欲就成之。"莺莺的态度已经非常明显，而张生却仍然没有任何反应。可见张生最终抛弃莺莺的举动是早有预谋的，因而这个人物也更显薄情。

另外一位著名的负心男性当属《霍小玉传》中的男主人公李益。霍小玉对他仅仅提出了八年之请，而连这一点，李益也未能做到。虽然他的负心较之张生还是有着客观原因的，即"太夫人已与商量表妹卢氏，言约已定。太夫人素严毅，生逡巡不敢辞让，遂就礼谢，便有近期"。后则李益为聘礼四处求贷多时，误了当初与小玉的约定，故"生自以孤负盟约，大愆回期。寂不知闻，欲断其望"，直到霍小玉病重之时欲见之一面，李益仍然自觉无颜相见："自以愆期负约，又知玉疾候沈绵，惭耻忍割，终不肯往。"故小玉在临终之前怒斥之"君是丈夫，负心若此"，并在死后对其进行了严厉的报复。

《喻世明言》卷二七《金玉奴棒打薄情郎》与《警世通言》卷三四《王娇鸾百年长恨》便沿袭了这种负心男子的模式。莫稽未发迹之先，因衣食不周、无力婚娶，便应了原丐帮团头金老大之女金玉奴的婚事，婚后金玉奴不惜钱财全力供丈夫读书上进，只希望他出人头地。而莫稽连科及第后全忘了妻子的相助之恩，只是满心懊恼："早知有今日富贵，怕没王侯贵戚招赘成婚？却拜个团头做岳丈，可不是终身之玷！养出儿女来还是团头的外孙，被人传作话柄。……正是事不三思，终有后悔。"最终，他动了恶念，"除非此妇身死，另娶一人，方免得终身之耻"，将玉奴推落江中。后只道续娶的是转运使的千金，便"如登九霄云里，欢喜不可形容，仰着脸，昂然而入"。虽然结局是莫稽悔改，夫妻如初，但莫稽在文学史上留下的仍然是一个负心汉的形象。周廷章与王娇鸾一见钟情，而后诗书往来，两情相好，曹姨为媒，写就婚书四纸以为证，"女若负男，疾雷震死；男若负女，乱箭亡身。再受阴府之愆，永堕酆都之狱"。周父与魏同知家议亲，周廷章"访得魏女美色无双，且魏同知十万之富，妆奁甚丰。慕财贪色，遂忘前盟"，将王娇鸾抛之脑后，娇鸾自缢，周廷章亦遭乱棒打死之报。这两个形象与唐代小说人物之间的关系是显而易见的。

2. 豪侠之士

前文已经论述过唐代小说中的女侠形象，也对中国文学史上的侠客现象做了一定的分析，此不赘述。唐代小说中的男性豪侠形象，历来是人们所关注、所重视，也是被学者阐述最多的一个类别，其中包括众多著名人物，如黄衫客、虬须客、许俊、昆仑奴、古押衙等。这些豪侠的形象不仅脍炙人口、深入人心，而且具有各自独特的文学意味与人格特征。

黄衫客、许俊、昆仑奴、古押衙等，皆属同一类型，即古道热肠者，他们无一例外地在帮助有情人重得团圆这一过程中显示出过人的智慧与勇力，以及乐于助人的侠义气概。

如《霍小玉传》写黄衫客之潇洒俊爽、侠骨豪情：

> 忽有一豪士，衣轻黄纻衫，挟弓弹，丰神隽美，衣服轻华，唯有一剪头胡雏从后，潜行而听之。……豪士曰："敝居咫尺，忍相弃乎?"乃挽挟其马，牵引而行。迁延之间，已及郑曲。生神情恍惚，鞭马欲回。豪士遽命奴仆数人，抱持而进。疾走推入车门，便令锁却，报云："李十郎至也!"①

———————————

① 《霍小玉传》，见李时人：《全唐五代小说》，陕西人民出版社 1998 年，第 731～732 页。

《柳氏传》写许俊之机智果断、行动如飞：

　　有虞候许俊者，以材力自负，抚剑言曰："必有故。愿一效用。"翊不得已，具以告之。俊曰："请足下数字，当立致之。"乃衣缦胡，佩双鞬，从一骑，径造沙吒利之第。候其出行里余，乃被衽执辔，犯关排阖，急趋而呼曰："将军中恶，使召夫人！"仆侍辟易，无敢仰视。遂升堂，出翊札示柳氏，挟之跨鞍马，逸尘断鞅，倏忽乃至。引裾而前曰："幸不辱命。"四座惊叹。①

《传奇·昆仑奴》写昆仑奴来去自如、神鬼莫测：

　　遂负生与姬而飞出峻垣十余重。一品家之守御，无有警者。……甲士五十人，严持兵仗，围崔生院，使擒磨勒。磨勒遂持匕首，飞出高垣，瞥若翅翎，疾同鹰隼，攒矢如雨，莫能中之。顷刻之间，不知所向。然崔家大惊愕。后一品悔惧，每夕多以家童持剑戟自卫。如此周岁方止。后十余年，崔家有人见磨勒卖药于洛阳市，容颜如旧耳。②

《无双传》写古押衙为最奇，为助情人团聚杀死十余人，并自杀以报，令读者惊异不止：

　　古生又曰："暂借塞鸿于舍后掘一坑。"坑稍深，抽刀

---

① 《柳氏传》，见李时人：《全唐五代小说》，陕西人民出版社1998年，第621页。
② 《昆仑奴》，见李时人：《全唐五代小说》，陕西人民出版社1998年，第1788页。

断塞鸿头于坑中。仙客惊怕。古生曰："郎君莫怕，今日报郎君恩足矣。比闻茅山道士有药术，其药服之者立死，三日却活。某使人专求，得一丸，昨令采苹假作中使，以无双逆党，赐此药令自尽。至陵下，托以亲故，百缣赎其尸。凡道路邮传，皆厚赂矣，必免漏泄。茅山使者及舁笔人，在野外处置讫。老夫为郎君，亦自刎。君不得更居此，门外有檐子一十人，马五匹，绢二百匹，五更挈无双便发，变姓名，浪迹以避祸。"言讫，举刀，仙客救之，头已落矣。①

与上述四者相比，虬须客则有着不同的特点。他的豪侠之气并非通过他人的爱情遇合表现出来，而是通过本人的雄心壮志："欲以此世界求事，当或龙战三二十载，建少功业。"而当他发现天下之主已有他人，也并不强求，而是理智地退求海外大业，对李靖说："此后十年，当东南数千里外有异事，是吾得事之秋也。一妹与李郎可沥酒东南相贺。"后及贞观十年，李靖以左仆射平章事，"适南蛮入奏曰：'有海船千艘，甲兵十万，入扶余国，杀其主自立。国已定矣。'公心知虬须得事也。归告张氏，具衣拜贺，沥酒东南祝拜之"。可见，虬须客不仅志向过人，而其知己知彼的理性态度则更具豪侠的普遍风范。

在明清时期的文学作品中，我们也可以看到很多豪侠形象的塑造，如《水浒传》全书中所体现出的侠义精神，尤其体现在鲁智深等好汉的身上，正所谓"禅杖打开生死路，戒刀杀尽不平人"。另外，如《施公案》中的黄天霸，《三侠五义》中的三侠、

---

① 《无双传》，见李时人：《全唐五代小说》，陕西人民出版社1998年，第1581页。

五义众侠客等，无不体现出中国古代文化中源远流长、为普通民众所崇拜的侠义气概。

3. 帝王将相

唐代小说中也为读者在历史真实的基础上，艺术性地塑造出一系列帝王将相的人物形象。如君主中的隋炀帝、唐太宗、唐玄宗，名臣中的魏徵、房玄龄、李靖、尉迟敬德等，都在唐小说中被取以为表现对象，在明清文学中也被反复摹写，因而为读者所熟悉，流传极广。

《隋唐嘉话》所写大致为隋末至唐开元初之间的人物事件，多取材于太宗年间的君臣之事，书中对唐太宗、魏徵等人的形象、品格等都有比较集中的表现。

如写太宗的从谏如流、胸襟宽广：

> 太宗每见人上书有所裨益者，必令黏于寝殿之壁，坐卧观览焉。[1]

> 太宗每谓人曰："人言魏徵举动疏慢，我但觉其妩媚耳。"贞观四载，天下康安，断死刑至二十九人而已。户不夜闭，行旅不赍粮也。[2]

> 太宗得鹞绝俊异，私自臂之，望见郑公，乃藏于怀。公知之，遂前白事，因语古帝王逸豫，微以讽谏。语久，帝惜鹞且死，而素严敬徵，欲尽其言。微语不时尽，鹞死怀中。[3]

---

[1][2] （唐）刘𫘝：《隋唐嘉话》，中华书局1979年，第4页。
[3] （唐）刘𫘝：《隋唐嘉话》，中华书局1979年，第7页。

李靖的善于知人：

> 太宗令卫公教侯君集兵法。既而君集言于帝曰："李靖
> 将反。至于微隐之际，辄不以示臣。"帝以让靖，靖曰："此
> 君集反耳。今中夏乂安，臣之所教，足以制四夷矣，而求尽
> 臣之术者，是将有他心焉。"①
>
> 卫公为仆射，君集为兵部尚书，自朝还省，君集马过门
> 数步不觉，靖谓人曰："君集意不在人，必将反矣。"②

尉迟敬德的骁勇善战：

> 鄂公尉迟敬德，性骁果而尤善避槊。每单骑入敌，人刺
> 之，终不能中，反夺其槊以刺敌。海陵王元吉闻之不信，乃
> 令去槊刃以试之。敬德云："饶王著刃，亦不畏伤。"元吉再
> 三来刺，既不少中，而槊皆被夺去。元吉力敌十夫，由是大
> 惭恨。③

书中对于隋炀帝的心胸狭窄、残暴专行也有一定的表现，从
侧面反映出隋朝所以迅速覆亡的原因：

> 炀帝善属文，而不欲人出其右。司隶薛道衡由是得罪，
> 后因事诛之，曰："更能作'空梁落燕泥'否？"④

---

① （唐）刘𫗧：《隋唐嘉话》，中华书局 1979 年，第 7~8 页。
② （唐）刘𫗧：《隋唐嘉话》，中华书局 1979 年，第 8 页。
③ （唐）刘𫗧：《隋唐嘉话》，中华书局 1979 年，第 10 页。
④ （唐）刘𫗧：《隋唐嘉话》，中华书局 1979 年，第 2 页。

　　炀帝为《燕歌行》，文士皆和，著作郎王胄独不下帝，帝每衔之。胄竟坐此见害，而诵其警句曰："'庭草无人随意绿'，复能作此语耶?"①

　　将隋炀帝作为主要人物加以集中表现的作品则有《大业拾遗记》等，叙写隋炀帝的残暴荒淫，揭示隋朝覆灭的根源，对于明清时期的《隋炀帝艳史》《隋史遗文》《隋唐演义》等作品影响极大。

　　《明皇杂录》《开天传信记》等杂事小说集中，则较多地著录了唐玄宗和姚崇、宋璟等贤臣，以及杨国忠等权奸的为人行事。对于玄宗早年的励精图治及其艺术才华均有生动的描写，同时对于他晚年的沉溺声色、荒误国事也有客观的表现。另外，对于权臣的穷奢极欲、贪赃枉法、仗势欺人等行为，小说中也都给予了充分的暴露。

　　这些人物形象可以说从一开始在唐小说中出现即已定型，明清时期的作者们即或在某些方面有所侧重，但大致都不会偏离唐代小说中的典型人物形象。

4. 神怪形象

　　这类形象中的女性前文亦有论述，其对明清文学尤其是《聊斋志异》中的狐鬼花妖形象之影响是毋庸多言的。而谈到男性神怪之形象，虽则不若女性之数量众多、种类繁盛，却也有着独特而典型的成就。其中最具代表性的，也是对明清文学影响最为明显的应是李公佐《古岳渎经》中的淮涡水神无支祁以及《玄怪录·郭代公》中的猪妖乌将军形象。

———————————

① （唐）刘𫗧：《隋唐嘉话》，中华书局 1979 年，第 2~3 页。

前者文中写无支祁："状有如猿，白首长髯，雪牙金爪，闯然上岸。高五丈许，蹲踞之状若猿猴。但两目不能开，兀若昏昧。目鼻水流如泉，涎沫腥秽，人不可近。久，乃引颈伸欠，双目忽开，光彩若电。顾视人焉，欲发狂怒。"从无支祁的猿猴形貌、惊人神力、炯炯双目，以及被锁于龟山之下的遭遇，可以看出其对《西游记》中的孙悟空形象是颇有影响的。

《玄怪录·郭代公》则是塑造了猪妖乌将军的形象。乌将军为乡人所祠，"每岁求偶于乡人，乡人必择处女之美者而嫁焉"。郭代公元振誓除此妖，以刀断其一腕，乃猪蹄耳。次日寻得大猪杀之。这一形象可以视为《西游记》中猪八戒的原型，乌将军每年向乡人索取美女的行为与猪八戒在高老庄强娶高翠兰为妻的情节，亦有着莫大的继承关系。

总之，男性神怪形象较之女性而言，人情味薄弱了许多，而神性、妖性、物性则体现得极为鲜明，这一传统直至明清文学仍未改变。

第二节　典型情节

唐代小说中的典型情节颇多，本文在此仅择取其中描写最繁、流播最广的几类略作分析，以见出唐代小说在这一方面对明清文学创作的影响。

一、复生

《本事诗·崔护》《传奇·薛昭传》《广异记·刘长史女》等作品，都涉及了复生这一情节。

《崔护》一文云：崔护清明游于城南，酒渴求饮，见一女子独倚桃树而立。来岁清明径往寻之，而门锁不得见。因题诗于门曰：去年今日此门中，人面桃花相映红。人面祇今何处去？桃花依旧笑春风。后数日复往寻之，知女前日见其诗即病，绝食数日而死。崔入哭之。女须臾开目，半日复活。父大喜，遂以女归之。

少女因情而死又为情复生，这几乎已经成为复生故事的基本模式。此文情致妩媚、情味感人，在复生故事中蔚为佳制。另李昌祺《剪灯余话》之《贾云华还魂记》，亦演复生之事。贾云华与魏鹏两情相许，而贾母因不舍女儿远嫁，致使二人饮恨离别，云华遂"柳悴花憔，香消玉减，终日不食，达旦不眠"，为情而死。魏鹏知其死讯即往墓所痛哭，发誓终身不娶，云华之魂现身称冥君感子不娶之言，"将命我还魂，而屋舍已坏，今议假他尸"，至冬末果有长安丞之女月娥暴卒，三日后贾云华借尸还魂，遂与魏生结为婚姻。后又有汤显祖之《牡丹亭》（一名《还魂记》），更可视为复生故事中之佼佼者。杜丽娘因情生可以死，死而可以复生，此诚为至情之表现。

《薛昭传》写薛昭遇三位美女鬼魂：张云容、萧凤台、刘兰翘，张云容生前为杨贵妃之侍女，萧、刘生前皆为宫女。云容因生前得申天师赠绛雪丹一枚服之，虽死后身体不坏。后百年，得遇生人精气，便可再生为地仙。薛昭与云容遂同寝处，几日后云容复生，与薛昭同归金陵幽栖。

《刘长史女》所写的也是同样的模式：刘长史女年十二病死官舍中，后刘与司丘掾高广秩满一同乘船归里，刘载女骸骨还。高广子年二十余，夜见刘女，相与绸缪。一月有余，刘女言三日后己当复生："使为开棺。夜中以面乘霜露，饮以薄粥，当遂活也。"刘及夫人亦梦女言复生事。至期开棺，见女姿色鲜明，渐有暖气。夜以面承露，昼以粥饮之。后果然复生如初。两家乃使刘女与高子于此地成婚，后生数子。

这两篇复生故事中又融入了人鬼恋爱的情节，也是复生题材中常见的写法。先在《幽明录》之《徐玄方女》中，演冯孝将子与徐玄方女之事，亦是由人鬼幽会始，而结局为女子复生，二人结为夫妇，并诞育子女。至《聊斋志异·连琐》，同样写人鬼之恋，杨于畏与连琐初以诗文、琴棋相悦，数月后连琐语杨自己受生人气，日食烟火，因有复生之意，须借生人精血便可复活。百日后杨于畏按其嘱咐发冢，连琐果然复生。而《聊斋志异·小谢》，更设置了两名女子——阮小谢、乔秋容的复生情节。二女先以鬼魂身份与陶生有情，后得道士之助相继复活，这种复生与前文所举《贾云华还魂记》采用了同一种方式，即女主人公骸骨已经不再有复原的能力，因而魂魄只能借用他人的尸体得以重生。

另外还有一种也可视为重生的方式，即转世重生，代表作如《云溪友议·玉箫化》。韦皋与玉箫相恋，分别时约定少则五载，多则七年，必来相取，并留玉指环一枚。玉箫候至八年春，韦皋不至，玉箫遂绝食而殒。韦皋"广修经像，以服夙心"，玉箫因而得以重生，言十二年后再为侍妾。十二年后他人送一歌姬与韦皋，亦名玉箫，"观之，乃真姜氏之玉箫也，其中指有肉环隐出，不异留别之玉环也"。

再如《会昌解颐录·刘立》，亦写此种重生：刘立妻杨氏临终前与丈夫依依难舍，以小女美美相托付，嘱其"他日美美成长，望君留之三二年"。十多年后刘立与转世重生的妻子再度相遇，重续前缘。此时"美美长于母三岁矣"。

复生情节对后世文学影响极大，仅就《红楼梦》一书而言，众多续书纷出而使黛玉复生，再续木石前缘，藉此可见一斑。此种模式在他书中也得到了运用，如《聊斋志异·粉蝶》，即是写女子粉蝶转世重生，嫁与阳曰旦为妻，与《玉箫化》《刘立》颇为相似；《萤窗异草·田凤翘》，亦写转世重生，但托生为男主人公卢孝廉之妹耳。

二、离魂

唐传奇之《离魂记》本《幽明录·庞阿》而来，沿袭了女子因爱离魂这一情节，并以美妙的构想、婉转的情致将之发扬光大，成为离魂情节中最具代表性的作品，后世文学对其也多有改写、沿用。离魂也因之成为古代文学中的典型情节之一。

《离魂记》演述张倩娘与王宙之爱情故事。二人为表兄妹，自幼青梅竹马、情投意合，却遭倩娘父亲悔婚改许他人，王宙只得饮恨离去。夜半时分倩娘追至，与王宙一同奔蜀。五年生二子。后俱归张家，方知倩娘病于闺中数年，同居者其魂也。至此魂体合而为一："室中女闻，喜而起，饰妆更衣，笑而不语，出与相迎，翕然而合为一体，其衣裳皆重。"

《独异志·韦隐》设置了同样的情节："韦隐隐奉使新罗，行及一程，怆然有思，因就寝。乃觉其妻在帐外，惊问之，答曰：'愍君涉海，志愿奔而随之，人无知者。'……及归，已二年，妻亦随至。隐乃启舅姑，首其罪，而室中宛存焉。及相近，翕然合体，其从隐者乃魂也。"篇幅甚短，主要情节即为离魂，而且仍然是为情离魂。这一模式也成为古代文学中离魂情节的主要模式。

《聊斋志异·阿宝》同样写离魂情节，不过将这种遭遇移植到了男性身上。孙子楚对阿宝一往情深，先是魂魄随之而去：

"生见女去，意不忍舍，觉身已从之行，渐傍其衿带间，人无呵者。遂从女归，坐卧依之，夜辄与狎，甚相得。然觉腹中奇馁，思欲一返家门，而迷不知路。""生卧三日，气休休若将渐灭。"家人使巫招其魂返，"既醒，女室之香奁什具，何色何名，历言不爽"。后孙子楚常思阿宝，魂魄化为鹦鹉飞往其家，"他人饲之不食，女自饲之则食；女坐则集其膝，卧则依其床"。其本人则"僵卧气绝已三日，但心头未冰耳"。阿宝感其精诚遂结良缘。这个故事还羼入了复生情节，孙子楚患病身亡，阿宝殉情而死，冥王感其节义因放夫妻二人生还。一文中融入多种情节模式，使得该作品颇有一波三折之趣。

三、人入异域（仙境、龙宫、梦境等）

唐小说中，还有一种常见的情节模式是写凡人因种种机缘进入仙境、梦境或者阴间、龙宫等异域，并且发生一段因缘遇合。例如写梦境有《枕中记》《南柯太守传》，写仙界有《原化记·采药民》《原化记·裴氏子》《集异记·李清》，写龙宫有《洞庭灵姻传》《传奇·张无颇》《博异志·许汉阳》等，都能够很好地写出异域的特征，并将其与现实人世做出联系和对照，使读者在异域的描写中得以观照人间和现实社会，从而引发对现实、人世和生命的思考。

沈既济的《枕中记》被认为是一篇讽世之作。李剑国《中国小说通史》中指出，从作品思想看，《枕中记》"可定为建中二年至兴元元年被贬官期间所作"[1]。由此可见，作者撰写此文实际上是有所寄托的。李肇《国史补》卷下："沈既济撰《枕中记》，

① 李剑国、陈洪：《中国小说通史》，高等教育出版社 2007 年，第 483 页。

庄生寓言之类。"《枕中记》构造了卢生入梦的情节，使之在梦中经历了唐代士人梦寐以求的荣华富贵，正如《隋唐嘉话》中所云：进士擢第，娶五姓女。不仅如此，卢生还历任要职，子孙满堂，寿终正寝。而梦醒之后黍尚未熟。卢生因而顿悟："人生之适，亦如是矣。"功名富贵不过虚无，人生百年也只是梦幻泡影。沈既济在贬官之后写作此篇，既是对仕途失意的发泄，也是对世事如梦的慨叹。

立意相同的还有李公佐《南柯太守传》、无名氏《樱桃青衣》、沈亚之《秦梦记》等。《南柯太守传》写淳于棼梦入大槐安国，经历了如同人世的大起大落，醒后却见"二客濯足于榻，斜日未隐于西垣，余樽尚湛于东牖，梦中倏忽，若度一世矣"。以此观照，则人生的荣华富贵是何等渺小可笑！《樱桃青衣》述卢子应举屡次不第，骑驴游至精舍，倦寝而梦，见青衣女子携一篮樱桃，随其至再从姑家，后娶妻中举不断升官，历经富贵荣华。梦醒后"乃见着白衫，服饰如故，前后官吏，一人亦无"。小竖正于精舍门外捉驴，曰"人驴并饥"。卢子慨叹："人世荣华穷达，富贵贫贱，亦当然也，而今而后，不更求官达矣！"遂"寻仙访道，绝迹人世"。洪迈《夷坚志》支甲卷二《卫师回》中有云："唐人记南柯太守、樱桃青衣、邯郸黄粱，事皆相似也。"《秦梦记》则是叙写作者本人在梦中回到秦穆公之时，并与穆公小女弄玉发生一段情缘，最后仍然是以"惊觉卧邸舍"作结，亦写人生如梦之叹。

白行简《三梦记》则与上述作品不同，此文不见于《太平广记》。所写三梦其一为刘幽求于归家途中遇见妻子在一寺中与他人饮酒言笑，刘掷瓦击之而散。至家其妻笑曰："向梦中与数十人同游一寺，皆不相识，会食于殿庭。有人自外以瓦砾投之，杯盘狼藉，因而遂觉。"作者的解释为"盖所谓彼梦有所往而此遇之者矣"，即夫妻之间的心心相印。其二记作者本人与兄、友同游曲江慈恩寺，而远在梁州的元稹于当日梦见此事。作者认为，这是"盖所谓此有所为而彼梦之者矣"，即好友之间的情意相连。其三写窦质与韦旬宿潼关逆旅。窦梦至华岳祠见一女巫，自称"赵氏"。明日至祠果见姓赵女巫一如所梦，而此巫亦梦见二人来与钱三环。作者称此"盖所谓两相通梦者矣"。此篇小说乃是记述梦境之巧合，表现人间情感的相通。《河东记·独孤遐叔》与第一梦相似，《聊斋志异》之《凤阳士人》正从此出。

《原化记·采药民》写蜀郡青城民入山采药，偶入仙洞见到玉皇因而得道之事。写仙境"草木，常如三月中，无荣落寒暑之变"。"其民或乘云气，或驾龙鹤。此人亦在云中徒步。须臾，至一城，皆金玉为饰。其中宫阙，皆是金宝"。并有大牛于宫门之侧吐珠，"大牛乃驮龙也。所吐珠，赤者吞之，寿与天地齐；青者五万岁；黄者三万岁；白者一万岁；黑者五千岁"。这些生动的描写一方面反映了作者生活的时代道教盛行的社会风气，另一方面也可以看出当时战乱频繁的社会现实，因而人们只得通过小说中的仙境的美好来化解现实的苦痛，寻求心灵的慰藉。另如《原化记·裴氏子》同样也是通过描写仙境的清平风雅，"宫阙堂殿，如世之寺观焉。道士玉童仙女无数，相迎入，盛歌乐。诸道士或琴棋讽诵言论"，来反衬现实社会的庸俗烦乱。

《集异记·李清》则是写青州染工李清入云门山求仙学道，进入仙境之事。文中对仙境的描写十分清幽："良久及地，其中极暗，仰视天才如手掌。扪四壁，止容两席许。东南有穴，可俯偻而入。乃弃黉游焉。初甚狭细，前往则可伸腰。如此约行三十里，晃朗微明。俄及洞口，山川景象，云烟草树，宛非人世。旷望久之。惟东南十数里，隐映若有居人焉。因徐步诣之，至则陡绝一台，基阶极峻，而南向可以登陟。遂虔诚而上，颇怀恐惧。及至，窥其堂宇甚严，中有道士四五人。"此文清淡雅致，写凡人学道事玄妙迷离而富于情味。

《洞庭灵姻传》与《传奇·张无颇》两篇同写凡人进入龙宫，并与龙女结缘情事。前文已见。均可归入人与异类的婚恋来谈。而《博异志·许汉阳》同样是写人入龙宫，却有着迥然不同的意味。书生许汉阳日暮乘舟行入一湖，进入龙宫之中与龙女宴饮，次日黎明依依惜别，却听岸边人说落水四人，仅一人生还。此人醒后说："昨夜水龙王诸女及姨姊妹六七人归过洞庭，宵宴于此，取我辈四人作酒。掾客少，不多饮，所以我却得来。"许汉阳方知自己与龙女所饮实为人血。这篇作品写龙宫宴饮时行文优美，情致绵邈，而文末陡然一转，令人悚然。因而小说的揭露批判意味更为鲜明深刻。文中所写龙宫，无疑是对现实社会的影射与揭露。统治者自身欢乐美好的享受，都是建立在对百姓残酷压榨甚至残害生命的基础之上的，这种所谓的欢乐其实只是普通民众的无限苦痛，其背后有着多少人的血泪！

除了上述最为常见的梦境、仙境、龙宫，唐代小说中还有形形色色的与人间世相异的境域。如《传奇·崔炜》，写崔炜进入南越王赵佗之墓；《酉阳杂俎》之《诺皋》篇中，有"长须国"条，写士人在长须国即虾国的经历，构想都极为新奇。

《聊斋志异·续黄粱》仿效《枕中记》，《莲花公主》则承继《南柯太守传》，同写梦境；《画壁》写朱孝廉进入壁画仙境之中，并与画中仙女发生一段婚恋关系；《仙人岛》写王勉随道士至仙人岛并婚娶仙女事；《白于玉》写吴青庵进入天上月宫的见闻；《罗刹海市》写马骥入大罗刹国与海中龙宫之对比，等等。后又有《镜花缘》写唐敖一行人游历君子国、小人国、两面国、黑齿国、女儿国等异境，亦是此种情节的一支。

四、人神（人鬼、人妖）婚恋

人与异类的婚恋在唐代小说中也是一个常见的情节，主要涉及人神之间、人鬼之间、人妖之间的婚恋等。大多写得优美感人，缠绵委曲，在爱情故事中加入情感、物质、精神各方面的审美愉悦。

张荐《灵怪集·郭翰》描写郭翰与天上织女相恋，其始极为突然，盖织女主动降于凡人。其原因则是由于织女"久无主对，而佳期阻旷，幽态盈怀。上帝赐命游人间，仰慕清风，愿托神契"，可见神仙也颇讲人情，织女与牛郎长期阻隔，上帝便赐她在人间另觅佳配。而其终也并无任何预兆，只是"帝命有程，便可永诀"。如此来去如梦的情爱，是绝无可能发生在凡人身上的。作者正是在这样一种爱情的描写中寄托自己的文人梦幻，因而描写也极为优美，字里行间充满了绮梦的色彩。

《玄怪录·崔书生》写文人书生与天上仙女的婚姻，崔书生与玉卮娘子很偶然地结为婚姻，简直看不出任何理由。作者描写的只是一种纯粹的文人式的幻想。其姻缘的结束是由于崔母的疑心，误以为玉卮娘子是狐魅之辈，女子便即离去。最后崔书生得知妻子为"西王母第三女，玉卮娘子也"，可惜两人缘浅，相处不长，"若住得一年，君举家不死矣"，从反面写出了当时文人对仙女的渴慕与不能得之的遗憾。

陈劭《通幽记·赵旭》中，赵旭遇上界仙女来降，仙女自陈原委，自己为天上的青童，"久居清禁，幽怀阻旷，位居末品，时有世念，帝罚我人间随所感配。以君气质虚爽，体洞玄默，幸托清音，愿谐神韵"，并为赵旭带来天上的珍馐、音乐、宝物，甚至于教授给他长生久视之道。这真可以说是普天之下文人的共同梦想。但二人最后仍然是以分手告终，原因则在于赵旭的奴仆盗窃仙女所赠宝物导致赵旭与仙女之事泄露，且"事亦不合长与君往来，运数然耳"。

上述几例均为人神婚恋之例，可以看出这种婚恋大致有着相同的模式：忽然而始，遗憾而终；仙女均貌美无双，如天上织女的"明艳绝代，光彩溢目"，玉卮娘子"有殊色"，上界仙女青童"年可十四五，容范旷代"；能够带给男主人公精神与物质上的双重利益，天上织女"以七宝碗一留赠郭翰"，玉卮娘子以"白玉合子遗崔生"，青童在前文已经提及，赠赵旭珍宝无数并密授长生之道。与仙女婚恋，可以得到如此多的好处，这就难怪古代小说中随处可见这种人神婚恋情节了。它的流行，与文人幻梦的编织和人生向往的寄托不无关系。

《广异记·王玄之》《广异记·李陶》《集异记·金友章》《续玄怪录·窦玉妻》等篇章，则同样涉及人鬼恋的情节，其模式与人神恋大致相似。如《王玄之》中的女鬼因殡于此故与王发生一段恋情，后因"今家迎丧，明日当去"而饮恨分手。其"姿色殊绝，可年十八九"，临别"以金缕玉杯及玉环一双留赠"。《李陶》中"女郎貌既绝代"，因"相与缘尽，不得复去"分离。《窦玉妻》之女鬼"妖丽无比"，"常令君箧中有绢百疋，用尽复满"。

人狐恋最典型的作品见前文《任氏传》，他如《广异记·李参军》《广异记·李麐》《宣室志·计真》等，亦是同类情节模式。此不赘言。

此外，凡人与其他异类的婚恋关系还有很多类型：《洞庭灵姻传》《传奇·张无颇》写人龙关系，《集异记·崔韬》《河东记·申屠澄》写人虎关系，《传奇·孙恪》《潇湘录·焦封》写人猿关系，《玄怪录·尹纵之》《集异记·李汾》写人猪关系，等等。这些作品对明清文学创作都有着一定的影响。

清代《聊斋志异》之《娇娜》《青凤》《莲香》《红玉》《辛十四娘》《鸦头》《阿绣》《长亭》，《萤窗异草》之《青眉》《宜织》等篇，皆写人狐婚恋；《西湖主》写人龙婚恋；《伍秋月》《聂小倩》《公孙九娘》《小谢》写人鬼恋；《葛巾》《香玉》《黄英》《荷花三娘子》写人花恋；《翩翩》《云萝公主》写人仙恋；《阿英》《竹青》写人与鸟，《绿衣女》写人与蜜蜂，《白秋练》写人与白鳍豚，《花姑子》写人与獐子，《阿纤》写人与老鼠，《素秋》则是写人与书中的蠹虫……蒲松龄受唐代小说这类情节的影响不可谓不大矣。

五、鬼神夜话

鬼神夜话也是唐代小说中较为常见的一种情节模式，《玄怪录·元无有》《传奇·宁茵》《宣室志·张铤》《潇湘录·贾秘》诸篇，皆敷写此情节。元无有于月夜见四人吟诗，迟明寻之，乃故杵、灯台、水桶、破铛变化；宁茵清夜吟咏，得班特、班寅二处士相访，论书弈棋、饮酒赋诗，实则老牛、猛虎各一；张铤与巴西侯、六雄将军、白额侯、沧浪君、五豹将军、钜鹿侯、玄丘校尉宴饮，并有卜者洞玄先生，天晓见其为巨猿、巨熊、虎、狼、文豹、巨鹿、狐、龟八怪；贾秘与七名士人饮酒谈笑，七人自言为松、柳、槐、桑、枣、栗、樗七树精，并各言其志。

王洙《东阳夜怪录》则是这一情节模式中最具代表性的作

品。小说虚构了成自虚雪夜遭遇老和尚安智高、卢倚马、朱中正、敬去文、奚锐金、苗介立、胃藏瓠、胃藏立等人共同吟诗谈论。破晓时分，自虚发现他们其实是橐驼、乌驴、老鸡、驳猫、刺猬二、牛、犬所化。明代李昌祺《剪灯余话》卷三之《武平灵怪录》几乎全袭此篇，只是将动物改作了砚台、毛笔、铫、甑、木鱼等物品。

《西游记》六十四回"荆棘岭悟能努力，木仙庵三藏谈诗"亦套用这一情节模式，三藏被摄去与十八公、孤直公、凌空子、拂云叟、杏仙深夜作诗唱和，次日行者等人寻着，道出此乃桧树、老柏、老松、老竹、老杏成精。这段情节与《贾秘》篇尤似。

六、命运前定

唐小说集有《定命录》《续定命录》《前定录》等，书名即可见出唐人的宿命观，故很多小说情节中也体现出这一思想。为人所熟知的《续玄怪录·定婚店》，就是婚姻前定观点的书写。小说写韦固遇到掌管人间婚姻的月下老人，告诉韦固婚姻乃是命中注定，不可改变，并指点他见到卖菜老妪所抱年方三岁的未来妻子。韦固愤懑不已，派家人前往刺杀，匕首中其眉心。十四年后韦固娶刺史之女，才发现妻子正是当年的小女孩，方信姻缘前定。

《逸史》之《李公》《皇甫弘》《尉迟敬德》《崔洁》《术士》《李君》等篇，同样也是命运前定的情节表现。如《李君》通过李君的功名、遭遇表现人生的命定；《皇甫弘》写人的功名前定；《李公》写吃鱼事，李公费尽力气也没有吃到鱼，正符合了预言者的断定；《崔洁》写故事中人物或吃到鱼、或喝到汤、或无所入口，作者在文末发出感叹："食物之微，冥路已定，况大者乎？"

另外，《定命录》写崔元综的坎坷遭遇以及最终结局的注定，《前定录·庞严》叙写庞严的官职调任及寿命前定等，同样都表现了人的命运早已注定的观念。

这一情节模式在明清文学中也得到了普遍的书写。《三国演义》第一百零四回，诸葛孔明临终哀叹："吾本欲竭忠尽力，恢复中原，重兴汉室，奈天意如此，吾旦夕将死。"① 小说最后又用这样的诗句作结："纷纷世事无穷尽，天数茫茫不可逃。鼎足三分已成梦，后人凭吊空牢骚。"②《醒世姻缘传》通篇讲述两世姻缘，描写后世为前世姻缘所种恶因注定的种种表现。《红楼梦》之金玉姻缘、木石前盟，又第五回贾宝玉在太虚幻境所见十二钗正册、副册、又副册，所闻红楼梦曲，已注定大观园女儿及贾府结局。《镜花缘》四十八回唐小山于泣红亭所见榜文，将书中众女子后来之事写定，等等，皆属此类。

第三节　艺术形式

较之前代小说而言，唐代小说在艺术形式上取得的进步也甚为可观。唐代之前的小说普遍不重视形式，只是简单的故事讲述，大多文笔粗略、文事简单。及至唐代，诚如鲁迅所说："小说亦如诗，至唐代而一变，虽尚不离于搜奇记逸，然叙述宛转，文辞华艳，与六朝之粗陈梗概者较，演进之迹甚明，而尤显者乃

---

① （明）罗贯中：《三国演义》，齐鲁书社 1991 年，第 1292 页。
② （明）罗贯中：《三国演义》，齐鲁书社 1991 年，第 1479 页。

在是时则始有意为小说。"①

本文就唐代小说在艺术形式方面的成就与影响从以下几方面略言之：

一、小说与诗歌的结合

唐代小说与诗歌的结合是一种普遍的现象，这与诗歌在唐代的盛行、繁荣有着极为密切的关系。更有许多诗人以其余力而作小说，"小说既为诗人出其绪余之作，故往往于叙述之余，以诗歌叙入本文之中，伸意达情，弥增兴趣。"② 洪迈《容斋随笔》卷十五"唐诗人有名不显者"条称："大率唐人多工诗，虽小说戏剧，鬼物假托，莫不宛转有思致，不必颛门名家而后可称也。"这种结合既包括小说行文中对诗词韵文的使用，也包括小说本身所具有的诗的美学风格。小说对诗意的追求，这几乎可以看作是唐人小说的独创和突出特色。《唐人说荟·例言》云："洪容斋谓'唐人小说不可不熟，小小情事，凄惋欲绝，洵有神遇而不自知者，与诗律可称一代之奇'。"

唐之前的小说大都是散文叙事体，而唐代小说的行文中则多羼入诗词韵文，从而形成了独特的叙事风格和艺术形式。需要指出的是，这些诗词大都是小说中人物的自创（即小说作者的创作），因此小说作者的文才由此可以很好地得以展现。早在初唐张鷟《游仙窟》一文中，作者就以诗词的大量使用来彰显自己的文采，整篇文章穿插五七言诗达七十九首之多，结尾又以一首骚

---

① 鲁迅：《中国小说史略》第八篇《唐之传奇文（上）》，上海古籍出版社 1998年，第44页。

② 汪辟疆：《汪辟疆文集》，上海古籍出版社 1988 年，第 608 ~ 609 页。

体诗收束全文。这种做法在后来的小说中虽得以节制，但唐代小说中运用诗词韵文的写作方式却成为一种常见的现象。《三水小牍·非烟传》全文由九首诗歌连缀而成，并有崔李二生诗句，诗歌占据了小说的重要位置，成为小说人物情感交流的工具与小说风格形成的基础。《李章武传》全篇插入诗歌八首，对于塑造人物形象，表达人物情感也有着重要的作用。诗歌在小说中的大量运用，一方面，作者确实有炫弄文采之嫌；另一方面，也使得小说作品具有了诗歌那种朦胧、蕴藉、清雅、华美的风格。

《莺莺传》《长恨歌传》《湘中怨解》《李娃传》、南卓《烟中怨解题辞》等作品，则是与歌行相配的。《莺莺传》有《会真诗》三十韵，《长恨歌传》与《长恨歌》相配而作，《湘中怨解》亦是配合同名歌行写成。这类小说与诗歌的关系自然是不言而喻。小说文本因为诗歌的相附扩大了影响，提高了品格，也获得了诗歌所特有的风格、意境与情感。

更有部分作品如沈亚之《异梦录》《湘中怨解》《秦梦记》《感异记》等，不仅诗词在小说中对于表现主旨、营造氛围发挥着决定性的作用，而且整篇小说也洋溢着诗词的风格与意境，部分诗词甚而成为文章的精粹，对后世文学也产生了深远的影响。如《异梦录》一文中的《春阳曲》："长安少女踏春阳，何处春阳不断肠。舞袖弓弯浑忘却，罗衣空换九秋霜。"李剑国在《中国小说通史》中评论说："以诗点染抒情氛围，这是唐人小说中一个极为成功的范例。事实上，作者正是围绕这首歌组织情节的，……而这个故事得以在后世流传，很大程度也是得济于这首歌。"①

同样，《柳氏传》中的《章台柳》二诗，既给小说带来了缠

---

① 李剑国、陈洪：《中国小说通史》，高等教育出版社 2007 年，第 522～523 页。

绵悱恻的情致，诗歌自身也成为小说中的精华而得以独立流传：

> 章台柳，章台柳，昔日青青今在否？纵使长条似旧垂，
> 亦应攀折他人手。
> 杨柳枝，芳菲节，所恨年年赠离别。一叶随风忽报秋，
> 纵使君来岂堪折！①

《树萱录》中的文字虽简洁短小，却别有情致，诗意盎
然。如：

> 张确尝游雪上白蘋溪，见二碧衣女子携手吟咏，一篇云：
> "碧水色堪染，白莲香正浓。分飞俱有恨，此别几时逢？藕
> 隐玲珑玉，花藏缥缈容。何当假双翼，声影暂相从？"确逐
> 之，化为翡翠飞去。
>
> 番禺郑仆射尝游湘中，宿于驿楼。夜遇女子诵诗云：
> "红树醉秋色，碧溪弹夜弦。佳期不可再，风雨杳如年。"顷
> 刻不见。②

唐代小说与诗歌的密切结合对明清文学产生了极大影响，纵
观明清小说，可以发现很多作品正是在这方面沿袭了唐代小说的
做法，或将诗词夹杂于小说之中，或追求一种诗歌的意境，从而
形成一种独特的美学风格。

---

① 《柳氏传》，见李时人：《全唐五代小说》，陕西人民出版社1998年，第620页。
② 李剑国、陈洪：《中国小说通史》，高等教育出版社2007年，第619页。

明瞿佑《剪灯新话》之《联芳楼记》全文一千五百余字，即有诗歌十六首；他如《翠翠传》《秋香亭记》《华亭逢故人》等篇，皆以数首诗词穿插其中。李昌祺《剪灯余话》之《贾云华还魂记》，全文一万七千余字，穿插十二首词、三十五首诗，可谓蔚为大观。佚名《双卿笔记》有诗九首、词七首。韩梦云《王秋英传》则有诗十首、词四首。

孙楷第对明代文言小说评论有云：

> 凡此等文字皆演以文言，多羼入诗词。其甚者连篇累牍，触目皆是，几若以诗为骨干，而第以散文联络之者。而诗既俚鄙，文亦浅拙，间多秽语，宜为下士之所览观。……余尝考此等格范，盖由瞿佑、李昌祺启之。唐人传奇，如《东阳夜怪录》等固全篇以诗敷衍，然侈陈灵异，意在俳谐，牛马橐驼所为诗，亦各自相切合；则用意固仍以故事为主。及佑为《剪灯新话》，乃于正文之外赘附诗词，其多者至三十首，按之实际，可有可无，似为自炫。昌祺效之，作《余话》，著诗之多，不亚宗吉。而识者讥之，以为诗皆俚拙，远逊于集中所载，则亦徒为蛇足而已。自此而后，转相仿效，乃有以诗与文拼合之文言小说。乃至下士俗儒，稍知韵语，偶涉文字，便思把笔；蚓窍蝇声，堆积未已，又成为不文不白之"诗文小说"。（因以诗文拼成，今姑名之为诗文小说。）……要之，沿波溯源，亦唐人传奇之末流也。①

---

① 孙楷第：《日本东京所见中国小说书目》，人民文学出版社 1958 年，第 126 ~ 127 页。

这段话明确指出了明清小说，尤其是文言小说多羼入诗词之手法与唐小说一脉相承之关系。

诗词韵文的运用固然有渲染情调气氛、营造美学风格等作用，但其在多数唐代小说包括明清小说中，仍然是游离于情节之外的，这一情况直至《红楼梦》才得到了完全的转变，诗词韵文成为书中人物的艺术创作，具有了人物的性格特色，成为塑造人物的重要因素与小说不可或缺的重要组成部分。

二、第一人称叙事的运用

唐以前小说的叙事没有第一人称出现，这一改变是自唐小说而始的，它无疑是中国小说史上的一大飞跃。中国古代小说受史传文学影响，第一人称叙事的作品数量极其有限，即使《红楼梦》这样叙写家事的作品，作者也没有采用个性色彩鲜明、易于为读者对号入座的第一人称。因而唐小说中的这种叙事就更具特殊的意义与价值。

唐代小说中采用第一人称叙事比较典型的作品如张鷟《游仙窟》，文中以"余""仆"等第一人称叙事，叙述作者本人在"神仙窟"遇十娘、五嫂饮酒赋诗、共度良宵的经历。王度《古镜记》以第一人称"度"来叙述古镜的神异表现。《古岳渎经》中，李公佐以第一人称为叙述者，使一个本来玄虚的故事作为作者的亲身经历而具有了真实感。在《谢小娥传》中，李公佐也作为叙述者时而出现，讲述的是作者的亲见亲闻，则故事自然使读者感到真实可信。

唐代小说的这一现象，与唐代相对宽松的文化环境和风流不羁的审美风尚是密切相关的。也正是因此，这种手法在后来的小说创作中并没有得到广泛的运用。

受其影响，《聊斋志异》中的部分篇目如《偷桃》《绛妃》等也采用了第一人称"余"叙事，作者作为事件的耳闻目睹者来叙写小说，还是为了把见闻的奇异事件记录下来，并使之可信度大大增加，取得读者的信任。

三、叙事结构的多样化

唐代小说大都采用线性的叙事结构，从头至尾顺序完整地叙述故事。这种结构模式与先唐小说基本一致，当然唐代小说结构的完整性是先唐小说之"丛残小语"所无法比拟的。

同时，唐代小说也创造性地运用了各种叙述方式，以及场面描写、前后照应等叙事手法，在叙事结构上呈现出多样化的趋势。如白行简《三梦记》之第一梦，先写小说主人公所见，最后方才道出其所见闻乃是妻子的梦境；第三梦则先讲主人公梦中所见，结尾将女巫之梦补叙一笔，使故事更为扑朔迷离。沈亚之《异梦录》在主体故事即邢凤梦见美人之事的讲述结束后，又补叙了姚合讲述其友王生梦入吴国侍奉夫差，并为西施安葬赋诗呈献的故事。沈既济《任氏传》在全文顺叙的基础之上，增添了插叙的手法，比如任氏帮助郑六买马致富一段文字，插入了对弃马价高原因的交待等，使得小说叙事结构呈现出更为丰富的面貌。

当然从整体上来看，唐代小说以至中国古代小说仍然是以时间上的单向叙事结构为主要模式。正如兹维坦·托多罗夫所指出的：叙事的时间是一种线性时间，而故事发生的时间则是立体的。

另外，部分作品在叙述上打破了由作者一人叙述的方式，出现了转述、他述等多种方式，从而也造成了对单线发展叙事结构的突破。如《异梦录》，文章开头为沈亚之自叙："元和十年，沈亚之始以记室从事陇西公军泾州，而长安中贤士皆来客之。五月十八日，陇西公与客期宴于东池便馆。"然后陇西公提到："余少从邢凤游，记得其异，请言之。"以下便是陇西公对邢凤故事的讲述。他述毕后，"亚之退而著录"。小说最后姚合对王生故事的讲述又转入他述模式之中。

唐代小说作者也会有意识地运用其他各种手法来丰富叙事结构：《枕中记》故事由《幽明录·焦湖庙祝》嬗变而来，而原文本仅寥寥数句勾画了杨林入枕而梦，突然富贵，"忽如梦觉，犹在枕旁"这样一个简单的情节结构。至于《枕中记》，结构则丰富而繁杂：起篇先交代卢生的理想志向，随后对卢生如何进入枕中，如何得到富贵功名，如何经历官场倾轧，如何寿终正寝而梦醒一一都做出了详细的交代。作者还在小说的开头安排了"时主人方蒸黍"这样一个细节作为伏笔，而结尾卢生梦醒后见"主人蒸黄粱尚未熟"，这一处精心安排的首尾照应更增添了小说的哲理意味，引人深思。《南柯太守传》《樱桃青衣》等小说也同样设计了这样的叙事结构，如淳于棼梦醒之后发掘蚁穴，知其即为自己梦中所入大槐安国，其中城郭、人物一一可辨；卢子骑驴游行，入寺而梦，梦醒之后小竖门外捉驴，人驴并饥，也形成了巧妙的照应。

应该说，从唐前小说那种"断片的谈柄"，发展而为唐代小说尤其是唐传奇之描写委曲、叙事精细、结构繁复，确实是古代小说空前的突破。与前代小说"粗陈梗概"相比，唐代小说在叙事结构的完整性、丰富性方面取得了极大的成就，也为明清文学的创作奠定了丰厚的基础，开辟了崭新的空间。

第四节　唐代小说作为典故在明清文学作品中的使用

"典故是一种语言运用现象，其特点是语言简练，意义精辟，表现力强。"① 被作为典故大量用于明清文学作品，也是唐代小说的重要影响之一。这种使用主要体现为将原文本的故事、人物、情节等浓缩为语典，在诗词、小说或其他文学样式中用以简练地表达丰富的内容、相近的情境以及类似的情感。部分篇章更是已经成为成语典故，如"破镜重圆""黄粱一梦""南柯一梦""月下老人""司空见惯""风尘三侠"等，一方面能够以寥寥几字涵咏一个复杂的故事，从而表达深刻的内容和感受，另一方面也更好地推动了唐代小说在读者中传播、为读者所熟悉的程度。

本节将从小说、戏曲、诗词三方面来论述明清文学对于唐代小说的典故运用。

一、小说

明清小说，从文言小说到白话小说，从长篇作品到短篇作品，将唐代小说作为典故来使用的篇章不在少数。明代拟话本小说就经常引唐小说故事情节作为入话，如《醒世恒言·卖油郎独占花魁》的入话即引用了《李娃传》的故事。

此择数例言之，虽不可一一枚举，但明清小说作品中对明清小说的典故使用之广泛已略可见出。如：

---

① 邱昌员:《诗与唐代文言小说研究》,中国社会科学出版社 2008 年,第220 页。

1. 《剪灯新话》之《翠翠传》

（翠翠）别为一诗，亦缝于内以付生。诗曰：

一自乡关动战锋，旧愁新恨几重重！肠虽已断情难断，生不相从死亦从。长使德言藏破镜，终教子建赋游龙。绿珠碧玉心中事，今日谁知也到侬！①

用乐昌公主与驸马徐德言破镜重圆事，事见《本事诗·杨素》。

……今则杨素览镜而归妻，王敦开阁而放妓。蓬岛践当时之约，潇湘有故人之逢。自怜赋命之屯，不恨寻春之晚。章台之柳，虽已折于他人；玄都之花，尚不改于前度。将谓瓶沉而簪折，岂期璧返而珠还。殆同玉箫女两世因缘，难比红拂妓一时配合。②

连用乐昌公主事，《柳氏传》韩翃与柳氏爱情遭沙吒利破坏故事并提及文中《章台柳》之诗，《本事诗·刘禹锡》记刘禹锡作《赠看花诸君子》诗事，《云溪友议·玉箫化》韦皋与玉箫女再世姻缘事，《传奇·虬须客传》红拂见李靖悦而夜奔之事。

2. 《剪灯新话》之《秋香亭记》

女（杨采采）剪乌丝襕，修简遗生曰：

---

① （明）瞿佑：《剪灯新话》，上海古籍出版社1981年，第77页。
② （明）瞿佑：《剪灯新话》，上海古籍出版社1981年，第78页。

……视容光之减旧，知憔悴之因郎。①

用《莺莺传》中莺莺赋诗："自从消瘦减容光，万转千回懒下床。不为旁人羞不起，为郎憔悴却羞郎。"

> 诗云：
> 好姻缘是恶姻缘，只怨干戈不怨天。
> 两世玉箫犹再合，何时金镜得重圆？
> 彩鸾舞后肠空断，青雀飞来信不传。
> 安得神灵如倩女，芳魂容易到君边！②

连用《云溪友议·玉箫化》，《本事诗·杨素》乐昌公主事，《异梦录》邢凤梦见美人跳弓弯舞事，《离魂记》张倩女离魂事。

（商）生之友山阳瞿佑备知其详，既以理谕之，复制《满庭芳》一阕，以著其事。词曰：

> 月老难凭，星期易阻，御沟红叶堪烧。辛勤种玉，拟弄凤凰箫。可惜国香无主，零落尽露蕊烟条。寻春晚，绿阴青子，鹠鸪已无聊。
>
> 蓝桥虽不远，世无磨勒，谁盗红绡？怅欢踪永隔，离恨难消！回首秋香亭上，双桂老，落叶飘飘。相思债，还他未了，肠断可怜宵！③

---

① ② （明）瞿佑：《剪灯新话》，上海古籍出版社 1981 年，第 110 页。
③ （明）瞿佑：《剪灯新话》，上海古籍出版社 1981 年，第 110~111 页。

分别用《续玄怪录·定婚店》韦固遇月下老人指点婚姻事；《云溪友议·御沟红叶》卢渥拾得御沟红叶，上有宫人题诗，后与该宫人结为婚姻之事；《传奇·裴航》裴航在蓝桥驿遇云英事；《传奇·昆仑奴》昆仑奴磨勒帮助崔生得红绡妓为妻之事。

　　（瞿佑）仍记其始末，以附于古今传奇之后。使多情者览之，则章台柳折，佳人之恨无穷；仗义者闻之，则茅山药成，侠士之心有在。①

此句中用《柳氏传》，以及《无双传》豪侠古押衙从茅山道士处取得假死药，令无双与王仙客终得团圆事。

3.《剪灯新话》桂衡序

　　十二巫山谁道深，云母屏风薄如纸。莺莺宅前芳草迷，燕燕楼中明月低。……醉来呼枕睡一觉，高车驷马游南柯。②

用《莺莺传》《南柯太守传》事。

4.《剪灯余话》之《琼奴传》

　　（琼奴）因赋《满庭芳》一阕以自誓云：
　　彩凤群分，文鸳侣散，红云路隔天台。旧时院落，画栋

---

① （明）瞿佑：《剪灯新话》，上海古籍出版社1981年，第111页。
② （明）瞿佑：《剪灯新话》，上海古籍出版社1981年，第5页。

积尘埃！谩有玉京离燕，向东风似诉悲哀！主人去，卷帘恩重，空屋亦归来。

泾阳憔悴女，不逢柳毅，书信难裁。叹金钗脱股，宝镜离台！万里辽阳郎去也，甚日重回？丁香树，含花到死，肯傍别人开？①

用李公佐《燕女坟记》事，姚玉京与梁间燕子各失其偶，因结为侣，后玉京病卒，燕至其坟亦死；《洞庭灵姻传》柳毅为洞庭龙女传书事；又《长恨歌传》事，杨妃死后，方士为玄宗于海上仙山觅得太真仙子，太真以金钗钿合析半而授之；《本事诗·杨素》乐昌公主事。

5.《剪灯余话》之《贾云华还魂记》

（魏）生乃赋满庭芳词一阕……词曰：

天下雄藩，浙江名郡，自来惟说钱塘。水清山秀，人物异寻常。多少朱门甲第，闹丛里，争沸丝簧。少年客，谩携绿绮，到处鼓求凰。

徘徊应自笑，功名未就，红叶谁将？且不须惆怅，柳嫩花芳。闻道蓝桥路近，愿今生一饮琼浆。那时节，云英觑了，欢喜杀裴航。②

用《云溪友议·御沟红叶》《传奇·裴航》。

---

① （明）李昌祺：《剪灯余话》，上海古籍出版社1981年，第215页。
② （明）李昌祺：《剪灯余话》，上海古籍出版社1981年，第270页。

（魏生）词云：

碧城十二瞰湖边，山水更清妍；此邦自古繁华地，风光好，终日歌弦。苏小宅边桃李，坡公堤上人烟。

绮窗罗幕锁婵娟，咫尺远如天。红娘不寄张生信，西厢事，只恐虚传。怎及青铜明镜，铸来便得团圆！①

用《莺莺传》。

（魏生）复写一词，名《青玉案》：

合欢花下曾相见，犹记把毫题彩扇；自别佳人冰雪面，朝思暮想，倚门挨户，无虑千来遍。

灵犀一点悬春线，残梦惊回梁上燕！惆怅佳期成又变！云笺都是蝇头字，难写张生怨！②

用《莺莺传》。

6. 《聊斋志异》之《叶生》

异史氏曰："魂从知己竟忘死耶？闻者疑之，余深信焉。同心倩女，至离枕上之魂；千里良朋，犹识梦中之路。而况茧丝蝇迹，吐学士之心肝；流水高山，通我曹之性命者哉！……"③

---

① （明）李昌祺：《剪灯余话》，上海古籍出版社1981年，第272页。
② （明）李昌祺：《剪灯余话》，上海古籍出版社1981年，第286页。
③ （清）蒲松龄：《聊斋志异》，齐鲁书社1994年，第30页。

用《离魂记》事。

7.《聊斋志异》之《续黄粱》

异史氏曰："梦固为妄，想亦非真。彼以虚作，神以幻报。黄粱将熟，此梦在所必有，当以附之邯郸之后。"①

用《枕中记》事。

8.《聊斋志异》之《窦氏》

异史氏曰："始乱之而终成之，非德也，况誓于初而绝于后乎？挞于室，听之；哭于门，仍听之：抑何其忍！而所以报之者，亦比李十郎惨矣！"②

用《霍小玉传》事。

9.《聊斋志异》之《织成》

（柳生）曰："闻洞庭君为柳氏，臣亦柳氏；昔洞庭落第，今臣亦落第；洞庭得遇龙女而仙，今臣醉戏一姬而死，何幸不幸之悬殊也！"③

用《柳氏传》事。

---

① （清）蒲松龄:《聊斋志异》,齐鲁书社 1994 年,第 324 页。
② （清）蒲松龄:《聊斋志异》,齐鲁书社 1994 年,第 1266 页。
③ （清）蒲松龄:《聊斋志异》,齐鲁书社 1994 年,第 180 页。

10.《警世通言》卷三十四《王娇鸾百年长恨》

（曹姨）大惊道："娇娘既有西厢之约，可无东道之主，此事如何瞒我？"①

（娇鸾）遂题一绝，寄廷章云：

"暗将私语寄英才，倘向人前莫乱开。今夜香闺春不锁，月移花影玉人来。"②
. . . .

用《莺莺传》事。

余者如明胡汝嘉《韦十一娘传》，提及昆仑奴磨勒、聂隐娘、红线、虬须客等唐代小说中豪侠典故；陈鸣鹤《太曼生传》中有诗云"只有梦魂能结雨，更无心胆似非烟"，用《三水小牍·非烟传》；清《红楼梦》第五回"游幻境指迷十二钗，饮仙醪曲演红楼梦"，秦可卿"移了红娘抱过的鸳枕"，用《莺莺传》；尹湛纳希《一层楼》璞玉所说"玉乃取其洁，环乃尚其终始如一"，亦取自《莺莺传》"玉取其坚润不渝，环取其终始不绝"，等等。

二、戏曲

明清戏曲作品中将唐代小说作为事典使用的例子亦有很多。不过这种使用往往不似前文所举小说中那样连篇累牍，而是偶加点染，因而也显得更为自然。而且所用事典也比较有限，基本集中于传播最广、最为读者所熟悉的几篇唐代小说作品，这与戏曲

---

① （明）冯梦龙：《警世通言》，作家出版社 1956 年，第 521 页。
② （明）冯梦龙：《警世通言》，作家出版社 1956 年，第 523 页。

本身的通俗性、戏曲接受者的文化程度不无关系。

1. 《琵琶记》

第十二出　奉旨招婿

【似娘儿】华发渐星星，怜爱女欲遂姻盟。蟾宫桂子才
堪称，红楼此日，红丝待选，须教红叶传情。①

用《云溪友议·红叶题诗》事。

第十五出　金闺愁配

【前腔】[贴] 姻缘虽在天，若非人意，到底埋怨。料想
赤绳不曾绾。多应他无玉种蓝田。休把嫦娥强与少年。②

用《续玄怪录·定婚店》事。

第十九出　强就鸾凰

【鲍老催】[众] 翠眉漫蹙，赤绳已系夫妇足，芳名已注
婚姻牍。状元，空嗟怨，枉叹息，休摧挫，画堂富贵如金谷。
休恋故乡深处好，受恩深处亲骨肉。③

用《续玄怪录·定婚店》事。

---

① 《琵琶记》，见(明)毛晋:《六十种曲》，中华书局 1958 年，第 49 页。
② 《琵琶记》，见(明)毛晋:《六十种曲》，中华书局 1958 年，第 58 页。
③ 《琵琶记》，见(明)毛晋:《六十种曲》，中华书局 1958 年，第 78 页。

2. 《荆钗记》

第五出　启媒

【前腔】[末] 谨领尊言求凤偶，管教配合鸾俦。云英志不存田玉，织女期当订斗牛。①

用《传奇·裴航》事。

第七出　退契

[净] 为媒作伐莫因循。[丑] 管取教君成此亲。

[末] 匹配姻缘凭月老。[合] 调和风月仗冰人。②

用《续玄怪录·定婚店》事。

第八出　受钗

【前腔】[末] 五百年前，月老曾将足系缠。不用诗题红叶，书附青鸾，玉种蓝田。瑶池曾结并头莲，画堂中已配豪家眷。③

用《续玄怪录·定婚店》《云溪友议·红叶题诗》事。

第四十六出　责婢

---

① 《荆钗记》，见(明)毛晋：《六十种曲》，中华书局 1958 年，第 12 页。
② 《荆钗记》，见(明)毛晋：《六十种曲》，中华书局 1958 年，第 19 页。
③ 《荆钗记》，见(明)毛晋：《六十种曲》，中华书局 1958 年，第 24 页。

【前腔】[旦] 守孤孀，荐亡灵，亲临道场。烧香罢，转回廊。偶相逢，不由人不睹物悲伤。[外] 你这贱人要做莺莺。[旦] 那里是西厢下莺莺伎俩。[外] 你这贱人就是红娘。[旦] 怎么的就打梅香，生纽做红娘，当初去投江。①

用《莺莺传》事。

3. 《幽闺记》

第二十二出　招商谐偶

【扑灯蛾】[末净] 才郎殊美好，佳人正年少，相逢邂逅间，姻缘会合非小也。天然凑巧，把招商店权做个蓝桥。翠帷中风清月皎。算欢娱，千金难买是今宵。②

用《传奇·裴航》事。

第三十二出　幽闺拜月

【前腔】[小旦] 流水一似马和车，倾刻间途路赊。他在穷途逆旅应难舍。[旦] 那一时节呵，囊箧又竭，药饵又缺。他那里闷恹恹难捱过如年夜。[合] 宝镜分破，玉簪跌折，甚日重圆再接。③

用《本事诗·杨素》事。

---

① 《荆钗记》，见（明）毛晋：《六十种曲》，中华书局 1958 年，第 133 页。
② 《幽闺记》，见（明）毛晋：《六十种曲》，中华书局 1958 年，第 64 页。
③ 《幽闺记》，见（明）毛晋：《六十种曲》，中华书局 1958 年，第 97～98 页。

第三十六出　推就红丝

【琥珀猫儿坠】[小生] 听哥说罢，方识此根由。……破镜重圆从古有，何须疑虑反生愁。……不谬，重整备乘龙花烛风流。①

用《本事诗·杨素》事。

第三十七出　官媒回话

[外] 明日宴佳宾。[老旦] 须知假与真。

[末] 殷勤藉红叶。[丑] 寄与有情人。②

用《云溪友议·红叶题诗》事。

4.《玉簪记》

第六出　假宿

【金珑璁】[老旦上] 洪炉谁大冶，煮乾坤烈火难遮。松影下避炎热。对南薰方打叠。且高卧南柯蚁穴，谁到此又传接。③

用《南柯太守传》事。

第八出　谭经

---

① 《幽闺记》，见(明)毛晋:《六十种曲》,中华书局1958年,第105页。
② 《幽闺记》，见(明)毛晋:《六十种曲》,中华书局1958年,第108页。
③ 《玉簪记》，见(明)毛晋:《六十种曲》,中华书局1958年,第12页。

【梁州序】[旦] 芳心冰洁，翠钿尘锁，怪胭脂把人耽误。蜂喧蝶嚷，春愁不上眉窝。[作背科] 暗想分中恩爱，月下姻缘，不知曾了相思簿。身如黄叶舞，逐流波，老去流年竟若何？①

用《续玄怪录·定婚店》事。

第九出　会友

【甘州歌】[末] 天开玉镜宽，又何嫌风雨，雪月花残。四时堪赏，有多少古今伤感。游魂暗掷芳尘去，好梦还留花鸟边。休回首，忆故园，汴州谁肯复留连。山含暝，灯火悬，天涯聚散各依然。②

用《离魂记》事。

第十出　手谈

【猫儿坠】[旦] 新词艳逸，望报始投桃。争奈禅心爱寂寥，鸾台久已弃残膏。相告，休错认莲池比做蓝桥。③

用《传奇·裴航》事。

第十一出　闹会

---

① 《玉簪记》，见(明)毛晋：《六十种曲》，中华书局1958年，第19页。
② 《玉簪记》，见(明)毛晋：《六十种曲》，中华书局1958年，第23~24页。
③ 《玉簪记》，见(明)毛晋：《六十种曲》，中华书局1958年，第26页。

【雁儿落带得胜令】[净]我为他动春心难摆划，我为他赊下了相思债。你看他笑盈盈花外来，哄得我闹嚷嚷魂不在。赤紧的害张生消瘦些。这一会病相如渴不解，恨只恨隔几重离恨天，苦只苦扯不拢的合欢带。疑猜，莫不是凌波袜在巫山外。若得个和也么谐，小使，我把他做活观音常跪拜。①

用《莺莺传》事。

第二十三出　追别

【前腔】[生]我只为别时容易见时难，你看那碧澄澄断送行人江上晚。昨宵呵醉醺醺欢会知多少，今日里愁脉脉离情有万千。莫不是锦堂欢缘分浅，莫不是蓝桥满时运悭。伤心怕向篷窗见也，堆积相思两岸山。②

用《传奇·裴航》事。

第三十一出　回观

【刮鼓令】当日寄上方，幸得衣沾佛座香。月下姻缘曾有约，得见云英在异乡，暗许配裴航。[生作寻觅介]今日为何不见他声音影响，又添愁闷泪沾裳，莫不是鹊驾隔参商。③

用《续玄怪录·定婚店》《传奇·裴航》事。

---

① 《玉簪记》，见（明）毛晋：《六十种曲》，中华书局1958年，第29~30页。
② 《玉簪记》，见（明）毛晋：《六十种曲》，中华书局1958年，第65页。
③ 《玉簪记》，见（明）毛晋：《六十种曲》，中华书局1958年，第84页。

5.《园林午梦院本》

开篇使用《李娃传》与《莺莺传》的典故。

> 转轮心常不动，争长竞短何用。
>
> 拨开尘世闲愁，试听园林午梦。

[末扮渔翁上唱]【清江引】渔矶有钱难去买，渔父休轻卖。渔舟柳内横，渔网江边晒，渔村不容名利客。

【又】长江夜来风浪起，惊醒渔翁睡。钓台也不安，仕路当知退，床前几翻长叹息。[白]

> 重纶誓不听丝纶，湖海飘飘寄此身，
>
> 吞吐鱼龙全不讶，浮沉鸥鹭自相亲。

吾乃江上一个渔父，邻人不识名姓，甲子原无岁年，只靠打鱼作生涯，读书闲过遣。我见案上有崔莺莺、李亚仙二传，仔细看来，他两个也差不多，难分贵贱，怎定低昂？一个致的郑元和高歌市上莲花落，不把天边桂树攀；一个致的张君瑞寄简传书期雅会，捶床倒枕害相思。时当正午，不免困倦将来了，就在园林中盹睡片时。[梦莺莺上唱]

【寄生草】有意迎仙客，无心点绛唇，刮地风刮的春花褪，凭栏人凭的春光尽，剔银灯剔的春纤困，粉蝶儿空自为春忙，黄莺儿不解传春信。[白]

> 慈母侨居萧寺中，严亲旅榇西厢下，
>
> 且图眼底一枝栖，休说年前万间厦！

吾乃博陵人氏，崔相国之女崔莺莺是也。渔父说我和李亚仙一般，特来与他折辩。[亚仙上唱]

【雁儿落过得胜令】好穿着做羽毛，巧言语为圈套。陷人坑怎得知，漫天网真难料。呀，出落在下风桥，触抹着犯

天条。情薄起风中絮，机深藏笑里刀。衡一味虚嚣，填不满
相思窖。假意儿悲嚎，拆不开生死交！〔白〕

> 舞腰软如杨柳枝，舞衣轻似蜘蛛丝，
>
> 夜月管弦歌笑地，春风花柳曲江池。

吾乃长安人氏，李排长之女李亚仙是也。渔父说我与崔
莺莺一般，特来与他折辩。

……①

三、诗歌

将唐代小说故事作为典故用在诗歌之中，亦是对其进行传播的
一种有效途径。诗歌的读者在阅读、理解诗歌的过程中就可以也必
须对所用小说加以了解，否则就无法对诗歌做出准确的解读。这
样，唐代小说作品也就随着明清诗歌的流传而得到了更好的传播。

汪辟疆《唐人小说在文学上之地位》一文中曾提及"诗歌引
用唐稗故实"：

> 唐稗故实，如《倩女离魂》《槐安入梦》《柳毅传书》
> 《邯郸黄粱》《十郎薄幸》《佐卿化鹤》《少霞书铭》《郁轮新
> 曲》《赌曲旗亭》诸事，皆为宋后诗人所艳称。……元明以
> 后，诗人引用唐稗故实类此者，指不胜屈。则唐稗故实，有
> 资于诗歌者，更可知也。②

邱昌员在《诗与唐代文言小说研究》一书中也提到：

---

① （明）李开先：《李开先集》，中华书局1959年，第858~859页。
② 汪辟疆：《汪辟疆文集》，上海古籍出版社1988年，第609~610页。

唐代以后，诗歌用小说事典就更为常见了，许多的诗人、词人都喜小说事，如宋苏轼、黄庭坚、秦观、洪迈，清代文人袁枚、纪昀、蒲松龄等都喜爱在诗歌中用小说事典。①

这些论述都涉及到这个问题，但对于明清诗歌引用唐稗典故只是称"指不胜屈""更为常见"，却没有举出具体的例子。因此，本文更有必要在这方面试举数例加以论证，以略补前人之阙。

答大廷尉王兰泉先生见寄诗扇（四首其一）

袁　枚

谁佐平西第一功，汉家廷尉重于公。

心怜旧雨贻纨扇，身出重围感塞翁。

皓首军机双鬓雪，高冠孔翠一翎风。

遥知清瘦书生貌，画上凌烟便不同。

唐刘肃《大唐新语·褒锡》："贞观十七年，太宗图画太原倡义及秦府功臣赵公长孙无忌、河间王孝恭、蔡公杜如晦、郑公魏征、梁公房玄龄、申公高士廉、鄂公尉迟敬德、郧公张亮、陈公侯君集、卢公程知节、永兴公虞世南、渝公刘政会、莒公唐俭、英公李绩、胡公秦叔宝等二十四人于凌烟阁，太宗亲为之赞，褚遂良题阁，阎立本画。"

---

① 邱昌员：《诗与唐代文言小说研究》，中国社会科学出版社 2008 年，第 226 页。

哭唐静涵（十二首其三）

袁　枚

夺得鸾箆返石城，三郎懊恼不胜情。

是谁巧作莺花主，不负黄衫侠士名。

用《霍小玉传》黄衫客事。

题黄粱梦枕图

袁　枚

非因非想梦难通，人有心情各不同。

我过邯郸曾有梦，梦摊书卷万花中。

用《枕中记》卢生黄粱一梦事。

还杭州

袁　枚

朝呼舆夫至，色然视我惊。毋乃我与汝，彼此有平生。

舆夫拭其目，再视再叹嗟。道我新婚时，渠曾推婿车。

翩翩小翰林，容色如朝霞。胡为久不见，一老如斯耶。

舆夫言未终，我心生隐痛。如逢天宝翁，重说黄粱梦。

同上用《枕中记》。

哭聪娘

袁　枚

曾以专房受重名，一朝缘尽夜三更。

少姜不作旁妻待，长妾原兼旧雨情。

难向空王问因果，早知薄福是聪明。

韦郎两鬓衰如许，就使重逢已隔生。

用《云溪友议·玉箫化》事。

秦淮女郎卞云装侨居半塘，八九年前曾过一面，比来湖，上见其案头有吴梅村诗册并虞山老人和章，寻览情词，不无今昔之感，因窃取二老意并云装近事，骦桰成诗。

其 二

金渐皋

结绮临春恨未终，轻烟淡粉扫成空。

还家江令头仍黑，避席崔娘脸自红。

辽海鹤归无主墓，吴江枫冷未栖鸿。

都将月地云阶梦，泣向荒田野草中。

用《莺莺传》。

邯郸道上

陈廷敬

炊熟黄粱已是迟，海门归路几人知？

却怜朝市纷纷客，怕说卢生梦醒时。

用《枕中记》。

登黄鹤楼

许　虬

携壶凭槛塞云横，怀古荆门镇重兵。

春柳久荒陶侃垒，寒潮直上吕蒙营。

沧桑尽付邯郸枕，烟月全销玉笛声。

唯有芳洲春草色，年年还傍大江生。

用《枕中记》。

秋宵宴集酒阑漫兴得娘字

严　虞

客里经秋只自伤，况逢明月倍凄凉。

悲歌燕市寻屠狗，寥落江潭解佩攘。

天上已归秦弄玉，人间重见杜韦娘。

酒阑曲罢浑无寐，疑是维摩证道场。

《本事诗》：刘尚书禹锡罢和州，为主客郎中、集贤学士。李司空罢镇在京，慕刘名，尝邀至第中，厚设饮馔。酒酣，命妙妓歌以送之。刘于席上赋诗曰："鬌髻梳头宫样妆，春风一曲杜韦娘。司空见惯浑闲事，断尽江南刺史肠。"李因以妓赠之。

黄粱梦卢生祠

屈　复

梦作公侯醒作仙，人间愿欲那能全。

从知秦汉真天子，不及卢生一饷眠。

用《枕中记》。

总之，诗歌对唐稗典故的运用，一方面表现出诗人的文学修养；另一方面，作为古代文学中的主要样式，也是文人士大夫最熟悉的文学样式之一，诗歌在推动唐代小说的传播、扩大唐代小说的受众及影响方面，其作用也是显而易见的。

结　语

　　唐代小说在明清时期的传播研究是唐代小说传播研究中的一个重要环节，也是中国古代小说研究中的重要组成部分。它既涉及包括唐代小说在内的对于中国古代小说问题的研究，也涉及包括明清时期小说传播在内的文学传播问题的研讨。这一课题指出了传播对于唐代小说的重要作用以及唐代小说与传播之间的互动性，因而具有极其重要的意义与价值。相对于传统的小说研究而言，也更具时代色彩与现实意义。

　　本书正是试图在更广阔的空间中重新审视唐代小说的成就与意义，在整个中国古代小说史的发展脉络中重新把握唐代小说的独特地位与深远影响。

　　同时也要看到，目前该课题研究仍然面临着这样一些问题：古代文学研究者如何能够更好地打通文学与新闻传播学的界限，运用新闻传播的理论、概念来补充、扩展对文学的认知；中国古代小说作品浩如烟海，而小说概念则莫衷一是，如何在研究过程中更好地对小说做出定义，明确区分小说与非小说的界限；如何在小说研究过程中更加充分地挖掘、利用各种类书、丛书、专书；如何使古代小说研究走出狭窄的领域，与更多跨学科的、现代的理论和方法相结合，等等。这些问题都需要进一步的探讨与解决。

参考文献

[1]《二十五史》,天津古籍出版社 2005 年。

[2](明)《明会要》,中华书局 1956 年。

[3](明)徐学聚:《国朝典汇》,书目文献出版社 1996 年影印本。

[4](明)《明实录》,"中研院历史语言研究所"校印本(据国立北平图书馆红格钞本微卷影印),1961 年。

[5](清)《清实录》,中华书局,1985—1987 年影印本。

[6](宋)李昉等:《太平广记》,中华书局 2003 年。

[7](元)马端临:《文献通考》,中华书局 1986 年。

[8](明)《永乐大典》,中华书局 1986 年。

[9](清)陈梦雷等:《古今图书集成》,中华书局 1934 年。

[10](清)永瑢等:《四库全书总目》,中华书局 1965 年。

[11](清)纪昀等:《文渊阁四库全书》,台湾商务印书馆 1986 年。

[12](清)董康、黄文旸:《曲海总目提要》,人民文学出版社 1959 年。

[13](唐)刘餗:《隋唐嘉话》,中华书局 1979 年。

[14](唐)孟棨:《本事诗》,上海古籍出版社 1991 年。

[15](宋)尤袤:《遂初堂书目》,商务印书馆 1936 年。

［16］（宋）曾慥:《类说》,书目文献出版社 1996 年影印本。

［17］（宋）洪迈:《容斋三笔》,文渊阁四库全书本。

［18］（宋）孟元老:《东京梦华录(外四种)》,古典文学出版社 1956 年。

［19］（明）陶宗仪:《说郛》,中国书店 1986 年。

［20］（明）陶宗仪等编:《说郛三种》,上海古籍出版社 1988 年。

［21］（元）陶宗仪:《南村辍耕录》,中华书局 1959 年。

［22］（元）罗烨:《醉翁谈录》,古典文学出版社 1957 年。

［23］（明）罗贯中:《三国演义》,齐鲁书社 1991 年。

［24］（明）陆楫:《古今说海》,集成图书公司 1909 年。

［25］（明）王世贞:《艳异编》,上海古籍出版社 2014 年。

［26］（明）高儒:《百川书志》,上海古籍出版社 2005 年。

［27］（明）胡应麟:《少室山房笔丛》,中华书局 1958 年。

［28］（明）郎瑛:《七修类稿》,上海书店出版社 2001 年。

［29］（明）何良俊:《四友斋丛说摘抄》,中华书局 1985 年。

［30］（明）谢肇淛:《五杂俎》,上海书店出版社 2001 年。

［31］（明）李贽:《焚书》,中华书局 1975 年。

［32］（明）沈德符:《万历野获编》,扶荔山房本。

［33］（明）叶盛:《水东日记》,中华书局 1980 年。

［34］（明）瞿佑:《剪灯新话》,上海古籍出版社 1981 年。

［35］（明）李昌祺:《剪灯余话》,上海古籍出版社 1981 年。

［36］（明）冯梦龙:《三言》,齐鲁书社 1993 年。

［37］（明）毛晋:《六十种曲》,中华书局 1958 年。

［38］（明）李开先:《李开先集》,中华书局 1959 年。

［39］（清）余治:《得一录》,姑苏得见斋 1869 年刊本。

［40］（清）黄丕烈著、潘祖荫辑:《士礼居藏书题跋记》,书目文献出版社 1989 年。

［41］（清）褚人获:《隋唐演义》,岳麓书社 2005 年。

［42］（清）蒲松龄:《聊斋志异》,齐鲁书社 1994 年。

［43］（清）曹雪芹:《红楼梦》,山东人民出版社 1980 年。

［44］孙楷第:《中国通俗小说书目（外二种）》,中华书局 2012 年。

［45］孙楷第:《日本东京所见中国小说书目》,人民文学出版社 1958 年。

［46］（日）大塚秀高:《中国通俗小说书目增订本》,日本汲古社本。

［47］江苏省社会科学院明清小说研究中心编辑:《中国通俗小说总目提要》,中国文联出版公司 1990 年。

［48］刘世德主编:《中国古代小说百科全书》,中国大百科全书出版社 1993 年。

［49］石昌渝主编:《中国古代小说总目（白话卷）》,山西教育出版社 2004 年。

［50］石昌渝主编:《中国古代小说总目（文言卷）》,山西教育出版社 2004 年。

［51］宁稼雨:《中国文言小说总目提要》,齐鲁书社 1996 年。

［52］程毅中:《古小说简目》,中华书局 1981 年。

［53］戴不凡:《小说见闻录》,浙江人民出版社 1980 年。

［54］徐朔方:《小说考信编》,上海古籍出版社 1997 年。

［55］孔另境辑:《中国小说史料》,上海古籍出版社 1982 年。

［56］鲁迅编:《唐宋传奇集》,鲁迅全集出版社 1941 年。

［57］侯忠义:《中国文言小说史稿》,北京大学出版社

1993 年。

[58] 侯忠义编:《中国文言小说参考资料》,北京大学出版社 1985 年。

[59] 朱一玄:《聊斋志异资料汇编》,南开大学出版社 2012 年。

[60] 黄霖、韩同文选注:《中国历代小说论著选》,江西人民出版社 2000 年。

[61] 李时人编校:《全唐五代小说》,陕西人民出版社 1998 年。

[62] 陈寅恪:《陈寅恪文集》,上海古籍出版社 1978 年。

[63] 汪辟疆:《汪辟疆文集》,上海古籍出版社 1988 年。

[64] 章学诚:《文史通义》,商务印书馆 1988 年影印本。

[65] 鲁迅:《鲁迅全集》,人民文学出版社 2005 年。

[66] 鲁迅:《中国小说史略》,上海古籍出版社 1998 年。

[67] 郑振铎:《郑振铎古典文学论文集》,上海古籍出版社 1984 年。

[68] 郑振铎:《中国俗文学史》,商务印书馆 1938 年。

[69] 胡适:《白话文学史》,东方出版社 1996 年。

[70] 钱锺书:《管锥编》,生活·读书·新知三联书店 2001 年。

[71] 孙楷第:《沧州集》,中华书局 2009 年。

[72] 胡士莹:《话本小说概论》,中华书局 1980 年。

[73] 陈平原、夏晓红:《20 世纪中国小说理论资料》,北京大学出版社 1997 年。

[74] 隋树森编:《全元散曲》,中华书局 1991 年。

[75] 吴梅:《顾曲麈谈》,上海古籍出版社 2000 年。

[76] 胡忌:《宋金杂剧考》,古典文学出版社 1957 年。

[77] 王国维:《宋元戏曲史》,上海古籍出版社 2000 年。

[78] 任半塘:《唐戏弄》,上海古籍出版社 2006 年。

[79] 周贻白:《中国戏剧发展史纲要》,上海古籍出版社 1979 年。

[80] 周贻白:《中国戏剧史长编》,上海书店出版社 2005 年。

[81] 叶德均:《戏曲小说丛考》,中华书局 2004 年。

[82] 徐大军:《中国古代小说与戏曲关系史》,人民文学出版社 2010 年。

[83] 廖奔、刘彦君:《中国戏曲发展史》,山西教育出版社 2005 年。

[84] 郭英德:《明清传奇综述》,河北教育出版社 1997 年。

[85] 庄一拂:《古典戏曲存目汇考》,上海古籍出版社 1982 年。

[86] 刘新文:《神怪爱情公案诸戏探源》,学苑出版社 1998 年。

[87] 聂石樵:《中国古代戏曲小说史略》,北京师范大学出版社 2006 年。

[88] 《古本小说集成》编委会编辑:《古本小说集成》,上海古籍出版社 1996 年。

[89] 郭箴一:《中国小说史》,中国社会科学出版社 2010 年。

[90] 齐裕焜:《中国古代小说演变史》,敦煌文艺出版社 1990 年。

[91] 石昌渝:《中国小说源流论》,生活·读书·新知三联书店 1994 年。

[92] 宁宗一编:《中国小说学通论》,安徽教育出版社

1995 年。

[93] 杨义:《中国古典小说史论》,人民文学出版社 1998 年。

[94] 吴礼权:《中国笔记小说史》,商务印书馆国际有限公司 1997 年。

[95] 谢桃坊:《中国市民文学史》,四川人民出版社 1997 年。

[96] (美)P. 韩南著、尹慧珉译:《中国白话小说史》,浙江古籍 出版社 1989 年。

[97] 萧相恺:《宋元小说史》,浙江古籍出版社 1997 年。

[98] 程毅中:《宋元小说研究》,江苏古籍出版社 1998 年。

[99] 陈大康:《明代小说史》,上海文艺出版社 2000 年。

[100] 齐裕焜:《明代小说史》,浙江古籍出版社 1997 年。

[101] 张俊:《清代小说史》,浙江古籍出版社 1997 年。

[102] 张俊、沈治钧:《清代小说简史》,山西人民出版社 2005 年。

[103] 陈洪:《中国小说理论史》,安徽文艺出版社 1992 年。

[104] 胡从经:《中国小说史学史长编》,上海文艺出版社 1998 年。

[105] 王清原等编:《小说书坊录》,春风文艺出版社 1987 年。

[106] 谭正璧:《话本与古剧(重订本)》,上海古籍出版社 1985 年。

[107] (俄)李福清:《汉文古小说论衡》,江苏古籍出版社 1992 年。

[108] 叶德均:《宋元明讲唱文学》,中华书局 1959 年。

[109] 董国炎:《明清小说思潮》,山西人民出版社 2004 年。

[110] 陈大康:《通俗小说的历史轨迹》,湖南出版社 1993 年。

[111] 傅惠生:《宋明之际的社会心理与小说》,东方出版社

1997 年。

[112] 王平主编:《明清小说传播研究》,山东大学出版社 2006 年。

[113] 于平:《明清小说外围论》,中国青年出版社 1999 年。

[114] 林辰:《明末清初小说述录》,春风文艺出版社 1988 年。

[115] 丁锡根编著:《中国历代小说序跋集》,人民文学出版社 1996 年。

[116] 周贻白著、沈燮元编:《周贻白小说戏曲论集》,齐鲁书社 1986 年。

[117] 王梦鸥:《唐人小说校释》,台北正中书局 1983 年。

[118] 王梦鸥:《唐人小说研究》,台北艺文印书馆 1972 年。

[119] 孙逊:《中国古代小说与宗教》,复旦大学出版社 2000 年。

[120] 许并生:《中国古代小说戏曲关系论》,文化艺术出版社 2002 年。

[121] 王利器辑录:《元明清三代禁毁小说戏曲史料(增订本)》,上海古籍出版社 1981 年。

[122] 李剑国、陈洪:《中国小说通史》,高等教育出版社 2007 年。

[123] 李剑国:《唐五代志怪传奇叙录》,南开大学出版社 1993 年。

[124] 宋莉华:《明清时期的小说传播》,中国社会科学出版社 2004 年。

[125] 李玉莲:《中国古代白话小说戏曲传播论》,山西教育出版社 2005 年。

[126] 邱昌员:《诗与唐代文言小说研究》,中国社会科学出版

社 2008 年。

[127] 张寅德:《叙述学研究》,中国社会科学出版社 1989 年。

[128] 邵培仁:《传播学》,高等教育出版社 2000 年。

[129] 郭庆光:《传播学教程》,中国人民大学出版社 1999 年。

[130] 张隆栋:《大众传播学总论》,中国人民大学出版社 1993 年。

[131] 周庆山:《文献传播学》,书目文献出版社 1997 年。

[132] 孙宜君:《文艺传播学》,济南出版社 1993 年。

后　记

　　《唐代小说在明清时期的传播研究》一书探讨的主要问题是唐代小说在明清时期的传播与接受的各个方面，包括唐代小说的保存情况以及唐代小说在明清时期的传播环境、传播渠道、传播者与受众、传播方式、传播效果等。另外，唐代小说在明清时期的重新创作及其对明清文学的影响，也同样被视为传播与接受的一个方面在本书中加以论述。

　　唐代小说是中国古代小说发展里程上的一个重要阶段，以唐传奇为突出特色的唐代小说取得了令人瞩目的成就，并对后世文学产生了深远的影响。因此，关于唐代小说传播的研究具有极其重要的意义，对文学与新闻传播学领域的打通也有助于小说研究课题在更深广的层面上展开。本书通过探究唐代小说在明清时期的传播问题，展现了唐代小说的面貌与成就，并清晰地展现出中国古代小说自觉意识形成之后的发展脉络以及各时期小说之间的承继、影响关系。

　　全书探讨了唐代小说在明清时期传播的基本问题；对其传播方式做出了系统的梳理与归纳；从明清文学对唐代小说的再创作以及唐代小说在艺术方面对明清文学的影响等接受角度入手，对唐代小说在明清时期的传播情况进行分析；指出唐代小说传播研究的重要意义与价值及其需要进一步解决的问题。

　　唐代小说在明清时期的传播研究，是唐代小说传播领域中的一个重要环节，既涉及包括唐代小说在内的中国古代小说问题的研究，也涉及包括明清时期小说传播在内的文学传播问题的研讨。本书正是试图在更广阔的空间中重新审视唐代小说的成就与意义，在整个中国古代小说史的发展脉络中重新把握唐代小说的独特地位与深远影响。

　　本书在作者的博士论文基础上修改而成。付梓之际，首先要深深感谢我的导师王平教授，他以广博的学识、悉心的教导为本书的写作指点迷津，对我的学习和研究都给予了至关重要的帮助，并启发了我对治学的思考与感悟。同时，也要感谢杜贵晨教授、孙玉明教授、王小舒教授、孙之梅教授和邹宗良教授对本书的写作提出的宝贵意见。